아슈레이 세계

나유
바라스
미메이라
호로스
킹리엔
제국수도 카드미엘
가이칸 제국
2000. 10. 18

아수레이

The Wind of Ashurei

1

아슈레이 1

김우인 판타지 장편 소설

초판 1쇄 찍은 날 | 2001년 1월 10일
초판 1쇄 펴낸 날 | 2001년 1월 25일

지은이 | 김우인
펴낸이 | 서경석
펴낸곳 | 도서출판 청어람
편집 | 문혜영, 허경란, 박영주, 김희정, 권민정
마케팅 | 정필, 강양원

등록번호 | 제1081-1-89호
등록일자 | 1999. 5. 31
어람번호 | 제1-0066호

주소 | 경기도 부천시 원미구 심곡1동 350-1 남성B/D 3F (우) 420-011
전화 | 032-656-4452 팩스 | 032-656-4453
e-mail | eoram99@chollian.net

© 김우인, 2001

값 7,500원

※ 잘못된 책은 바꿔드립니다.
※ 저자와 협의하여 인지를 붙이지 않습니다.

ISBN 89-5505-044-5 (SET) / ISBN 89-5505-045-3 04810

김우인 판타지 장편 소설

아슈레이

The Wind of Ashurei

1

바람의 시작

도서출판
청어람

목차

이야기를 시작하며

시작하면 아주 많은 말들과 많은 이야기를 할 수 있을 것이라고 생각했는데 막상 시작하고 보니 꼭 그런 것은 아니라는 생각이 듭니다.

뭐, 마음먹은 대로 모든 일이 그대로 이루어진다면 세상은 너무나 살기 편하게 될지도 모르지요.

글을 쓸 때마다 항상 떠오르는 것이 하나 있습니다. 과연 작가는 자신이 쓰는 작품 속에서 하나의 신이 되는 것인가, 아니면 관찰자가 되는 것인가 하는 것이 그것입니다.

이야기 속에서 살아 숨쉬는 인물들, 그리고 대륙과 시간의 흐름.

글을 쓰는 작가로서의 자신이 그것들을 '창조'하고 있는 것인지, 아니면 원래부터 존재하던 그들을 실체화시켜 관찰하며 집필을 하고 있는 것인지 무척 고민을 하게 됩니다.

어떤 분들은 어차피 상관없지 않느냐라고 말씀을 하시는 분들도 계시지만 저에게는 이 두 가지 관점의 차이는 상당히 크게 작용을 합니다.

왜 이런 생각을 하기 시작했는지는 사실 저도 잘 모르겠습니다. 뭐랄까? 이런 생각을 계속하면서 글을 쓰는 이유는 아마도 이것이 아닐까 하고 짐작할 따름이지요.

단지 지면에 적혀 나가는 글자로 만들어진 이야기며 인물일지라도 '그들도 하나의 인격을 가진 인간들이다' 라는 사실. 뭐 그런 것입니다.

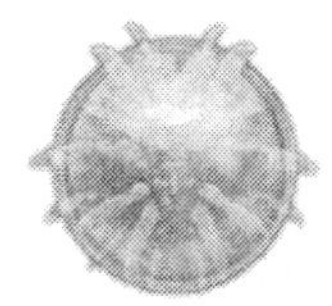

아슈레이는 제 첫 번째 판타지 소설입니다.

주인공인 경하는 사실은 상당히 불쌍한 녀석이지요(하하하하). 멀쩡한 녀석이 운 나쁘게 끌려와서 성별에 이름까지 바뀌어서 질질 끌려다니는 스토리랄까요?

글을 읽어본 친구들이 하나같이 하는 말은 단 한 마디입니다.

"주인공 녀석은 왜 맨날 밥타령만 하는 건데?"

그 말을 듣는 순간 골이 띵~ 해지더군요. 그리고 다시 처음부터 글을 읽어보았습니다. 다시 읽으니 정말 주인공은 처음부터 끝까지 밥타령밖에 안 하는 단순 무식(?)에 적응력만 수퍼 울트라 바보더군요(하하하하).

그래도 그 울트라 바보도 2권에 들어서면서부터는 꽤나 멋진(?) 모습을 보여주기 위해서 엄청 노력을 합니다(물론 제가 마구 시킨 거죠).

차원이동 판타지라고 하나요? 적합한 단어가 뭔지는 모르겠습니다만. 아슈레이에 등장하는 경하의 경우 현실에 모멸감을 느낀 것도 아니고, 현실이 몸서리쳐질 만큼 싫은 것도 아닌 그럭저럭 현실에 만족하며 살아가고 있던 평범한(?) 녀석입니다. 이런 녀석이 갑자기 판타지 세계로 들어가게 되면 과연 어떤 반응을 나타낼까? 하고 생각한 것이 아슈레이를 쓰게 된 계기라면 계기.

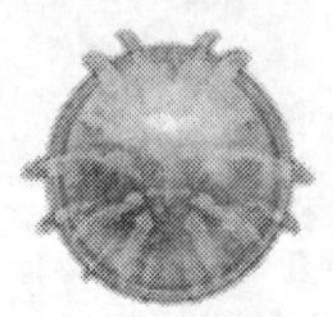

　밝고 명랑하고 긍정적인 사고 방식을 가진 주인공의 이야기를 쓰고 싶었습니다. 무조건 대의 명분이나 주위의 상황에 휩쓸려 원대한 목표를 향해 자신을 희생하고 친구를 희생해 가면서 돌진하는 것이 아니라 충분히 자기 자신을 자각하고 가장 옳다고 생각하는 방향으로 자신의 의지로 움직이는, 그런 이야기를 쓰는 것이 제가 글을 쓰는 목표… 라면 목표일지도 모르겠네요.

　마지막으로 아슈레이를 쓰는 데 도움을 준 많은 친구들에게 감사의 말을 전합니다. 특히 그중에서도 같은 작업실에서 동고동락을 하며 함께 마감 전선을 형성하여 오늘도 전투 중인 마감전사 강현준님, 역시나 거리는 멀지만 같은 전선을 형성하여 악전고투 중인 마감전사 이현군, 초반에 하이텔에 글을 올리도록 많은 도움을 준 친구 현재. 그리고 지도를 그려주신 백호님께 감사의 말씀을 드립니다.

　아! 마지막으로 한 분 더. 항상 '슬럼프예요~'라고 하면서 땅을 파는 저에게 전화 한 통으로 다시 기운을 차리도록 도움을 주신 담당자님께도 감사의 말씀을 드립니다. 앞으로도 오아시스 콜 부탁드립니다. 하하핫!

2001년 1월 4일 김우인

제1장
소 환

The Wind of Ashurei

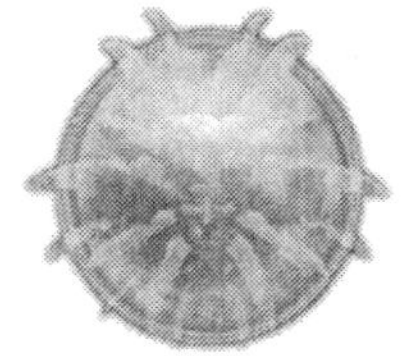

처음에는 몽롱한 상태에서 그저 느껴지기만 했었다.

감은 눈에 느껴지는 그 무엇.

온몸을 휘돌아 감싸 안는 시원한 느낌.

'시원하다.'

온몸에 감겨들던 부드러운 느낌이 조금씩 옅어져 간다.

머리끝에서 발끝까지 훑어 내리는 듯한 가는 움직임.

아쉬운 듯 손가락을 내밀면 그 끝에 부드러운 것이 닿았다가 떨어져 간다.

그 따스한 느낌이 사라지면 이번에는 싸아하게 느껴지는 차가움이 몸을 감싼다. 차갑지만 부드럽고, 그리고 아주 익숙한 감각. 그래서 이번엔 휘몰아치는 가운데에서 웅크린다. 자연스럽게, 눈을 감고서.

"경하야~!!"
"…으응."
"경하야아아! 일어낫!! 일요일이라고 늦잠자는 꼴은 못 봐준다. 일어나!"
"으으으~ 응, 엄마."
"안 일어나면 경원이 들여보낸다!"
"우우웅~"

경하는 폭신하게 몸에 감겨드는 이불 속에 있었지만 갑자기 발끝에서부터 올라오는 한기를 느꼈다.
"박경원! 어디 있니?! 경하 방에 들어가서 애 좀 깨워라. 해가 중천에 떴는데. 응? 어디 있냐?"
"네~ 여기요. 잠시만요."
멀리서 들려오는 괴물 같은 형의 목소리. 그 목소리가 들린 순간 경하는 감겨 있던 눈을 번쩍 떴다.
쿵쾅쿵쾅—
어디 지붕에라도 올라가 있었는지 머리 위에서 아득한 소음 소리가 들려왔다. 남은 시간은 약 20초 정도.
"경하, 안 일어나니~?"
"일어나요, 일어나! 그러니까 형 부르지 마!!"
"안 일어나니까 부르지."
"형이 어떻게 하는지 엄마는 몰라서 그래!!"
그랬다. 형이 어떻게 하는지 엄마가 알 게 뭐람. 경하는 공시랑거리면서 최대한의 스피드로 옷을 꺼입었다. 조금의 시간이라도 낭비했다가는 오늘은 아침부터 낭패를 보는 거다.

"제기랄! 형을 왜 부르는 거야. 빌어먹을……."

"경하야~"

멀리서 경원이가 부르는 소리가 났다.

"제길! 일어났으니까 들어오지 맛!!"

벌컥—

문이 열렸다. 그리고 바람처럼 휘몰아쳐 들어오는 것은 검은색의 덩어리. 검은 덩어리는 그대로 직진해서 침대 가에 서 있던 경하를 덮쳤다

"우키야악~!!"

"경하야~♡♡"

"우아아아악!!"

"우리 이쁜 경하~"

비명을 지르다 말고 경하는 황급하게 손으로 입을 막았다. 하지만 이번에는 비명을 너무 오래 질렀는지 그만 실패!

쪼오오오오오옥♡

"으아악!"

요란한 소리에 재차 비명을 질렀다. 하지만 경하를 누르고 있는 검은 덩어리는 그대로 침대 위에 경하를 눌러서 꼼짝도 못하게 했다.

한참 동안 입 안을 맴돌던 것이 사라지자 경하는 새파랗게 바랜 얼굴로 눈앞에서 빙글거리는 면상을 향해서 고래고래 고함을 쳤다.

"이 빌어먹을 변태야! 저리 안 비켜어어어어어!!"

"역시 귀여워. 내 동생이 최고다."

"비키라니깐! 내가 니 애인이냐!"

"애인 할래♡? 기꺼이 봉사해 주지."

"으아아아아아악!"

매일 아침… 까지는 아니었지만, 경하는 여느 날처럼 축 처진 어깨를 가까스로 추스르고는 아래층으로 내려갔다.

아침부터 괴물한테 당해서 깨다니, 정말 기분 나빠!

"이제 일어났니? 그러니까 일요일도 좀 일찍 일어나라고 했잖아. 니 형은 너 깨우는 게 세상의 즐거움이라고 하지만……."

"난.싫.으.니.까.제.발.엄.마.가.깨.우.러.와.요."

인상을 바악~ 쓰면서 경하가 말했다. 그 말을 들은 엄마는 '참 신기하기도 하지. 내가 깨우면 안 일어나면서 경원이가 깨우면 1분 만에 일어난다니까' 라고 말하며 경하를 향해 방긋 웃었다.

늦은 아침을 먹으며 경하는 하품을 했다.

어제 밤 늦게까지 온라인 채팅을 하고 잔 터라 온몸에 피곤이 잔뜩 남아 있었다.

정말이지, 한밤중까지 노는 버릇은 이제 버려야겠군.

"어이, 사랑스러운 내 동생. 이제 깼냐?"

"그래, 깼다. 어쩔래?"

"이 자식이 형님을 향해 한다는 소리가!"

"거기서 한 발자국이라도 더 가까이 오면 이 국그릇을 형 머리에 뒤집어엎어 버릴 테니까 알아서 해."

바로 한 살 위의 형을 마구 노려보면서 경하가 말했다.

2남 3녀의 엄청나게 거대한 집안.

경하는 집안의 막내였다.

하지만 이상하게도 경하는 막내 대접을 그렇게 받고 자라지를 못했다.

형과 누나들이 위로 1년차로 다닥다닥 붙어 있기 때문이기도 했지만, 그보다는 참견이나 보살핌 같은 것을 체질적으로 거부하는 타입이었기 때문이다.

"우리 막내 일어났냐?"

"네, 아버지 안녕히 주무셨어요."

"안녕히 주무셨어요."

"식사하고 나면 좀 나와라."

인상 좋게 생긴 경하의 아버지는 달걀 후라이를 입 안에 마구 우겨넣고 있는 두 형제를 보면서 말했다.

"왜요?"

"왜요는 무슨 왜요냐? 간만의 휴일이니 너희들 데리고 산이나 갈까 해서 그러지."

"가시면 약수나 좀 떠 오세요."

설거지를 하고 있던 엄마도 그 위에 한술 더 떴다.

"에엑! 일요일인데 무슨 등산. 나는 안 갈래요!"

"형은 가지 마, 나랑 아버지랑 둘이 갈 테니까. 잠깐만 기다리세요. 밥 다 먹었으니까."

"약수 떠 오려면 둘도 모자라. 경원이 너도 가렴."

엄마가 옆에서 말했다.

"에이~ 저 약속있단 말이에요. 경하나 데리고 가세요."

"무슨 애가 정말."

"됐다, 됐어. 산이라는 데는 가고 싶은 마음이 있는 사람만 가는 게 좋아. 얼른 옷 갈아입고 와라, 경하야."

"예!"

경하는 산을 좋아했다.

어릴 적부터 등산을 좋아하시던 아버지의 영향도 있었지만 그것보다는 실제 산을 좋아했다. 도시 한복판과는 전혀 다른 느낌의 시원하고 맑고 깨끗한 공기를 좋아했고, 한적한 산길을 힘들여 걸어 올라간 후 그 산꼭대기에서 느껴지는 상쾌한 느낌을 좋아했다. 덕택에 경하는 아버지가 산행을 갈 때마다 꼭꼭 따라가고는 했다.

오늘의 산행은 관악산.

어릴 때부터 수십 번이나 올라온 산이었지만 경하는 그것이 산이라는 이유만으로도 기분이 좋았다.

"오늘은 꼭대기까지 갈까?"

"그럼 중간에 내려오시려고 그랬어요?"

경하가 아버지를 향해 반쯤은 야유가 섞인 목소리로 질문했다.

"흐음, 나는 기왕이면 말이다. 네가 관악산에 매일매일 같이 다녔으면 좋겠다."

"에엑! 또 그 소리!"

아버지는 경하를 데리고 관악산에 올 때마다 항상 같은 소리를 하는 버릇이 있다. 기왕이면 S대에 들어가서 매일매일 관악산 자락을 올랐으면 좋겠다는 소리였다. 어릴 때야 멋모르고 나중에 자라면 꼭 그러겠다고 했었지만 사실 그게 될 말인가? 중상 정도의 성적에 간당간당 매달려 있는 성적으로는 사실 아버지의 꿈을 이루어드리기에는 턱없이 부족했다.

"지금이라도 늦지 않았다. 네 녀석은 시작이 반이라는 소리도 못 들었냐?"

"시작이 반은 무슨 반! 에이! 빨리 올라가세요!"

한참을 걸어 올라가 관악산의 끝자락에 올라선 경하는 탁 트인 전경을 바라보며 깊게 숨을 들이마셨다.

팔을 뻗어 흘러오는 바람을 느낀다.

손가락 사이로 흘러가는 바람.

"좋~ 다."

부드럽게 흘러가는 바람을 맞는 것은 항상 기분 좋다.

그것이 지금처럼 산 위든, 또는 작은 골목을 지나가며 맞는 바람이든 여하튼 바람이라는 사실에는 변함이 없다.

인기척이 없을 때 바람은 더욱더 세밀하게 느껴진다.

빈틈없이 꽉 짜여진 천으로 된 옷을 입고 있어도 그 실오라기 하나하나의 사이로 스며 들어오는 바람은 세상의 그 무엇과도 바꿀 수 없는 특별한 느낌이 느껴진다.

한참 동안 흘러오는 바람을 느끼고 있던 경하는 순간 바람의 방향이 달라지는 것을 느끼면서 눈을 떴다.

"바람이 바뀌네. 저녁때가 다 되어서 그런가?"

"경하야, 이만 내려가자."

"네!"

슬슬 내려가야겠다고 생각하면서 그는 따끈한 바위 위에서 훌쩍 뛰어내렸다.

순간, 부드럽게 몰려오던 바람이 거세게 바뀌어 한꺼번에 그를 향해 몰려들었다.

분명 단단하게 발바닥에서 느껴져야 할 바위의 감촉은 사라지고 그대로 한없이 아래로 떨어져 가는 느낌.

"우, 우아아아아악!"

세찬 바람이 온몸에 감겨들었다.

평소 바람을 맞으며 느꼈던 부드러움과는 전혀 다른 느낌.

“우악! 사람 살려!”

경하는 목청껏 소리쳤다.

“경하야! 이 녀석 어디에 있냐!!”

멀리서 경하를 부르는 아버지의 목소리가 들려온다. 하지만 그 소리는 멀어져 가는 기차 소리처럼 바람과 함께 자꾸만 멀어져 갔다.

“경하야!”

“아빠!”

제기랄! 도대체!

저절로 입에서 비명이 튀어나왔다.

하지만 온몸에 감겨드는 바람 때문에 경하는 더 이상 비명을 지를 틈조차 없었다.

어떻게 이런 일이…….

가물거리며 사라지는 의식. 그 의식의 끝에서 경하는 온몸에 죄어드는 바람과 함께 미친 듯이 아래로, 아래로 떨어져 내려갔다.

＊　　　　　＊　　　　　＊

“으… 으윽.”

온몸 구석구석에서 통증이 느껴졌다.

‘도대체 이게 어떻게 된 일이지?’

가만히 누워 있자니 지독하던 통증이 사라지면서 하나둘씩 감각이 되살아나기 시작했다.

완벽하게 감각이 살아 돌아온 팔을 위로 뻗으면서 경하는 꼭 감고 있던 눈을 떴다.

푸른빛이 도는 흰색의 천이 가득 그의 눈에 들어왔다.

몇 겹이나 드리워진 휘장. 그 휘장으로 둘러싸여 있는 거대한 침대에 경하 혼자 누워 있다는 것을 깨닫는 데는 그리 시간이 걸리지 않았다.

"에, 에엑! 여긴 도대체!"

경하는 자리에서 벌떡 일어났다.

동시에 자신이 거의 반라에 가까운 상태에 있다는 것도 발견했다.

"우악! 뭐야! 이건!!"

후닥닥 있는 대로 시트를 그러모아서 자신의 몸을 가린 경하는 잠시 머리 속을 정리하기 시작했다.

'그러니까 분명 나는 아버지랑 관악산을 오르다가 꼭대기에 올라가서… 그리고……'

그리고 분명 눈을 뜰 수조차 없는 돌풍에 휘말렸던 것까지는 기억이 났다. 그리고 한없이 어디론가 그 바람에 실려서 미친 듯이 떨어져 내리던 것까지도.

한없이 떨어져 내리면서 느꼈던 그 감각이 다시 되살아나자 경하는 온몸을 부르르 떨었다.

"제길. 두 번 다시 경험하고 싶지 않아."

"깨어났군."

"우, 우악!"

갑작스럽게 휘장을 걷고 나타난 허연 수염의 아저씨, 아니, 할아버지의 등장에 경하는 깜짝 놀랐다.

"엘의 영향은 그다지 없는 것 같군, 로운!"

"예."

할아버지의 목소리가 들리자마자 다시 누군가가 불쑥 허연 수염의 할아버지 옆에 나타났다.

그 바람에 놀란 경하는 그만 뒤로 주춤거리다가 침대에서 굴러 떨어지고 말았다.

"우아아아악!"

온통 연한 푸른색의 휘장에 감겨 굴러 떨어진 경하는 천에 돌돌 말린 누에고치가 되어 그 속에서 꿈틀거렸다.

"으윽, 아파라~"

"일단은 말이 통하게 하는 것이 급선무겠군. 문서대로라면 걱정없겠지만."

"제기랄! 도대체 뭐라고 시부렁대는 거야. 이 바보 할아버지야!!"

꿈틀꿈틀―

경하가 고치에 말린 채 소리를 질렀지만 그 문제의 바보 할아버지는 들은 척도 안 한 채 그대로 몸을 돌려 버렸다.

"이봐! 사람 말이 말 같지 않아?! 으악!"

제길, 말이 통해야 뭘 해먹지! 이게 웬 외계 언어냐구!

경하는 옴짝달싹할 수 없는 상황에 그만 절망을 느끼고 말았다.

설마, 나 정말로 외계인한테 납치된 거 아냐? 하, 하지만.

"이, 이봐! 거기 아저씨. 이것 좀 풀어줄래요?"

자신을 바라보고 있는 눈동자는 항상 익숙하게 보던 검은색의 눈동자가 아니었다.

짙은 회색 빛의 눈동자.

마치 무슨 인형의 눈이라도 보는 기분이었다.

"저기요~ 아저씨?"

하지만 놀람도 잠깐, 일단 경하는 배시시 웃어 보였다.

그러자 상대방도 피식하는 웃음을 지어 보이는 것을 보며 경하는 '그래도 약간의 희망은 있는 것이 아닐까?' 하고 생각했다.

그는 경하의 말을 듣자마자 척척 침대의 반대쪽으로 걸어왔다.

이제야 간신히 풀려나는가 했던 경하는 다음 순간 그 씨익 웃었던 남자가 아무 말 없이 자신을 고치째로 들어 올리자 그만 경악하고 말았다.

"이봐! 이거 풀어달라니까!!"

얼마나 힘이 좋은지 그래도 꽤 큰 축에 속한다고 생각한 자신을 그대로 번쩍 들어 올린 남자의 어깨 위에서 경하는 고래고래 소리를 질렀다.

"야! 이거 내려놔!"

경하의 발이 그나마 땅이라고 하는 것에 닿은 것은 그 이름 모를 아저씨의 어깨에서 한참을 버둥거린 후였다.

경하가 있던 방에서 걸어나와서 한참 계단을 내려간 후, 지금 경하가 서 있는 곳은 으슬으슬한 분위기는 아니지만 뭔가 고요한 분위기의 방이었다.

아니, 방이라고 하기에는 좀 크기가 큰 돔으로 이루어져 안이 확 트여 있는 넓은 공간이었다.

그 방의 한가운데에서 경하는 그나마 몸을 가리고 있던 이런저런 천 쪼가리도 없이 거의 반라의 몸으로 덩그러니 서 있었다.

경하가 서 있는 방은 지하는 아닌 것 같은데도 전체가 환하게 밝혀져 있었다. 그렇다고 해서 전등이나 횃불 같은 것이 있는 것도 아니었다. 그리고 특이한 것은 또 하나, 방 어디에도 창문이 없는 것 같은데 방 전체에 은은한 산들바람 같은 것이 맴돌고 있는 것이었다.

그 바람은 지금 홀라당 벗고 있는 경하의 주위에서 하늘거리며 돌아다니고 있었다.

‘신기하군. 어디서 이렇게 바람이 들어오는 거지?’

잠시 멍청하게 서 있던 경하 앞에 아까의 그 긴 수염 할아버지가 나타났다.

그 할아버지는 경하에게서 조금 떨어진 곳에 멈추어 섰다.

“로온, 조금 물러서 있게.”

“네.”

조금 전과는 조금 다른 차림새를 하고 있는 할아버지를 보면서 경하는 숨을 꼴딱 삼켰다.

어떻게 된 자초지종인지 알 수 없다는 것이 사실 너무나 불안했지만, 그렇다고 해서 지금 난동을 피워봤자 아무것도 되는 일이 없다는 것은 잘 알고 있었다. 이렇게 된 바에야 일단은 시키는 대로 가만히 있는 쪽이 훨씬 득이 된다는 생각에서였다.

“로. 조하. 아슈레이, 미메이라의 풍옥(風玉)에게 명한다.”

알아들을 수 없는 말들이 긴 수염 할아버지의 입에서 흘러나왔다.

길고 긴 술들이 잔뜩 달려 있는 옷자락이 사르륵 움직이면서 할아버지의 팔이 서서히 위로 올라갔다.

이어지는 낮은 목소리는 마치 주문과도 같이 흘러나왔다.

쏴아아아아아—

마치 주문 소리에 감응하는 것처럼 경하의 주위를 맴돌고 있던 바람들이 조금씩 거세져 갔다.

‘뭐, 뭐야, 이건!’

할아버지의 팔이 서서히 올라가면서 경하의 귀에 싸아— 하는 바람 소리가 들려왔다.

그리고 그의 발 조금 앞에 있던 이상한 문양 위로 방 안 전체에서 맴돌고 있던 바람이 모여들기 시작했다.

점점 더 거세어지는 바람 때문에 앞을 잘 볼 수는 없었지만 마치 욕조에서 빠져나가는 물의 모양처럼 바람이 소용돌이치면서 한곳으로 뭉쳐지는 것이 경하의 눈에 비쳤다.

'바람?'

"풍옥에게 명하니, 정당한 율법에 따라 미메이라의 계승자에게…"

쏴아아아아―

바람 소리가 경하의 귀를 때렸다.

세찬 바람 소리와 함께 경하의 눈앞에 환한 백색의 광채와 둥근 모양의 그것이 점점 실체화되어 나타났다.

'이, 이건!'

쐐액― 하는 파공성과 함께 그 구슬 모양으로 뭉쳐진 그것이 순식간에 경하의 눈앞으로 달려들었다.

"우, 우아아악!!"

얼굴로 달려드는 그 바람의 구슬의 기세에 눌려 경하는 비명을 지르면서 얼굴을 팔로 감쌌다.

화악― 하고 바람이 달려드는 느낌에 경하는 자신의 몸이 부웅 떠오르는 것을 느꼈다.

'제, 제길! 바람에 휩쓸리는 것은 이제 죽어도 싫단 말이야!!'

칼날 같은 바람이 경하의 몸으로 파고들어 왔다.

살갗으로 파고드는 칼날 같은 바람.

핏기가 가시는 듯한 그 고통에 경하는 비명을 질렀다.

"으, 으아아아아악!!"

"정신이 드나?"

누군가가 경하의 뺨을 찰싹찰싹 때리고 있었다.

부웅— 하고 어디엔가 떠 있는 느낌이 들었다.

"어이, 정신이 들었으면 좀 일어나 봐. 널브러져 있지 말고, 꼬마."

"어디를 봐서 내가 꼬마냐!"

순간 들려오는 꼬마라는 단어에 경하는 불끈해서 대답했다.

"정신이 들었군. 그럼 빨리 일어나. 그렇게 납작 엎어져 있을 시간 없어."

"웃기지 마!"

소리치면서 경하는 자신의 뺨을 때리고 있던 손을 밀어 내쳤다.

"누가! 제길, 엎어져 있게 한 게 누군데 이래라저래라 말이 많… 어라?"

경하는 눈을 깜빡깜빡거렸다.

'방금 이 인간이 한 말이 들린 것 맞지?'

"에, 지, 지금……."

"말 더듬지 마. 내가 하는 말이 다 들린 것을 보니 일단은 다행이군."

"자, 잠깐! 지금!"

"왜? 내 말 이해가 안 가나?"

씨익— 하고 웃으며 다시 눈앞에 있는 사람이 말을 했다.

"너! 왜 다짜고짜 반말이야! 그리고 이게 어떻게 된 거야!"

"너가 아니라 로운이다."

"로운이고 자시고 내가 알 바가 아니잖아!"

경하가 화를 버럭 내려고 하는 순간 그 사이에 예의 긴 수염 할아버지가 끼어들었다.

"경황이 없어 차차 설명해 줄 테니 지금은 일단 일어서게. 로운, 쓸데없는 말은 삼가고, 먼저 자리를 좀 옮기는 편이 좋겠군. 그렇지! 저 소년에게 입을 옷도 갖추어주게."

"네, 알겠습니다, 대신관님."

조금 전까지는 절대 이해할 수 없던 외계 언어가 갑작스럽게 자신이 알고 있는 말이 되어 들려오자 경하는 패닉 상태에 빠졌다.

사실 패닉 상태에 빠졌다기보다는 오히려 아까부터 자신을 향해 씨익씨익 웃어 보이면서 반말을 찍찍 지껄이고 있는 그 로운이라는 남자한테 화가 나 있다는 것이 정답이지만.

"자, 잠깐요, 할아버지!"

"할아버지가 아니야, 임마, 대신관님이지."

"로운!"

"아, 네, 알겠습니다."

장난기 섞인 로운의 행동에 대신관이며 수석 장로인 카류는 일갈하여 그를 환기시켰다.

"자, 일단 이거부터 걸치고."

로운은 자신의 어깨에 걸쳐 있던 망토를 떼어 경하의 몸에 덮어주었다.

"먼저 자리부터 옮기자구. 지금부터 그렇게 열을 내면 곤란해. 앞으로 할 일도 많은데."

"그러니까! 그게 어떻게 된 거냐니까! 이 바보 아저씨!"

"아저씨가 아니라니까! 이 꼬맹이!"

"꼬맹이가 아니라 박경하다. 바보 아저씨!"

"……"

문득 움직임을 멈추고 로운이 자신을 바라보자 경하는 순간 찔끔했다.

조금 전까지 장난기있게 그를 바라보던 로운의 눈이 순식간에 싸늘하게 변해 있었다. 자신을 뚫어지게 바라보는 그 연한 푸른색의 눈동자를 보면서 경하는 그대로 굳어버렸다.

"경황이 없는 것은 알겠지만 잠시 후에 다 설명해 줄 테니까 좀 입 닥치고 있어!"

"……"

'제기라~ 알! 그걸 누가 모르냐, 이 바보 멍청이 파란 눈탱가리야!'

욕을 바가지로 하고 싶었지만 경하는 차마 그 말을 입 밖에 낼 수가 없었다.

그의 말대로였다.

지금 마구 날뛰어도 소용이 없다는 것을 잘 알고 있었다.

하지만 어딘지 모를 곳에 떨어져서 누군지도 모르는 사람들에게 둘러싸여 무슨 일을 당한 것인지도 알 수가 없는 경하는 그저 불안감만이 들 뿐이다.

하지만 자신을 깔보는 듯한, 그리고 그 위에 무엇인가 또 다른 감정을 담고 있는 로운의 표정을 보고 있노라면 가만히 있고 싶지 않았다.

"좋아. 조용해졌군. 경하라고 했지? 일단 일어서."

"알았어."

로운이 고개를 돌려서 먼저 걸음을 옮겼다.

주춤주춤 자리에서 일어난 경하는 로운이 어깨에 둘러준 망토를 부여잡고 그 뒤를 따랐다.

조금 전 그렇게나 불어대던 바람은 이제 온데간데없이 사라졌다.

타박타박 맨발로 로운의 뒤를 따라가면서 경하는 생각에 잠겼다.

적어도 이 사람들은 자신에게 어떤 위해를 가할 위험 인물들로 보이지는 않는 것이 경하에게 주어진 유일한 위안이었다.

로운을 따라가던 경하는 문득 스쳐 지나가는 창문을 통해서 밖을 내다보았다.

저녁때가 지난 듯 거의 캄캄해진 창밖에는 반짝이는 별들이 가득 떠 있는 하늘만이 비치고 있었다.

'하아~ 정말 이게 어떻게 된 거지? 혹시 나, 이상한 4차원의 세계에 빠져든 것 아냐?'

그렇게 경하가 어딘지 모를 이상한 곳에 온 하룻밤이 지나려 하고 있었다.

*　　　　*　　　　*

언제나 끊임없이 일 년 내내 시원한 바람이 부는 곳 미메이라.

그 미메이라의 중심부인 수장궁이 바람을 맞으며 서 있었다. 그 옆으로는 백색으로 빛나는 신전이 있었고, 그 신전의 중앙 심장부 대신전에 사람들이 모여 있었다.

대부분 흰색의 옷을 입고 있었지만 그들이 달고 있는 장신구들은 조금씩 달랐다.

그중에서도 가장 많은 장신구를 달고 있는 사람은 대신관이면서 장로회의 수석 장로로도 활약하고 있는 카류와 전 수장이었던 레이죠 장로였다.

그들을 중심으로 하여 양 옆으로 길게 사람들이 앉아 있었다.

경하는 그들의 끄트머리에 앉아서 조금은 안절부절못하는 마음을 다잡고 있었다.

사실 지금 경하는 자신이 어디에 와 앉아 있는지도 알 수 없었다.

어제 이 이상한 나라, 미메이라라는 곳에 와서 하룻밤을 거의 뜬
눈으로 지새우고 아침이 되자마자 로운의 닦달을 받고 아침도 못
먹은 채 할아버지들이 가득한 이 장소에 끌려왔기 때문이었다.

자신을 신관이라고 간단하게 소개한 로운에게서 들은 것은 자신
이 있는 곳이 미메이라의 신전이며, 아까의 그 할아버지는 대신관
카류라는 사람이라는 것뿐이었다.

'말이야, 이런 경우라면 적어도 소설이나 만화 같은 곳에서는 적
어도 왜 내가 이런 데 앉아 있는 것인지 정도는 설명해 주는 게 당
연한 거라구.'

속으로 그렇게 생각하고 있기는 했지만 경하는 차마 그렇게 말하
지도 못하고 있었다. 이유인즉슨 어느 누구도 자신에게 눈길 하나
주지 않았고, 그나마 자신과 제일 말을 많이 했다고 생각하고 있는
로운 역시 자신의 옆에 앉아서 굳은 얼굴을 하고는 뭐라도 묻기 위
해서 입을 열려고만 하면 자신을 향해서 날카롭고도 차가운 눈빛을
번뜩였기 때문이다.

"이른 시간에 모여주신 것에 대해 진심으로 감사를 드립니다. 일
단 지난 모임에서 여러분께 말씀드렸던 것과 같이 오늘 이 모임에
관한 것과 현재 새롭게 계승자가 되신 '시안' 님에 대해서는 일체
함구해 주셨으면 합니다."

앉아 있었던 사람들 중 어제 보았던 그 카류라는 할아버지가 일
어나서 말을 했다. 그가 일어나서 말을 마치기도 전에 자리에 모인
사람들 사이에서 오오, 하는 소리와 함께 수군거림이 일어났다. 개
중에는 카류가 말하기도 전부터 경하를 뚫어져라 바라보는 사람도
있었다.

"그럼, 여러분께 새롭게 미메이라의 계승자가 되신 '시안' 님을 소

개하겠습니다."

'시안이라는 사람은 도대체 누구야? 그리고 왜 나는 여기에 불려 와 있는 건지, 정말.'

카류의 말을 들으면서 경하는 홀로 투덜거리고 있었다. 그런데 카류의 말이 끝나자마자 그가 자신의 자리에서 걸어나와 경하의 앞으로 걸어오는 것을 보면서 경하는 점점 불안해지기 시작했다.

'에, 자, 잠깐, 이게……'

카류는 천천히 경하의 앞까지 걸어오더니 경하에게 한 손을 내밀었다.

"일어나십시오, 시안님."

"에?"

조금 전까지 자신에게 우락부락한 눈빛을 보내고 있던 로운이 갑자기 자신에게 경어를 잔뜩 쓰며 말을 하자 경하는 깜짝 놀라고 말았다.

'시안이라는 사람이 그럼 나였단 말야? 하지만 이게 도대체.'

뭐가 뭔지 몰라 깜짝 놀란 경하가 로운이 시키는 대로 엉거주춤 일어서자, 카류가 경하의 손을 붙들고 가운데로 끌어 내렸다.

앉아 있던 사람들의 눈이 모두 경하에게 집중되었다.

"오오!"

"정말이군."

"믿을 수 없지만 정말 가능한 일이었군요."

좌중이 소란스러워졌다.

그들을 향해 경하를 세워놓고 카류는 경하의 어깨에 손을 얹었다.

"계승 의식은 사실 여러분들의 입회하에 이루어져야 했습니다만 사안이 사안이다 보니 어제 제 주관으로 시행했습니다. 그리고 보시다시피……."

순간 사람들의 소란이 가라앉기 시작했다.

놀라서 그저 사람들만 바라보고 있던 경하의 눈에 한 사람이 일어나는 것이 보였다. 그가 일어나자 다른 사람들도 하나둘씩 자리에서 일어났다.

고요하고 엄숙한 분위기였다.

모든 사람들이 일어서고, 마지막까지 자리에 앉아 있던 레이죠 장로가 천천히 자리에서 일어났다.

잠시 경하를 바라보던 레이죠 장로가 입을 열었다.

"진정한 미메이라의 계승자 시안님께 인사드립니다."

찰랑이는 옷자락이 내려앉았다. 갑작스럽게 벌어진 일에 경하가 당황하여 뒤를 돌아보았다. 그의 뒤에 서 있던 대신관 카류와 로운까지도 레이죠 장로와 같이 고개를 숙이고 있었다. 모든 사람들이 일제히 고개를 숙이며 레이죠 장로와 같은 말을 하고 있었다.

"진정한 미메이라의 계승자 시안님께 인사드립니다."

*　　　　*　　　　*

파앙!

경하는 주먹을 불끈 쥐고 소리쳤다.

"그러니까! 도대체 이게 무슨 상황인지, 그리고 여기는 어딘지 말부터 해달라구요!"

경하가 탁자를 치는 바람에 탁자 위에 놓여 있던 물잔 하나가 쓰러졌다.

"진정하게."

"지금 진정하게 됐습니까! 아무것도 모르는 사람을 데려다가 대뜸 계승자가 어쩼다느니, 시안이 어쩼다느니……."

"그러니까 설명을 해주겠다고 하지 않았나."

"그럼, 미적거리지 말고 빨리 하란 말이에요!"

"좀 입 닥치고 있어! 제길. 정말 소란스럽군!"

화를 바락바락 내고 있는 경하에게 로운이 한마디했다.

"당신이야말로 좀 입 닥치고 있어!!"

"흥!"

"로운, 좀 적당히 하게."

속에서 부글부글 울분이 끓어오르는 경하와는 달리 로운은 여유작작한 태도로 밥을 먹고 있었다.

사실 지금은 늦은 아침 식사를 하고 있는 중이었다.

이른 새벽부터 끌려 나가서 뭔가 대단히 엄숙하고 처연한 분위기에 몰렸던 부작용 때문인지 경하는 그 반작용으로 엄청나게 열을 내고 있었다.

가만히만 앉아 있어도 머리에서 열이 끓어오르고 있던 경하는 담담하게 앉아 있는 로운을 향해 마구 말을 퍼부으며 화풀이를 하는 중이다.

"그만 하라고 했지!"

"시끄러워!"

"자꾸 떠들면 말 안 해줄 거야, 꼬맹이."

"어디가 꼬맹이냐, 꼬맹이는! 이래봬도 2학년이나 되었던 말야!"

"2학년? 그게 뭔데?"

"흐으응~ 그것도 모르면서 자꾸 나불거리지 맛!"

아무리 말려도 떠들고 있는 두 사람을 보면서 카류는 머리를 짚었다.

"자, 자, 그만 하라니까. 일단 경하님, 사정을 말씀드릴 터이니 진정하십시오."

"엑!"

문득 들려오는 경어체에 경하는 움찔했다.

자신에게 반말을 팍팍 하는 로운에게는 사실 마구 대들기가 쉬웠지만 무슨 판타지 만화에 나오는 인물처럼 생긴 대신관 카류 앞에서는 아무래도 조금 움츠러드는 기분이었기 때문이다.

"식사를 마치시면 처음부터 하나씩 설명해 드리지요. 그러니 이만."

"알았어요, 알았다구요."

결국 경하는 포기하고 얌전히 자리에 앉아서 아침 식사를 했다.

식탁 위에는 처음 보는 음식들이 쌓여 있었다. 일단 식빵과 비슷해 보이는 덩어리를 하나 집어 들고 한 입 베어물었다.

입 안에 들어온 덩어리가 사르르 녹았다.

"엄청 달군. 이거 뭐예요?"

"빵이지."

"빵?"

이름은 같군, 이라고 경하는 속으로 중얼거렸다.

"그럼 이건?"

흰색의, 그러니까 딱 잘라서 말한다면 우유처럼 생긴 것을 가리키며 물어보자 로운이 대답했다.

"그런 것도 모르면서 자꾸 덤비지 마."

"이, 이봐!!"

"이봐가 아니라, 로운이다."

"그만 좀 하라니까, 로운! 그리고 그건 루유라고 하는 겁니다, 경하님."

"루유? 우유인 줄 알았는데 우웅~"

경하는 컵을 들어서 한모금 마셔보았다.

"우엑! 이거 맛 간 거 아니에요? 시큼해."

"뭐가? 새콤한 맛이 끝내주는 최고의 루유인데."

경하는 시큼털털한 루유 잔을 내려놓고 옆에 있던 비스킷 같은 것을 다시 집어 들었다.

그것 역시 입에 들어가자마자 살살 녹아내렸다. 조금 전의 빵보다 훨씬훨씬 단맛이었다.

"으윽! 이것도 달아. 완전 설탕 덩어리네. 제길. 좀 안 단 거 없어요?"

"달지 않으면 무슨 맛으로 먹어?"

"에엑?"

투덜투덜대면서 식사를 하는 경하에게 카류가 말했다.

"식사를 다 하시고 나서 로운과 함께 오십시오. 원하시는 것은 모두 알려드리지요. 그럼 로운, 부탁하네."

"네, 알겠습니다, 대신관님."

"에? 밥 먹으면 말해 준다더니?"

"그러니까 식사를 마치고 오시라는 것입니다. 배가 고프면 매사에 신경질적이 되는 것이 사람이지요."

그 말을 마치고 카류는 자리에서 일어섰다. 배가 고프기는 매한가지였지만 계속 투닥거리면서 싸우는 두 사람을 보고 있자니 먹고 싶던 생각이 그만 싸악 사라지고 말았기 때문이다.

"자, 그럼 전 이만."

“아, 있다 봐요, 할아버지.”

“할아버지가 아니다. 대신관님이라고 해.”

“싫어.”

“이 녀석이!!”

“흥! 메~ 에롱이다!”

경하는 있는 대로 인상을 찌푸려 보이면서 로운을 향해 삐죽 혀를 내밀었다.

*   *   *

“자, 들어가.”

“말 안 해도 그쯤은 알아.”

“조그만 게 자꾸 말대답하기는.”

“흥! 덩치만 커다란 멀대 바보.”

끼이익— 소리와 함께 커다란 문이 열렸다.

안으로 들어서자 환하게 밝혀져 있는 둥근 천장과 함께 넓은 실내가 한눈에 들어왔다.

“우와~ 멋지다.”

“감사합니다, 경하님. 이쪽으로 오시지요.”

“아, 안녕하세요, 할아버지.”

“대신관님이라니까. 그런 것도 한번에 기억 못하나?”

“그래, 기억 못한다. 어쩔래?”

“정말 이 꼬맹이가!”

“그만 하게! 로운, 자네는 잠시 밖에 있다가 들어오게. 그리고 경하님은 이쪽으로.”

뭔가 더 말을 하려고 했던 로운은 잠시 경하를 바라보다가 순순히 대답을 했다.

"네, 알겠습니다."

"호호호호."

경하는 음흉하게 로운에게 웃어 보이면서 안으로 들어섰다.

사실 그렇게까지 로운하고 싸울 생각이 있는 것은 아니었다. 하지만 뭐랄까….

지금 느끼고 있는 기분 때문이랄까? 아무것도 모르고 그냥 조용하게 앉아 있기만 하기에는 너무나 불안했다. 그 때문에 더 더욱 자신의 앞에 앉아 있는 사람에게 덤벼들었던 것이다.

스스로 조금 반성을 하고 있기는 하지만 자신이 하는 말에 한마디 한마디 꼬맹이라고 부르면서 빈정거리고 있는 로운의 말을 듣다 보면 참자, 참자. 참을 인 자 셋이면 살인도 면한다더라 하고 다짐을 하고 있다가도 그만 발끈해 버리는 것이었다.

"자, 이쪽에 앉으십시오."

자신에게 공손하게 허리를 굽혀가며 말하는 이 카류라는 사람이 오히려 저 밖에서 서성대고 있을 로운이라는 사람보다 대하기가 껄끄러운 것 역시 사실이다.

속으로 투덜투덜대면서 경하는 카류의 안내대로 자리에 앉았다.

"자, 그럼."

카류는 경하가 의자에 앉는 것을 보더니 천천히 걸어가서 벽에 있는 긴 손잡이를 잡아당겼다. 그러자 길게 드리워져 있던 연푸른색의 휘장이 가운데서부터 양쪽으로 갈라졌다.

"…헤에."

휘장 뒤편에서 나타난 것은 거대한 대륙의 지도와 같은 것이었다.

커다란 대륙이 하나. 그리고 그 오른쪽 아래에 위의 대륙의 5분의 1 크기만한 섬(?) 같은 것이 있었다.

그 위에 쓰여져 있는 글자는 이상한 모양의 글자였는데, 그보다 더 이상한 것은 경하가 그 글자들이 무엇이라고 쓰여 있는지 읽을 수가 있다는 사실이었다.

"아슈레이?"

"네, 이것이 우리의 대륙. 아슈레이입니다. 역시 읽으실 수 있군요."

'아슈레이? 무슨 아수라 백작도 아닌 것이 무슨 이름이 저래?'

"이유는 모르겠지만 읽히기는 하네요."

역시 판타지 세계는 판타지 세계인가 하고 경하는 생각했다.

"다행입니다. 말은 통할 것이라고 생각했지만 글까지 읽게 되실 줄은 몰랐기 때문에……."

"그런데 도대체 여긴 어디예요?"

차분한 목소리로 이야기하고 있는 카류에게 경하는 대뜸 질문을 했다.

무엇보다도 그것이 제일 궁금했기 때문이다.

"아슈레이 대륙입니다. 그리고 경하님이 계신 이곳은 바로 여기."

어느새 손에 들었는지 카류는 얇고 긴 막대기를 들어서 한곳을 가리켰다.

"바람의 나라, 미메이라입니다."

멍한 머리로 경하는 카류가 하나하나 짚어가는 나라들을 보고 있었다.

장방형의 거대한 대륙 위의 중심부에 있는 것이 대륙의 이름과 같은 아슈레이라는 곳, 그리고 그 사방으로 거의 같은 크기로 4개의 나라가 있었다.

바람의 나라 미메이라, 불의 나라 호로스, 물의 나라 나유, 그리고 마지막으로 땅의 나라인 바라스.

"자, 잠깐요! 좀 천천히 해요. 이게 무슨 지리 시간도 아니고 웬… 으, 골 복잡해."

"처음만 그러실 겁니다. 앞으로도 이야기는 많이 남았습니다만, 일단은 대륙에 대한 것은 이 정도로 해두죠. 시간은 많으니까요."

머리를 쥐어뜯는 경하를 보면서 카류는 살짝 웃음을 지었다.

"일단 우리 미메이라에 대한 설명을 간단히 해드리지요. 이 아슈레이 대륙에는 아까 말씀드린 신국이 4개 있습니다. 이 세계를 이루는 4개의 물질을 대표로 하는 곳이지요. 그 때문에 신국으로 불리기도 합니다만, 아무래도 이쪽 아래에 있는 가이칸 제국과 비교한다면 나라라고 하기에는 조금 무리가 있을지도 모릅니다. 하지만 각기 가지고 있는 능력과 또 그 힘을 생각하신다면 신국이라는 단어가 절대 부끄럽지 않지요."

그리고 이어진 카류의 말은 다음과 같았다.

아슈레이의 대륙에는 많은 나라가 있지만 그중에서도 바람과 물과 기타 4개의 신국 사람들은 태어날 때부터 다른 나라 사람들은 가지고 있지 못한 이른바 신의 힘을 가지고 태어난다. 그 신의 힘을 통칭 엘(EL)이라고 한다.

바람의 나라에서 태어난다고 해서 100% 바람술사만 태어나는 것은 아니다. 때로는 물이나 불, 땅의 힘을 가진 특이한 술사가 태어나는 경우도 있다. 또한 능력을 가진 자와 그렇지 못한 자의 출생 비율은 거의 9 대 1의 비율.

중요한 것은 이 4개의 신국은 아슈레이 대륙 전체에 흐르고 있는

4원소의 힘을 유지하는 역할을 담당하고 있다는 것이었다.

"일단 그런 자세한 설명은 나중에 듣구요. 그럼 제가 여기에 있는 이유는 도대체 뭐예요?"

길고 긴 설명을 듣고 있자니 경하는 점점 더 머리가 아파오는 것 같았다. 실제 공부를 싫어하는 타입은 아니지만 이렇게 본의 아니게 듣고 있는 경우라면 약간 사정이 다른 것이다.

"그게 제일 궁금하신 모양이군요."

"당연하죠!"

불끈하는 경하를 보면서 카류는 빙그레 웃음을 지었다. 적어도 왕성한 호기심을 보이는 쪽이 좀 더 다루기 쉽다고 생각하고 있기 때문이었다.

"자, 그럼, 본격적으로 미메이라에 대해서 알려드려야겠군요. 우리 미메이라는, 아니, 우리뿐만 아니라 나머지 4개의 신국이 다 그렇긴 합니다만 우리에게 주어진 제일 큰 과제는 아무래도 아슈레이 대륙에 흐르고 있는 4원소의 힘을 원활하게 유지시키는 것입니다. 때문에 그 대표인 수장은 대대로 핏줄을 따른다기보다는 동시대 가장 강한 힘을 가진 자를 선출하여 수장으로 추대하고 있습니다."

"흐응."

제일 잘난 인간이 왕이 되는 실력 주의란 이야기다. 나름대로는 효율적인 제도라고 생각하며 경하는 고개를 끄덕였다.

"하지만 보통 사람들이 타고나는 엘의 능력은 유전되는 경우가 많기 때문에 아무래도 전대 수장의 아들이나 딸이 다음의 수장이 되는 경우가 많습니다. 그리고 어제 일을 기억하시는지요?"

"어제요?"

"네, 저희가 풍옥의 방으로 모셔가서 계승 의식을 치른 방을 말하는 것입니다."

"풍옥?"

"풍옥은 간단하고 이해하기 쉽게 말하자면 바람의 힘이 실체화된 것을 말하는데, 그것은 미메이라의 수장에게 대대로 이어지는 수장의 증거와도 같다고 생각하시면 됩니다."

"그런데요?"

카류의 설명을 듣고 있다 보니 경하는 조금씩 불안해져 가기 시작했다. 아무래도 뜸을 들이는 것을 보니 뭔가 자신이 모르는 무엇인가가 훨씬 더 많이 남아 있을 것 같은 기분이 들었기 때문이다.

"그 풍옥을 수용하는 것이 바로 수장의 능력의 기반이 됩니다. 그때문에 엘이 약한 사람은 그 풍옥을 볼 수도, 그리고 그것을 받아들일 수도 없지요."

'그렇다는 것은……'

카류의 말이 이어질 때마다 경하는 자신의 짐작이 조금씩 맞아들어간다고 생각했다. 그럼 다음에 기다리는 것은 '그래서 우리를 구원해 주십시오! 뭐 이런 것이 아닐까?' 하는 생각까지 들고 있는 경하였다.

"선대 수장이셨던 레이죠님께서 가지고 있던 풍옥은 레이죠 장로님께서 나이가 들어가시면서 힘이 약해져 자연스럽게 장로님의 몸에서 분리되어 어제의 그 장소로 돌아갔습니다. 그래서 저희들은 이제 다음 대의 수장을 추대할 때가 되었다는 것을 알게 되었죠. 그것이 벌써 두 달 전의 일입니다."

"두 달이요? 그게 얼마나 되는 건데요?"

"보통 해가 지고 뜨는 것을 기준으로 하루라고 계산을 합니다. 그리고 하루가 30번이 모이면 그것을 한 달이라고 하지요."

"흐응, 제가 있던 곳과 다른 것은 없네요."

"그렇습니까?"

날짜나 시간 같은 것이 경하가 있던 현실과 크게 다를 바가 없다는 것을 알고 경하는 작은 안도의 숨을 내쉬었다. 이상한 데 끌려온 것이 사실이긴 하지만, 일단은 자신이 알고 있던 익숙한 것들이 조금은 그대로 유지된다는 것은 커다란 힘이 되었기 때문이다.

"여하튼 간에 두 달 전에 그 일이 생긴 후 저희들은 관례에 따라 일을 처리하려고 했습니다. 하지만 문제가 생겼습니다. 레이죠 수장님의 따님, 그러니까 시안님께서 그 힘을 물려받고 다음 대의 수장이 되는 것이 거의 기정사실이었습니다만……."

"그게 아니었다는 이야긴가요?"

"잘 아시는군요. 이해가 빠르시니 다행입니다."

'누굴 바보로 아나. 쳇! 그 정도 설명이라면 대충 알아듣는다구!'

"레이죠 장로님께서 물러나신 후 저희들은 곧 법도에 따라 계승 의식을 마련했습니다. 하지만 이변이 발생했습니다. 누구도 의심치 않았던 사실임에도 불구하고 시안님의 엘이 풍옥을 받아들이기에는 모자랐기 때문입니다."

"그러면 다른 사람을 찾으면 되잖아요."

"물론 그렇게 했습니다. 하지만 지금은 경하님께서도 느끼실 수 있겠지만 엘을 가지고 있는 사람들은 자연스럽게 자신보다 더 강한 엘을 가지고 있는 사람들을 자연스럽게 느낄 수가 있는데 아무리 찾아도 시안님보다 더 강한 엘을 가지고 계신 분은 찾을 수가 없었습니다."

그 말을 듣고 경하는 잠시 고개를 갸우뚱했다.

'힘을 느낀다구? 하지만 난 아무것도 못 느끼는데?'

"시안님의 여동생이신 시유님도 물망에 올랐지만 시안님보다는 약하셨고, 그래서 우리는 고민에 빠지기 시작했습니다. 그리고 그대로 두 달의 시간이 흘렀지요."

카류의 목소리가 점점 엄숙해져 갔다.

"두 달이 지나자 우리는 미메이라에 퍼져 있는 엘의 균형이 무너져 간다는 것을 느끼게 되었습니다. 그것을 가장 잘 드러내 주고 있는 것이 바람의 방향이었는데, 보통 미메이라의 바람은 이런 식으로……"

카류가 다시 지도를 가리켰다.

"여기 미메이라의 중심부에 있는 이 수장궁에서부터 사방으로 소용돌이 모양으로 바람이 부는 것이 기본입니다. 하지만 한 달 전 정도부터 이 바람이 모두 북풍으로 바뀌었습니다. 그러니까 이곳으로부터 바람이 불어 나오는 것이지요. 미메이라의 수장이 없기 때문에 발생하는 현상입니다."

그러면서 카류가 가리킨 곳은 미메이라의 위쪽, 아슈레이라는 글자만 달랑 써진 작은 동심원의 땅이었다.

"그래서 저희들은 더 이상 이 상태를 유지할 수 없다고 판단하고 수장이 될 분을 이계(異界)로부터 소환을 하기로 했습니다."

"소환이요? 어째서?"

"선대의 대신관으로부터 구전되어 오는 일종의 비전입니다. 미메이라의 사람들 중 계승자를 찾을 수 없을 때 이계의 힘으로부터 미메이라를 계승하라, 라는 구전이지요."

잠잠히 듣고 있던 경하는 가슴속이 쿵, 하고 내려앉았다.

어제부터 설마설마 하고 있었지만 방금 전 카류의 말을 듣는 순간 자신의 생각이 그대로 맞았다는 것을 깨달은 것이다.

진짜로 자신은 현실 세계에서 벗어나 알 수 없는 이상한 세계로 떨어진 것이다.

"그리고 저는 장로회를 소집하여 이계로부터의 소환을 통해 이 미메이라를 계승할 사람을 찾자는 안을 통과시켰습니다. 그래서 지금 경하님께서 이렇게 이곳에 계시는 것이지요."

표정이 사라진 경하의 얼굴을 보면서 카류는 가슴을 쓸어 내렸다.

"그리고 그 비전대로 이계 소환술을 통해 이곳에 오신 경하님은 아주 가볍게 계승 의식을 통과하셨고, 그 증거로 어제부터 다시 바람의 방향이 바뀌기 시작했습니다. 원래대로 말입니다."

"잠깐! 잠깐 멈춰봐요!"

"네?"

"그러니까, 지금 여기는 현실 세계가 아니라 아슈레이라는 곳이고 저는 소환되어 온 사람이고, 그리고 지금 제가 이 미메이라라는 나라의 수장이 되었다는 소린가요?"

"아직 의식이 더 남아 있기는 합니다만 정확한 표현입니다."

"그런 게 어디 있어요?! 웃기는 소리하지 마세요!"

경하는 자리에서 벌떡 일어났다.

지금까지 그냥 이상한 곳에 떨어졌나 보다라고 단순하게만 생각하고 있었지만 경하 자신이 생각하고 있던 것보다 훨씬 문제가 심각했다.

"도대체 그런 게 어디 있어요! 그리고 그게 왜 난데요? 그럴 이유가 어디 있냐구요!"

공부하는 게 좀 귀찮고, 괴물 같은 형이 귀찮고, 학교에 다니는 것도 조금은 귀찮았지만 경하에게 있어서 그것은 현실이었다. 특별하게 현실에 어떤 불만을 가진 것도 아니고 아무렇지도 않게 생활하고 있던 경하에게 있어서 카류가 해준 말들은 도무지 이해가 가지 않는 것들뿐이었다. 아니, 머리로는 이해했지만 절대 용납할 수가 없었다.

"내가 오겠다고 한 것도 아니고 마음대로 사람을 불러서 어딘지 제대로 알지도 못하는 곳에서 왕 노릇을 하라고 한다면 호락호락 '네! 알았습니다. 하지요. 와~ 기뻐라. 신난다!' 라고 할 것 같아요?!"

"…저, 경하님."

"웃기는 소리하지 마세요! 당장 돌려보내 줘요!"

'왕 노릇을 하라구? 웃기지 마. 귀신 시나락 까먹는 소리하고 있어!!'

"진정하십시오."

"현실이 지긋지긋해서 어디론가 휙 4차원의 공간에 빠져들고 싶은 사람이면 몰라도 나는 별로 그럴 생각 없어요! 저도 제가 사는 현실 세계를 100% 맘에 들어하는 것은 아니지만 거기는 내가 속한 세계고 그래서 충분히 좋고 만족한다구요!!"

"……"

경하가 패닉 상태에 빠져 소리를 질러대자 카류는 입을 다물었다.

흥분하고 있는 경하에게 지금 어떤 소리를 해도 먹혀 들어가지 않을 것이라는 것을 알고 있었기 때문이다.

하지만 자신이 생각하고 있던 것보다 훨씬 강한 반발에 카류는 적지 않게 놀라고 있었다. 강하게 호기심을 드러내고, 식사도 주는 대로 먹고, 그리고 지금까지는 시키는 대로 얌전히 따르던 경하였기 때문이다.

한참을 소리치던 경하는 제풀에 지쳐서 입을 다물더니 오도카니 의자에 앉아서 카류를 노려보기 시작했다.

"돌려보내 줘요."

"경하님."

"돌려보내 달란 말야! 바람의 힘이니 뭐니 내가 알 게 뭐야! 엘을 느낀다고? 웃기는 소리하지 마! 엘이고 뭐고 내가 느끼는 것은 하나도 없어! 그러니까 당장 돌려보내 줘!"

"……"

"데리고 왔으면 제자리에 돌려놓을 수도 있잖아요. 빨리 돌려보내 주세요. 그리고 다른 사람을 찾아보라구요!"

순간 카류는 밀려오는 바람에 잠시 뒷걸음을 쳤다.

당황하던 그는 순간 밀려오는 바람을 맞고 다시 제정신을 차렸다.

"엘을 못 느끼신다고 하지만 이미 엘을 자연스럽게 쓰고 계시군요."

조금 전 밀려온 바람은 경하가 자신도 모르게 쓴 바람의 힘, 즉 엘(EL)이었다.

너무도 화가 나자 경하의 의지가 몸에서 바람의 형태로 엘이 흘러나온 것이었다.

"그걸 내가 알 게 뭐야! 빨리 돌려보내 줘요. 제길! 난 시큼털털한 우유랑 설탕 덩이를 먹고는 못 산단 말이야!"

그 말에 카류의 얼굴에 약간 주름이 생겼다.

순간 경하는 아차! 싶었다. 말을 하다 보니 본의 아니게 조금 전에 먹었던 설탕 덩어리로 가득한 식탁이 떠올랐던 것이다.

'제길. 실수야, 실수. 빌어먹을! 어째서 거기서 먹는 이야기가 나오는 거냐! 요놈의 주둥이가!!'

잠시 시간을 두고 표정을 굳히고 있던 카류는 의외로 경하의 말에는 신경을 쓰지 않는지 담담하게 대답했다.

"불가능합니다."

'뭐라구?'

딱 잘라 말하는 카류의 말을 듣고 경하는 아연해졌다. 불러왔다면 도로 돌려보낼 수도 있을 텐데 그것이 안 된다고 말하는 것이다.

"웃기는 소리하지 마세요!"

"잠시 진정하시고 제 말을 다시 들어주십시오. 정확하게 말씀드리면 현재는 불가능합니다."

"네?"

"경하님께서 저희가 말씀드리는 대로 따라주시고, 그리고 의식을 성공적으로 마쳐 주신다면 그때 돌려보내 드리겠습니다."

"그러니까 그건 다른 사람을 찾으라니까요."

"그것도 불가능합니다. 이계 소환술은 생각하시는 것만큼 가볍게 쓸 수 있는 주문이 아닙니다. 이미 제가 한번 사용을 한 이상 앞으로 다시 소환술을 쓸 수 있을 때까지 엘이 회복되길 기다리는 데는 시간이 더 필요합니다."

'우우우~ 그런 게 어디 있어!'

"그럼 다른 사람이 하면 되잖아요."

"현재 미메이라에서 이계 소환술을 쓸 수 있는 사람은 저 혼자뿐입니다."

카류는 딱 잘라서 말했다.

사실 방금 말한 것에는 약간의 거짓말이 섞여 있었다. 물론 현재로써는 그 자신밖에 없는 것이 맞기는 하지만 하려고 한다면 못할 것도 없는 일이었기 때문이다. 엘이 모자란다면 다른 사람의 엘을 빌려오면 그만이다.

"그리고 조금 전 '아무나'라고 말씀하셨습니다만은 이계 소환술에 의해 불려오는 사람이 아무나 마구 불려오는 것은 아닙니다. 이쪽에서 소환술을 쓸 때 엘에 의해서 자동적으로 이 아슈레이의 땅으로 불려오는 사람은 이곳에 가장 잘 맞는 능력을 가진 사람이 선택되는 것입니다."

카류는 눈앞에 앉아 있는 소년을 내려다보았다.

실제 자신도 이 소년이 눈앞에 나타나서 그렇게 간단하게 풍옥을 받아들이는 것을 보고 상당히 놀란 차였다.

아무리 소환한 이계의 사람이고 가장 능력이 뛰어난 사람이 불려왔을 것이라고 생각해도, 너무나도 간단하게 경하는 풍옥을 흡수했던 것이다. 선대의 수장만 해도 이 계승 의식을 치르는 데 3일이나 고생을 했던 것을 카류는 기억하고 있었다.

본인은 느끼지 못한다고 말하지만 지금 경하의 몸에서 풍겨 나오는 엘의 파장은 아무리 풍옥의 힘에 의해 증폭되었다고 하지만 지금까지는 전혀 느껴보지 못했던, 정말 강력한 파장이었다.

카류는 경이로운 힘을 가진 경하라는 소년을 놓치고 싶지 않았다.

"저로서도 경하님께서 그렇게 말씀하신다면 보내드리고 싶긴 합니다만 시간이 필요한 것이고, 이렇게 이곳에 오시게 된 이상 이것은 모두 바람의 신 미메이라님의 의지라고 전 생각합니다."

경하는 엄숙한 목소리로 말하고 있는 카류를 바라보며 절망에 빠졌다.

그렇다면 앞으로 돌아갈 때까지 그 시큼한 우유와 설탕 덩어리 빵을 한참이나 먹어야 한다는 소리다. 왜 먹을 것부터 생각나는지 모르겠지만 일단 인간에게 제일 중요한 것은 의식주다. 입는 것은 예전부터 판타지 만화나 소설에서 보았던 것과 거의 같았기 때문에 그리 거부감이 없고, 집이라는 것은 말을 들어보니 이 신전이나 수장궁이라고 하는 게 집인 모양이지만 음식만은 문제가 있었다.

'돌아가면 제일 먼저 치과부터 가야 할지도 모르겠네.'

그렇게 경하는 엉뚱한 생각을 하고 있었다.

"좋아요. 그럼, 일단 돌아갈 수는 있다는 거죠?"

"그렇습니다."

"알았어요. 기브 엔 테이크라는 소리죠?"

"네?"

"아니요. 그냥 하는 소리예요."

판타지 세계에 있는 사람이 영어를 이해할 리가 없다는 것을 생각하고 경하는 입을 다물었다. 하지만 역시 지금 본의 아니게 이렇게 앉아 있다는 사실은 변함이 없다.

"그러면 제가 해야 할 일이 뭐죠? 그 의식인지 뭔지가 도대체 뭔지 설명해 주세요."

"좋습니다."

카류는 빙그레 웃음을 지었다.

자신이 살아오면서 만난 가장 커다란, 경이로울 정도의 엘을 가진 소년 경하를 보고 있는 것만으로도 카류는 마음이 놓였다.

카류는 다시 가는 막대를 손에 쥐었다.

"그럼 지금부터 경하님께 다른 여러 가지를 설명해 드리겠습니다."

로운 디 로크레슈

The Wind of Ashurei

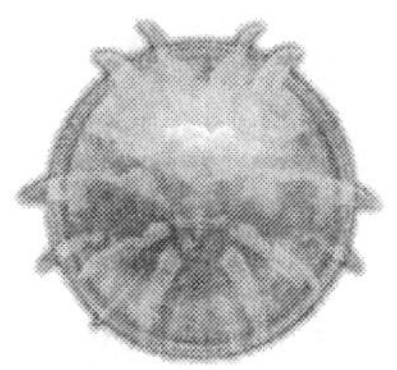

"역시 그 방법밖에 없는 걸까요?"

"과거 종종 행해져 왔던 전적도 있으니 특별한 문제는 없을 것이라 생각합니다만."

"하지만 시안님께서 어떻게 받아들이실지."

짙은 녹색의 휘장 안에 사람들이 앉아 있었다.

갈색의 로브로 몸을 감싼 남자는 그 가운데 서서 종종 건네져 오는 질문들에 대해 대답을 했다.

"레이죠 장로님께서 시안님을 설득해 주셔야겠습니다."

수석 장로인 카류의 말에 둥글게 둘러앉아 있던 사람들이 일제히 한 사람에게 시선을 집중했다.

금색과 흰색의 보석으로 연한 푸른색의 로브를 장식하고 앉아 있던 그 사람은 제131대 미메이라의 수장이었던 남자였다. 이제는 원로회로 물러나 그의 딸인 시안에게 그 자리를 넘겨주는가 했지만 상황은 그가 바라는 대로 이루어지지 않았다.

그는 푸른색의 로브 속에서 딱딱하게 굳어가는 손가락을 하나씩 당겨 굳게 주먹을 쥐었다.

식은땀이 그의 등을 흘러가는 기분이었다.

능력에 따라 수장의 지위가 결정되는 그의 나라에서 100대를 이어 내려온 이른바 왕족이라는 경이롭고도 위대한 전통이 그의 대에서 사라지는 순간이었다.

"뭐니 뭐니 해도 우리 일족의 생사와 국운이 걸린 문제입니다. 사사로운 인간적인 감정은 배제될 수밖에 없겠죠. 시안의 설득은 제가 담당하겠습니다."

낮게 깔리는 목소리에 사람들이 작게 한숨을 내쉬었다.

그 속에 안심의 느낌이 섞여 있다는 것을 레이죠 장로는 피부로 느낄 수 있었다.

자신이 반대하더라도 장로회는 그들이 정한 대로 일을 해 나갈 것이다. 그럴 바에는 순순히 장로회의 뜻에 따르는 쪽이 자신에게도 또한 자신의 딸에게도 좋을 것이라고 그는 생각했다.

"그럼 날짜는……."

"일단 시안님을 설득하는 즉시 시행하도록 하겠습니다. 제반 준비 사항은 신전에 일임하도록 할 예정이니 이곳에 계신 장로님들께서는 오늘 결정된 모든 사항에 대해 함구해 주시길 바랍니다."

수석 장로 카류의 말에 모두 고개를 끄덕였다.

"이미 바람의 방향이 바뀌고 있는 것을 모두 느끼고 계실 것이라 생각합니다. 바람의 방향이 바뀌고 있다는 것에 어떤 의미가 있는지도 모두 알고 계시겠지요."

카류의 목소리에는 약간의 흔들림이 섞여 있었다.

작은 안도의 한숨과 불안, 흔들리는 인간들의 마음이 공기 속에 섞여 들어간다.

"더 이상 지체하기도 힘든 일. 어려운 결정이었지만 오늘 모여주신 분들께 수석 장로로서 감사의 말씀을 드립니다."

카류는 한 손을 들었다. 그의 옷에 달려 있는 투명한 보석들이 흔들렸다.

"그럼 이상으로 회의를 마치겠습니다."

*　　　*　　　*

세찬 바람이 소용돌이처럼 하늘을 질러 올라갔다가 서서히 잦아들었다.

햇살이 가득한 신전의 가장 꼭대기 위.

그 꼭대기 위의 넓은 공간에 동심원이 몇 개나 겹쳐져 그려져 있는 소환진이 있었다.

천천히 사라지는 바람을 느끼면서, 수석 장로이며 미메이라의 대신관인 카류는 그 소환진의 중심부를 바라보았다.

바람이 사라지면서 그 안에 나타난 소년.

청색의 바지와 연한 녹색으로 이루어진 옷을 입고 있는 소년이 그 안에 쓰러져 있는 것을 보면서 그는 안도의 한숨을 내쉬었다.

'성공했군. 나름대로는 거의 도박이나 다름없었지만……'

"저 소년입니까?"

카류의 뒤쪽에서 낮은 목소리가 들려왔다.

"그런가 봅니다."

“그렇다면 시안은…….”

뒤쪽에서 말을 걸어온 사람은 이미 시안에게 자리를 물려주기 위해서 수장의 자리에서 물러난 레이죠 장로였다.

레이죠 장로는 쓰라린 가슴을 간신히 다잡으면서 그 소환진 안에 정신을 잃고 쓰러져 있는 소년을 바라보았다.

얼굴을 바닥으로 하고 쓰러져 있는 까닭에 자세히 볼 수는 없었지만 쓰러져 있는 그 소년이 어렴풋이나마 자신의 딸인 시안을 닮았다는 것을 느낄 수 있었다.

“전승이 꼭 거짓만은 아니었던 것 같군요.”

“거짓이라면 저 소년이 이곳에 있을 수가 없지 않겠습니까? 되도록 시안님의 육체나마 남아 있기를 기원했지만…….”

“…….”

“인간이 바라는 대로 모든 것이 이루어진다면 지금 이 소년이 이곳에 있을 이유도 없지 않겠습니까.”

카류는 말을 이으며 조금 전까지 자신들의 앞에서 굳게 입술을 다물고 있던 시안의 얼굴을 떠올렸다.

“다시 한 번… 말씀해 주시겠습니까?”

시안은 방금 들은 것이 사실이 아닐 것이라고 생각했다.

분명 자신의 능력이 미메이라의 수장이 되기에는 역대 수장들보다 부족하다는 것을 느끼고 있었지만 직접 그것을 다른 사람의 입에서 듣게 되자 생각보다는 훨씬 큰 충격이었다.

“원로회에서도 심각하게 고민하고 또 고민했다. 하지만 이미 미메이라에 불어오는 바람의 방향이 달라지고 있는 이 상황에서는 이 아버지도 어쩔 수가 없었단다.”

따스하면서도 고통에 가득 찬 눈이 자신을 바라보고 있었다.

"죄송합니다, 시안님. 하지만 더 이상은 지체할 수가 없기에."

"조금. 조금 시간을 주시겠습니까?"

시안은 황급하게 말을 끊으며 실례를 고하고 자리를 박차고 일어섰다.

더 이상 그대로 가만히 앉아서 듣고 있기에는 온몸에 몰아치는 절망과 또한 자괴감이 너무나도 거세게 밀려왔기 때문이다.

실력으로, 정확하게 말하자면 바람의 술을 쓸 수 있는 신력 그 자체로 수장의 자격이 결정되는 나라 미메이라.

자신은 그 미메이라에서도 최고의 혈통을 자랑하고 있는 이른바 왕족의, 수장의 딸이다.

어릴 때부터 다음 대의 수장이 되기 위해서 그녀는 피나는 훈련과 수업을 계속해 왔다.

그것이 지금 한순간에 사라지려 하고 있었다.

시안은 수장궁의 가장 꼭대기, 자신이 가장 좋아하던, 항상 바람이 가득 몰려오는 수정의 방에서 생각에 빠져 있었다.

어릴 때부터 그녀가 받아왔던 것은 도대체 다 뭐였을까?

무엇이 부족하기에 미메이라의 바람이 바뀌어가는 이 시점에서 자신은 이렇게 무력하게 앉아만 있어야 할까?

"정말 말도 안 돼."

어두웠던 방이 이제 서서히 저 멀리 평지에서 떠오르고 있는 태양빛으로 조금씩 밝아오고 있었다.

그 빛이 가득 그 방을 메웠을 때, 시안은 자리에서 일어났다.

"소환술을 써야 한다고 들었습니다. 소환술 정도의 큰 술을 시행하려면 대신관님 한 분의 힘으로는 어림없을 것이라고 생각합니다. 실제 지금까지 소환술을 이루기 위해서는 적어도 두 사람 이상의 엘이 필요했다고 기억하고 있습니다. 소환술을 도울 사람이 필요하시겠지요? 제가 하겠습니다. 적어도 그것이 계승자로서 교육을 받아왔고, 또한 그 의무를 지고 있던 제가 할 수 있는 최대의 일이라고 생각합니다.”

흔들림없이 말하던 시안의 눈빛을 기억해 내면서 카류는 한숨을 내쉬었다.

방금 전 그가 쓴 소환술은 이계(異界)에서 생명을 가진 한 사람을 소환해 오는 이른바 미메이라의 신전에서도 가장 깊숙한 곳에 숨겨져 있던 일종의 비전이었다.

소환술이라는 것은 보통 다른 곳에 있는 사람이나 물건 등을 원하는 곳으로 불러내는 것으로, 그리 어렵지 않은 환술이었지만 그 대상이 이계에 있는 것이라면 사정이 달라진다.

이계로부터의 소환술을 쓰기 위해서는 일반적인 소환술을 위해 사용되는 엘의 수십 배가 필요했던 것이다.

이계로부터 현계로, 그것도 물건이 아닌 사람을 소환한다는 것은 거의 자신이 가진 모든 엘을 소비해야 한다. 때로는 목숨을 잃을 수도 있는 것이 바로 이계 소환술.

소환시 소환자의 능력이 뛰어나면 뛰어날수록 소환되어 오는 사람의 능력도 그 비례로 커진다. 엘은 엘을 부른다는 가장 단순하고도 변하지 않는 진리가 소환술에도 그대로 정확하게 적용되는 것이다.

풍옥을 흡수할 수 있을 만큼의 능력은 안 되지만 시안은 현존하

는 가장 최고의 능력자. 그런 시안의 목숨을 대가로 하여 소환되어
온 소년.

실제로 과거에 이계 소환술을 시행하면서 많은 능력자들이 목숨
을 잃었다. 하지만 카류는 시안의 육체가 흔적조차 없이 사라진 것
에 적지 않게 동요하고 있었다. 적어도 시안 정도의 능력자라면 육
체는 남아줄 것이라고 그는 생각하고 있었기 때문이다. 하지만 그
는 애써 마음을 다잡았다.

이미 되돌릴 수 있는 고개를 넘어선 것이다. 더 이상은 포기도 할
수 없고 두려워할 수도 없다.

정신을 잃고 쓰러져 있는 소년을 잠시 말없이 바라보던 카류는
조용히 입을 열었다.

"저 소년을 어서 옮기게, 로운. 곧 의식을 행해야 할 테니. 그리고
장로님……."

"……."

한없이 환진 위에 누워 있는 소년을 바라보던 레이죠 장로는 카
류의 말에 간신히 고개를 돌렸다.

이제 그 소년은 로운의 팔에 안겨 사라지고 없었다.

"레이죠 장로님?"

"카류."

"예."

몇십 년 동안이나 흔들림없이 자신의 눈을 바라보던 레이죠 장로.
그의 눈동자가 흔들리고 있었다.

레이죠 장로는 그 소환술의 순간에 갑작스럽게 수십 년의 나이를
먹어버린 사람처럼 그렇게 멍하게 앉아 있었다.

"카류, 이것이 옳은 일인가?"

"……"

"시안이 희생하여 불러온 소년이 정말로 이 미메이라의 구원이 될 거라고 생각하는 건가?"

"누구보다 강한 엘의 소유자셨던 시안님이 불러온 소년입니다."

"그렇겠지."

"누구보다 강하고 바른 심성의 소유자셨으니 시안님께서 이끌어 온 저 소년은 시안님의 빈자리를 충분히 채울 겁니다."

"그래, 그래야겠지."

카류는 고개를 숙인 채 일어날 줄 모르는 레이죠 장로의 옆에 서서 한없이 하늘을 바라보았다.

"저의 의무입니다. 아버님을 설득해 주십시오. 누구보다 강한, 미메이라를 위한 사람을 불러들일 겁니다. 바로 저, 시안 리에 디 하로이엔 미메이라가 그렇게 할 것입니다."

시안의 마지막 목소리가 다시 그의 귓가를 바람처럼 스쳐 지나갔다.

*   *   *

"그게 무슨 말씀이십니까? 어째서 시안님이……"

"자네 마음이 어떨지는 충분히 짐작이 가네. 하지만 이것은 시안님 본인이 원하신 것이야."

"하지만 그렇다고 해도 어떻게 그런……"

한참 일을 하다 말고 대신관 카류에게 불려가서 로운이 들은 말은 청천벽력과 같은 말이었다.

"이미 결정된 일이네. 시안님께서도 많은 생각을 하신 모양이니까 자네는……."

꼭 쥐고 있던 주먹이 떨려왔다.

시안이 계승 의식에서 실패를 한 후 실의에 빠져 있다는 소리는 익히 전해 들었던 사실이었다.

지금은 이미 자신이 신관으로서 살고 있지만 한때 자신의 약혼녀였던 소녀의 얼굴을 떠올렸다.

가느다란 선으로 이루어진 단아한 얼굴, 허리까지 내려오는 환한 플라티나 블론드가 그의 기억 속에서 찰랑거리고 있었다.

그런 그녀가…….

어릴 때부터 그녀가 미메이라의 계승자로서 피나는 훈련을 해왔던 것을 그는 기억하고 있었다. 고집스럽게 입술을 앙다물고 힘든 수행을 말없이 견디어냈던 사람이 바로 시안이었다.

약혼자의 자리를 내놓고 대뜸 신관이 된 것은 사실 시안이 싫어서가 아니었다. 자신을 수장의 남편감으로 만들어놓고 권력의 중심부에 서려고 했던 그의 아버지가 싫었기 때문이다.

연약해 보이는 외모를 가지고 있지만 당당하고 강한 눈빛을 가지고 있었던 그녀를 떠올리면서 로운은 이계 소환술 직전에 만났던 그녀를 떠올렸다.

"하고 싶은 말이 많은 얼굴이네요, 로운."

"시안님."

"이미 결정한 일이에요."

그녀는 딱 잘라서 말한 후 그대로 고개를 돌려 버렸다.

"로운."

"네, 시안님."

"로운은 내게 뭐라고 할 자격 같은 거 없어요. 알고 있죠?"

로운은 그녀의 말을 듣고 하려던 말을 목구멍으로 삼켜 버렸다. 약혼자였던 관계라고 해도 그 사이에는 애정의 느낌보다는 오누이 같은 감정이 더 많았던 사이였다.

때문인지 그가 약혼자의 자리에서 물러나고 모든 기득권을 포기한 채 신관이 되겠다고 했을 때 그녀는 단 한 마디의 말밖에 하지 않았었다.

"로운이 결정한 일입니다. 제가 왈가왈부할 수 있는 일이 아니지요."

라고 말이다.

"난 로운 같은 고집쟁이는 아니에요. 단지 내가 나서는 것은 미메이라를 위해서라는 대의명분도 있지만 그보다는 내 자신을 용서할 수가 없기 때문입니다. 뭐라고 해도 나는 수장 계승자였어요."

흔들리는 입술. 그리고 가늘게 떨리는 손가락이 로운의 시야에 들어왔다.

"제가 할 수 있는 최대한의, 그리고 나보다 더 이 일에 걸맞는 사람은 없다고 생각합니다. 그것이 제 의무이고, 제 바램이에요. 수장 계승자였던 저 시안의 자존심이 걸린 문제입니다."

"하지만 그래도……"

"그래도 같은 것은 필요없습니다. 어차피 이계의 사람을 불러온다면 아마도 저는 몸을 숨겨야 할 겁니다. 그리고 제가 안 한다고 하면 어차피 다른 누군가가 희생되어야 할 것이라는 것을 모르시지는 않겠죠? 제 목숨 하나를 위해서 다른 사람의 목숨을 희생할 수는 없어요. 그러니까 제 뜻에 따라주세요, 로운."

끊어질 듯 들리지만 확고한 의지로 가득 차 있는 시안의 목소리. 그 목소리를 떠올리다 말고 로운은 문득 현실로 돌아와 고개를 돌렸다.

"제길. 설탕 좀 덜 넣은 빵 없어요? 이런 걸 도대체 어떻게 매일 먹어?"

투덜투덜 말할 때마다 입에 넣은 빵 조각이 튀어나온다.

그 시안이 자신을 희생해서 불러온 녀석이 저런 놈이라니!

로운은 벌컥벌컥 치밀어 오르는 화를 간신히 내리눌렀다.

"주방장이 최고의 솜씨를 발휘해서 만든 빵이다. 어차피 마구 처먹고 있으면서 그렇게 투덜거리지 말란 말이야!"

"제길. 최고고 뭐고 내가 알 게 뭐야! 내 입에 안 맞으면 그걸로 땡이지. 제길."

말끝마다 '제길, 제길' 하는 욕설을 꼭꼭 붙여가며 말하는 밉살스러운 소년.

물론 지금 눈앞에 앉아 있는 소년이 당혹스러워하고 있다는 것은 잘 알고 있다. 갑작스럽게 이계로부터 소환되어 와서 뜬금없이 미메이라의 계승자가 되어버렸으니 그 마음이 얼마나 당황스러울지는 짐작 가지만 그래도 아닌 것은 아닌 것이다.

언제나 부드러운 목소리로 말하던 시안에 비하면 이것은 땅과 하늘 차이.

로운은 마음속으로 마구 저주를 퍼부었다.

벌컥 벌컥 벌컥.

눈앞의 소년은 물을 마구 들이키고 있다. 최고급의 루유는 절대로 마시지 못하겠다고 버티는 바람에 루유 잔은 치워지고 대신 들어선 것이 물잔.

경하가 마실 수 있는 것은 물과 과일을 갈아 만든 과유(주스)뿐이다.

"제길. 이렇게 단 거를 먹고 댁들은 이빨도 안 썩어?"

"꼬마. 듣자 듣자 하니까 자꾸 반말을 하는데 입 좀 다물 수 없나?"

로운의 말에 빵 사이에 야채를 잔뜩 끼워서 마구 우물거리고 있던 경하가 고개를 들었다.

"밥 먹지 말라는 소리야? 입을 다물라니."

"그것도 그래! 먹으려면 그냥 먹지 왜! 빵 사이에 그딴 걸 잔뜩 끼워서 먹는 거야!!"

보기만 해도 방금 먹은 빵이 마구 올라올 것 같은 기분이다.

"아? 이거? 뭐, 햄버거는 아니지만 이게 어때서? 게다가 이렇게 달디단 설탕 덩어리를 나더러 그냥 먹으라는 것은 3일 내로 포동포동 찌워서 구워먹겠다는 의지로밖에 안 보여."

이계에서 온 소년은 먹는 것도 정말 이계스럽게 먹고 있다.

그것을 혐오스럽다는 듯이 쳐다보고 있는 로운에게 경하가 한마디했다.

"뭘 그렇게 먹는 걸 쳐다봐. 세상에서 제일 추잡한 게 먹는 거 가지고 뭐라고 하는 거라는 거 몰라?"

머리끝부터 발끝까지 시안과는 전혀 다른 소년.

그럼에도 불구하고 그 소년의 얼굴에서 시안을 떠올리고 있는 자신을 발견하는 로운.

로운의 인내심은 극에 극으로 치닫고 있었다.

"으으윽. 제길, 이따위 녀석이."

"응?"

한입 가득 빵을 물고 있던 경하가 로운을 쳐다보았다.

"아니야, 먹어. 팍팍 먹으라고. 빵에 야채를 끼워 먹든 고기를 끼워 먹든. 먹을 수 있을 때까지 잔뜩 먹으라구."

"당근이지, 아저씨."

"어째서 내가 아저씨냐!"

"이봐요, 아저씨. 내가 살던 세계에는 그런 소리가 있어. 아저씨라고 불리는 것을 두려워하기 시작한 바로 그때! 그때가 바로 진짜 아저씨가 되어 있다는 거야."

"뭐라구? 너, 오늘 나한테 좀 맞아볼래!"

"우우아악! 사람 살려! 아저씨 얼굴이 사람 잡아요!"

"조용히 하지 못해!"

경하가 후닥닥 일어나 도망가자 그 뒤를 로운이 주먹을 쥔 채 쫓아갔다.

결국은 머리 속에서 간당간당 팽팽하게 당겨져 있던 인내심의 줄이 툭, 끊어져 버리고 만 로운이었다.

*　　　*　　　*

"지금부터 로운이 경하님께 가벼운 변환술을 걸 겁니다."

"변환술이요?"

"네, 어려운 것도 아니고 몸에 무리가 가는 것도 아니니 그냥 가만히 서 계시면 됩니다. 자연스럽게.”

뚜벅뚜벅.

경하는 대신관 카류가 시키는 대로 빈 공간에 걸어가서 우뚝 섰다.

스스로도 이렇게 시키는 대로 그대로 하고 있는 자신이 신기했다. 하지만 일단 집으로, 현실로 돌아가기 위해서 현재로써는 시키는 대로 할 수밖에 없는 노릇.

기왕 이렇게 된 것 일단은 따라주고 볼 일이라는 것이 경하의 생각이었다. 이런 묘하게 강한 적응력에 경하 스스로도 상당히 놀라고 있기는 했다.

“이쯤이면 돼요?”

“네, 경하님. 자, 그럼 로운, 시작하게.”

경하의 앞에 로운이 척척 걸어와 섰다.

쫘악— 하고 로운이 자신을 노려보자 경하는 대뜸 카류에게 말했다.

“저… 할아버지. 저 아저씨 얼굴 말고 할아버지가 하면 안 돼요?”

뿌드득.

이를 가는 소리가 들렸다.

“아저씨 얼굴이 아니라고 했지!”

카류는 약간 어리둥절한 얼굴을 했다.

항상 그런 것은 아니지만 대부분 무표정한 얼굴로 일관하던 로운이 경하가 한마디하자마자 바로 감정을 드러내고 있었기 때문이다.

“도대체 그게 무슨 소리인가, 로운.”

“아, 대신관님, 죄송합니다. 저 꼬마가 자꾸……”

“자꾸 나더러 저 아저씨 얼굴이 꼬마라고 하잖아요!”

뚱한 표정으로 말하는 경하를 보고 카류는 그제서야 ‘하하하’ 하고 웃음을 터뜨렸다.

"자, 자, 경하님. 경하님께서 로운이라고 부르시면 로운도 꼬마라는 소리는 안 할 겁니다. 자, 이제 그만 하고, 중요한 것은 호칭이 아닙니다. 로운!"

"네, 대신관님."

카류의 말에 순간 평정을 찾은 로운은 잠시 헛기침을 했다.

별것도 아닌 것을 가지고 경하와 티격태격한 것이 조금 부끄럽기도 했기 때문이다. 하지만 간만에 좀 경건한 마음으로 변환술을 쓰려고 마음을 먹고 있었는데 경하가 거기에 자꾸 초를 치는 소리를 하니 참을 수가 없었던 것이다.

평소의 그는 언제나 약간 굳은 얼굴을 하고 있었다. 기사의 자리에서 물러나 신관이 되었을 때부터 자신의 감정을 자제해 왔던 그였다.

하지만 그 강한 자제심이 저 꼬마를 보기만 하면 울컥울컥하면서 슬며시 사라진다.

"자, 경하님. 그냥 자연스럽게 '받아들인다'라는 느낌으로 서 계시면 됩니다. 모든 것은 여기 있는 로운이 알아서 할 것입니다."

로운은 두 손을 앞으로 가져와 가볍게 주먹을 쥐었다.

"로운 디 로크레슈. 바람의 이름 미메이라의 시작에서 끝."

낮은 목소리가 부드럽게 흐르기 시작한 바람과 함께 섞여 들어가기 시작했다.

로운의 손이 펼쳐지자 그 손에서부터 바람의 형태가 가시화되어 위이잉 소리를 내면서 사방으로 흘러나갔다.

쐐액— 하는 가벼운 파공성과 함께 로운의 손에서 일어난 동그란 바람이 로운의 손을 떠나 경하에게로 몰아쳐 갔다.

"우, 우웃!"

세차게 불어오는 바람에 경하는 그만 눈을 감았다.

눈도 뜰 사이 없이 몰려오는 바람.

부웅— 하고 경하의 몸이 떴다. 날카롭게 몰려오던 바람이 가닥가닥 나뉘어 경하의 몸을 감싸 안았다.

부드러운 바람들이 실낱처럼 나뉘어 경하의 몸속으로 파고들자 경하는 그 이상스러운 감각에 비명을 질렀다.

"으, 아아악!!"

세포 구석구석으로 파고드는 바람.

경하는 자기도 모르게 속으로 마구 욕을 퍼부었다.

'어디가!! 어디가 가만히 서 있으면 되는 거야! 이런 거면 미리 말을 하지!'

풀썩!

경하가 속으로 욕을 퍼붓기 시작한 바로 그 순간. 공중에 떠 있던 경하는 힘을 잃고 그대로 바닥으로 떨어졌다.

"아윽! 으윽. 엉덩이야. 이런 건 좀 미리미리 말을 해주면 안 돼요? 왜 자꾸 떨어뜨리는 거얏! 아우~ 엉덩이 아파."

굼실굼실 부딪친 엉덩이를 문지르면서 경하가 자리에서 일어섰다.

"성공이로군. 수고했네, 로운. 역시 최고의 술사야, 자네는."

"아니, 과찬이십니다."

로운은 카류를 향해 고개를 숙였다.

사실은 이번에 맡은 임무 중에서 제일 하고 싶지 않은 일이었지만 어쩔 수 없었다.

로운은 앞에서 잔뜩 얼굴을 찌푸린 채 일어서는 경하를 바라보았다.

"우씨… 어라?"

경하는 잠시 우뚝 일어서다 말고 몸을 굳혔다.

조금 전까지 보이지 않던 이상한 것이 눈에 보였기 때문이다.

"이, 이게 뭐야!"

고개를 숙이자 하늘하늘하는 머리카락이 앞으로 쏟아졌다. 고등학생답게 스포츠형의 머리를 하고 있던 경하에게는 절대로 있을 수 없는 일이었다.

식은땀이 줄줄 흘러내렸다.

손가락에 잡힌 머리카락은 검은색이 아니었다.

눈이 부실 정도의 투명한 백색에 연한 푸른색이 감도는 플라티나 블론드.

"이, 이게 무슨 짓이야!!"

번득이는 경하의 눈빛이 로운에게 쏟아졌다.

로운은 꿀꺽 침을 삼키면서 고개를 돌려 버렸다. 머리카락 하나 가지고도 저런 반응을 보이는 경하가 다음에 무슨 말을 할지 거의 짐작이 갔기 때문이다.

사라락 하면서 경하의 변해 버린 머리카락이 사방으로 휘날렸다. 경하가 자신도 모르게 발휘한 바람의 힘 때문이었다.

"이봐요! 할아버지, 도대체 이게… 우, 우아아아아아악!"

경하는 말을 하다 말고 자신의 목을 감싸쥐었다.

자신의 목소리가 조금 전과는 전혀 달랐다. 변성기가 지나서 낮게 울리던 자신의 목소리가 아니었다.

기분 나쁠 정도는 아니었지만 상당한 하이 톤으로 바뀐 목소리가 경하의 입에서 흘러나왔다.

경하의 등으로 식은땀이 흘러내렸다.

방금 잡은 자신의 목에 있어야 할 것이 없었다. 바로 아담스 애플.

경하는 부들거리는 손을 천천히 자신의 가슴 쪽으로 옮겼다.

판판하게 내려가는 것이 당연해야 할 경하의 손이 무엇인가 보드라운 굴곡이 시작되는 곳에 멈추었다.

경하는 믿을 수 없다는 눈으로 자신의 가슴을 바라보았다.

얇은 옷이 봉긋하게 솟아 올라와 있었다.

물컹한 감촉이 손가락에서부터 신경을 타고 올라와 뇌리를 강타했다.

덜덜덜.

경하의 몸이 떨렸다. 느릿느릿한 손으로 경하는 허리를 묵고 있던 허리띠를 풀렀다.

고요한 가운데에서 대신관 카류도 로운도 아무 말 하지 않고 경하가 하는 양을 그대로 지켜보고 있었다.

경하는 살짝 바지를 들었다.

마치 무슨 징그러운 것이라도 보는 듯한 경하의 몸짓.

아무것도 보이지 않았다.

슬로모션 같았던 경하의 몸짓은 거기서 끝났다.

"으아아악!!"

경하는 바지를 놓고 그대로 로운에게 달려갔다. 온몸으로 로운의 몸을 가격하자 미처 피하지 못했던 로운은 그 자리에서 넘어졌다. 경하는 그 위에 올라타서 로운의 멱살을 잡고 고함을 질렀다.

"빨리! 당장! 원래대로 돌려놔! 이 변태 아저씨야!!"

"……"

"이 꼬라지가 뭐야!!"

경하의 빨갛게 핏발이 선 눈동자가 로운의 얼굴 앞에서 흔들렸다.

로운은 잠시 경하의 얼굴을, 아니, 이제는 시안의 얼굴로 변해 버린 경하의 손목을 자신의 커다란 손으로 붙들었다.

잠시 침묵이 흘렀다.

"시안님, 그만 하십시오."

"뭐가 어쩌고 어째!!"

"…옷이 벗겨지셨는데요."

경하는 어딘가 얼빵한 얼굴로 스윽 자신의 몸을 내려다보았다. 흐트러진 옷가지 사이로 하얀 언덕이 보인다. 그리고 그 아래로는 잘록한 허리를 지나서…….

"우, 우아아아악!!!"

*　　　*　　　*

경하는 거울 앞에 서 있었다.

거울에는 항상 보던 자신의 얼굴이 아닌 전혀 다른 타인의 얼굴이 잔뜩 인상을 찌푸린 채 자신을 바라보고 있었다.

얼굴 그 자체만을 보자면 그렇게 크게 충격을 먹지 않을 정도였다.

이유는 모르겠지만 자신의 얼굴과 거의 흡사한 얼굴이었기 때문이다. 피부 색이 조금 밝아지고 눈동자의 빛깔이 상당히 옅어지고 기본 색이 푸른색으로 변해 있기는 했지만, 본래의 얼굴에서 그렇게 커다란 변화는 없었기 때문이다. 그냥 딱 봐서 남자로 보였던 얼굴이 선이 전체적으로 가늘어져서 여자의 얼굴로 보이는 정도였다.

하지만… 얼굴 이외를 생각하면 경하는 머리가 띵해졌다.

일단 머리카락부터가 완전히 변해 있었다. 허리를 넘어가는 치렁치렁한 백금발. 거기에다 괴기스럽게도 연한 푸른빛이 감도는 것이다.

자꾸만 얼굴로 쏟아져 내려오는 머리카락을 견딜 수 없어 손에 잡히는 대로 일단 묶어버렸다.

머리까지는 그래도 봐줄 수가 있었다. 허리를 넘어드는 머리카락이야 뒤로 묶어버리면 그만이고 정 귀찮으면 잘라 버리면 되지만 아무래도 용서되지 않는 것이 있었다.

바로 몸!!

얼굴이 끝나는 시점부터 시작해서 바닥까지.

몽땅! 여자로 바뀌어 있었다.

나긋나긋한 어깨 선이 시선을 흐르게 한다. 그 시선은 봉긋하게 텐트를 치고 있는 가슴을 지나 잘록하게 들어간 허리 선에서 일단 멈춘다. 그리고 그 아래 쭉쭉 빠진 힙 선과 다리 선.

경하의 얼굴이 빨갛게 달아올랐다.

"제, 제길. 건강한 고교 2년생을 뭘로 보는 거야!"

경하는 물끄러미 자신의 몸을 바라보다가 그만 음흉한 상상을 하고 있는 자신을 발견하고는 재빨리 옷으로 몸을 감싸 버렸다.

자신의 몸에 흥분하고 있다는 자체가 너무너무나 변태스럽다는 생각이 들었기 때문이다.

"제길. 두 번 다시 거울 따위 보나 봐라."

마구 흥분해서 원래대로 돌려달라고 소리를 쳤지만 그것은 정말 씨알도 먹히지 않았다.

자신이 마구 날뛴 탓이 없다고는 못하겠지만 그 대신관이나 아저씨 얼굴의 로운이나, 경하가 아무리 소리를 지르고 원래대로 돌려달라고 해도 마치 소귀에 경이라도 읽은 것처럼 들은 척도 하지 않았기 때문이다.

덕택에 경하는 원래 자기가 머물던 방으로 돌아와서 혼자서 끙끙 앓을 수밖에 없었던 것이다.

시키는 대로만 하면 곧바로 현실 세계로 보내준다고 했었다.

말만 하면 마구 쏘아붙이는 로운도 참을 수 있었고 빙그레 웃으면서 집으로 돌려보내 주겠다는 말을 되풀이하면서 이상한 이야기만 늘어놓는 대신관 할아버지도 참아줄 수 있었다.

'하지만! 여자가 되는 것만큼은 못 참아주겠단 말야!!!'

경하는 푹신한 침대 한가운데 오도카니 앉아 홀로 이불에다가 마구 화풀이를 하고 있었다.

"으윽. 도대체 이 꼬라지로 뭘 하라는 거야, 제길."

무릎 사이에 얼굴을 묻고 경하는 투덜투덜거렸다. 그때였다.

"시안님."

"누구야!!"

경하는 빽! 소리를 질렀다.

"카류입니다."

스윽—

바닥에 옷자락을 끌면서 대신관 카류가 들어왔다.

"괜찮으십니까?"

"이게 괜찮아 보여요?"

"하하하, 죄송합니다. 미리 말씀을 드리면 반대하실 것이 분명하기에……."

당연했다. 대뜸, '댁을 여자로 만들겠소'라고 말한다면 세상에 '어머나~ 정말이요? 어서어서 바꾸어주세요'라고 말할 남자가 어디 있겠는가. 건강한 대한민국의 남자라면, 아니, 이 세상의 어떤 남자라도 여자가 되고 싶어하는 사람은 없을 것이다.

‘아참. 변태들은 듣자마자 OK! 할지도 모르지.’

“알고 계시면 원래대로 바꾸어주세요.”

“안 된다는 것 아시지 않습니까? 시안님.”

“시안이라고 부르지 마세요!”

쫘악 하고 대신관 카류를 째려보았지만 웃는 것인지 무표정인 것인지 구분도 안 가는 하얀 수염의 할아버지는 묵묵하게 아무 말도 하지 않았다. 필시 ‘그것은 안 되는데요’라고 말하고 싶은 것을 참고 있는 것이리라.

“지금부터 드리는 말씀은 비밀입니다. 이 신전에서도 알고 있는 사람은 대신관인 저와 로운, 그리고 원로회의 장로들뿐입니다.”

경하의 귀가 솔깃해졌다. 모름지기 비밀이라고 하는 것에는 누구나 호기심을 가지게 되기 마련이다.

“사실 현재 경하님의 모습은 원래의 미메이라의 수장 계승자였던 시안님의 모습 그대로입니다.”

“그게 도대체 뭐가 비밀이라는 겁니까?”

“원래대로라면 시안님이 수장이 되셨을 겁니다. 문제가 없었다면 말입니다.”

“무슨 문제요?”

경하는 약간 짜증이 났다. 뭐든지 말해 주는 것 같은 카류였지만 결국 카류는 사실 일이 벌어지고 난 뒤에야 찔끔찔끔 사실을 털어놓고 있었기 때문이다.

“빙빙 돌리지 말고 다이렉트로 이야기해요. 저 지금 기분이 별로니까.”

“여러모로 죄송합니다. 하지만 워낙 기밀이라서.”

카류는 앞에서 찡그린 얼굴을 하고 있는 시안(경하)을 보면서 한숨을 쉬었다. 앞으로도 갈 길이 멀었기 때문이다.

"시안님께서는 현재의 미메이라에서 최고의 능력을 가지고 계셨습니다. 그럼에도 불구하고 수장이 되시기에는 능력이 모자랐지요. 그래서 수장 계승 의식에서 실패를 하시고 실의에 빠져 계셨습니다. 그러다가 이계 소환술을 쓰게 될 것이라는 소리를 들으신 후 자진해서 그 소환술에 응하기로 결정을 하신 거지요."

"……"

지금 이 할아버지가 자신에게 무슨 소리를 하려는 것인지 경하는 약간 의심을 했다. 그냥 여자로 바뀐 이유만 설명을 해주면 될 텐데 쓸데없이 말이 많다고 생각했기 때문이다.

"이계 소환술은 이곳 아슈레이 내에서의 소환과는 달라서 굉장히 많은 힘이 필요합니다."

"그, 엘 뭐시기 하는 거요?"

"그렇습니다. 이계에서 누군가를 소환하는 것은 한 사람의 힘으로는 턱도 없이 힘든 일이지요. 때문에 보통 보조자가 있기 마련입니다."

"그래서요?"

"시안님께서는 당신께서 이 미메이라의 다음 수장이라고 믿어 의심치 않던 분이지요."

경하는 뜸을 들이는 카류의 말을 들으면서 조금 짜증이 나는 것을 느꼈다.

"그래서 이계 소환술을 자진해서 돕겠다고 말씀을 하셨죠."

"그런데 왜 제가 그 사람이 되어야 한다는 거예요?"

"……"

카류는 잠시 말을 골랐다.

　대놓고 '당신을 불러오느라고 죽었습니다' 라고 말하기엔 앞에 앉아 있는 소년이 어떤 반응을 보일지 난감했기 때문이었다.
　"시안님께서는 경하님을 불러오기 위해서 자신의 모든 힘을 소진하셨습니다. 그래서……."
　순간 어두워지는 카류의 표정을 경하는 놓치지 않았다.
　"그래서 지금은 여기 계시지 못하는 거지요."
　열심히 설명을 하는 카류를 보면서 경하는 순간 한기를 느꼈다.
　"그러니까 지금, 나를 불러오기 위해서 그 시안이라고 하는 사람이 죽었… 다는 소리인가요?"
　"굳이 말로 표현한다면 틀리지는 않습니다."
　카류는 굳은 얼굴로 말했다.
　"시안님께서는 계승자로서 수행해 온 자신의 힘이 모자라다는 것을 알고 계셨기에 기꺼이 자신을 희생하신 겁니다. 그것을 시안님께서 마지막으로 하실 수 있는 최대의 의무라고 생각하신 것이지요. 그 덕택에 저희는 최고의 힘을 가진 사람을 이곳으로 불러올 수 있었습니다. 소환자의 능력이 뛰어나면 뛰어날수록 불려오는 피소환자의 능력도 그 비례로 커지는 것이 상식입니다. 말하자면……."
　"그 정도는 굳이 설명하지 않아도 무슨 소린지 알아요."
　간단하게 정리하면 현재 가장 큰 힘을 가졌던 시안이라는 여자가 자신을 희생함으로 현실 세계에서 가장 큰 힘을 가진 사람을 소환했다는 이야기다.
　그것을 깨닫고 나자 경하는 나름대로 조금 어깨가 우쭐해졌다. 자초지종은 잘 모르겠고 왜 그런 것인지도 알 수 없지만 자신의 능력이 최고라고 해주는데 기분 나쁠 사람은 없는 것이다. 하지만 역시 자신을 불러오기 위해서 얼굴도 모르는 여자가 죽었다는 것은 역시 속이 뒤집힐 정도로 기분이 나빴다. 아니, 죽었다는 사실보다는 그 무게에 짓눌려야 하는 그 상황 자체가 너무 싫었던 것이다.

"하지만 그렇다고 해서 제가 그 시안이라는 여자가 될 필요가 꼭 있는 거예요? 어차피 소환한 건데."

"그렇지가 않습니다. 원로회의 장로님들께서야 알고 계시지만 일반 사람들은 그것을 알지 못하기 때문입니다."

"그럼 대놓고 이야기하면 되잖아요. 시안이라는 여자가 힘이 모자라서 어쩔 수 없이 나를 불러왔다. 그러면 되는 거 아닌가요?"

경하의 말처럼 만사가 간단하면 정말 좋았을 것이라고 카류는 생각했다.

카류는 천천히 심호흡을 한 후 대답했다.

"그게 불가능합니다. 이계 소환술이라는 것은 전에 말씀드린 것처럼 비전입니다. 미메이라의 계승자를 이계로부터 소환해 왔다는 것을 미메이라의 국민들이나 기타 다른 나라에서 알게 된다면, 말하자면 혼란이……."

"혼란이라고 해봤자 이런저런 소리를 떠드는 것뿐이잖아요. 어차피 여기 미메이라나… 뭐라고 했더라? 물인지 땅인지 하는 나라나 다 비슷하다면서요. 게다가 이런 상황이라면 그 시안이라는 사람은 뭐가 되는 거냐구요. 그렇게까지 자신을 희생해서 그랬는데……."

"그래도 정통성이나 기타 알력에 문제가 생깁니다. 다른 것은 생각할 필요도 없이 시안님이 사라지고 아무것도 모르는 사람이 수장이 되었다고 하면 대다수의 사람들은 불안해하고 혼란에 빠지게 됩니다. 그것은 시안님께서 희생하신 것을 물거품이 되게 만드는 짓이지요. 때문에 되도록 조용하게 일을 처리하려고 하는 것입니다. 경하님께서는 그것을 알아주셨으면 합니다."

“결론적으로 말해서 제가 이곳에 있는 한은 이런 모습을 하고 있어야 한다는 소리입니까?”

“그렇습니다.”

딱 잘라 말하는 카류의 말을 듣자 경하는 가슴이 쿠궁 하며 내려앉았다.

설마설마 하고 있었지만 역시나 하는 기분이었다.

얼굴이 완전 흑빛이 되어버린 경하를 보면서 카류는 한마디를 더했다.

“지금 모습이 변하기는 하셨습니다만 이것은 어디까지나 환술일 뿐입니다. 진짜로 변한 것은 아닙니다. 시안님께서 원래의 시안님보다 능력이 뛰어나시니 곧 이런 변환술 정도는 금방 배우실 수 있게 되고, 일단 이곳을 떠나서 아슈레이의 중간 지대로 들어서면 변환술을 풀고 원래의 모습으로 다니실 수도 있습니다.”

“네?”

“일단 힘 그 자체에 있어서는 미메이라의 어느 누구도 경하님의 엘을 따라갈 사람이 없습니다. 남은 것은 그것을 어떻게 쓰느냐의 문제라는 소리입니다.”

“그렇다면 지금 이거, 제 힘으로도 바꿀 수 있다는 말씀인가요?”

“당연합니다. 변환술 자체는 로운의 엘에 의한 것입니다만 그것을 지금 현재까지 강력하게 유지하고 있는 것은 시안님 본래의 엘입니다.”

순간 경하는 띵— 하는 충격을 받았다. 그렇다면 지금 이런 모습을 하고 있는 것이 다른 어느 누구의 힘도 아닌 자신의 힘이라는 소리다.

“현재로써는 시안님의 힘이 더 크기 때문에 변환술을 건 로운의 힘으로도 원래의 모습으로 돌아갈 수 없습니다."

"그, 그건 또 무슨 소리예요!"

"간단한 원리입니다. 힘이 작은 자는 힘이 더 센 자의 술을 풀 수가 없습니다. 시작한 것은 로운이지만 그것을 유지시키고 있는 것은 시안님의 힘이기 때문입니다."

까작까작 자신을 괴롭히는 로운보다 힘이 세다는 소리는 듣던 중 반가운 소리였다. 하지만 역시나 자신 이외에는 아무도 이 모습을 바꿀 수 없다는 소리는 역시나 듣기 싫은 소리일 뿐이다.

"잠깐요! 그럼 말이 안 되잖아요. 제가 로운보다 힘이 세다면 환술에 걸릴 수도 없는 거 아닙니까?"

"꼭 그렇지는 않습니다. 그때 시안님의 경우 받아들이겠다는 마음가짐을 가지고 계셨지요. 그런 경우에는 로운의 힘으로도 충분히 가능합니다. 하지만 지금은 경하님께서 이미 변환술을 완벽하게 받아들이신 상태이니……"

"쳇. 말도 안 돼."

자신이 받아들이겠다고 했다기보다는 말하자면 아무것도 몰랐을 뿐이다.

교묘하게 자신을 좌지우지하는 대신관 카류에게 경하는 화가 났다.

"여하튼 앞으로는 시안님이라고 부를 것입니다. 저나 로운이나 다른 사람도요. 경하님께서도 지금부터 돌아가실 때까지는 경하라는 이름을 잊어주십시오."

"그건 싫은데요."

경하는 말을 마치자마자 풀썩 그대로 침대에 몸을 던지고 누워 버렸다.

“시안님.”

“더 할 말 없으니까 가보세요.”

경하는 팩 하고 돌아누웠다.

왠지 찔끔하고 눈물이 나왔다.

카류는 잠시 그 옆에 서서 동그랗게 몸을 움츠리고 있는 경하, 아니, 시안의 모습을 보았다. 커다란 침대가 그의 몸 전체를 감싸 안고 있었다.

카류는 그에게 손을 내밀다가 멈칫하고는 그대로 손을 내려 버렸다.

위로해 줄 수는 없었다. 시안에게 못할 짓을 하고 있다는 것도 스스로 인정하고 있다.

자신이 살던 세계에서 강제로 소환되어 와서 아는 사람도 하나 없고, 알고 있는 사실도 하나 없고 오로지 혼자 서 있는 소년.

잘못하고 있는 것이 아닐까 하는 생각이 가끔씩 들 때가 있다. 하지만 그 모든 것이 자신을 위한 것이 아니라 미메이라를 위해서, 그리고 아슈레이를 위해서라고 스스로를 채찍질했다. 원래의 시안이 자진해서 나서지 않겠다고 했어도 자신은 시안을 강제로라도 이계 소환술에 응하도록 했을 것이라고 그는 생각하고 있었다. 어차피 악역을 자초한 것이다.

“그럼 쉬십시오, 시안님. 내일부터는 힘든 나날이 되실 겁니다. 그리고 로운이 시안님께 조금 불손하게 굴더라도 부디 양해해 주십시오.”

카류는 한숨을 내쉬었다. 어차피 말해 버린 것, 있는 그대로의 사실을 말해 주는 쪽이 앞으로도 좋을 것이다.

“시안님께서는 이전에 로운이 신관이 되기 전까지는 약혼자였던 분입니다. 설사 신관이 되어 속세와의 인연을 끊었다고 하더라도 로운의 마음이 편치는 않을 것입니다. 부디 이해해 주시기 바랍니다."

말을 마치고 카류는 돌아보지도 않는 상대에게 깊게 허리를 숙여 인사했다.

탁―

들어왔을 때와 다름없이 조용하게 카류가 방을 나가는 소리가 경하의 귀에 들렸다.

짧게 들려오는 그 소리는 조금 전까지 박경하라는 이름을 가지고 있던 자신을 시안이라는 인물로 바꾸어 버리는 선고 소리같이 들려왔다.

찔끔거리며 흘러나오던 눈물이 이제는 주르륵 흘러내렸다.

꼭 끌어안은 팔에 몽클한 가슴의 감촉이 느껴졌다. 그 감촉에 경하는 흠칫 몸을 떨었다.

"시안이라구?"

조금 전 거울 속에서 자신을 바라보던 인물을 떠올렸다.

계승자로서 교육을 받다가 자신이 기대에 미치치 못하는 인물임을 깨달았을 시안이라는 사람을 생각해 보았다.

그래서 경하를 불러오기 위해서 자신의 목숨을 희생한 사람.

시안을 생각하자 욱해 있던 경하의 감정이 조금씩 가라앉았다. 그래도 자신은 이곳에서 이런저런 설명을 해주고 돌보아주고 투덜거리면 그 신경질을 받아줄 사람들이 있다. 자신이 해야 할 일도 어렴풋이 알고 있다. 얼굴도 모르는 경하를 불러오기 위해서 자신을 희생한 시안보다는 훨씬 좋은 팔자인 것이다.

"제길. 멋모르는 사람을 불러놓고 '너를 부르느라 우리 공주님이 희생되었으니 너는 그 희생을 생각해서 잘해야 한다'라고 말하면 다인 줄 아나?"

경하는 자신도 모르게 중얼거렸다.

"빌어먹을. 누가 나 부르기 위해서 죽으라고 시켰냐구."

자신의 머리 위에 다른 사람의 목숨이 얹혀 있는 기분이었다.

너무나 무거워서 고개도 들지 못할 만큼 무거운 그 무엇인가가 자신을 짓누르는 느낌마저 든다.

"정말, 이거 나한테 그 여자 영혼이라도 씌어 있는 거 아니야?"

그렇게 생각하자 순간 등골로 차가운 기가 싸악— 하고 지나갔다.

"우씨. 도대체 이게 무슨 꼴이람."

새우처럼 몸을 작게 구부리고 있는 경하의 팔과 다리에 폭신한 살결이 와 닿는다.

순간 경하의 입에서는 엉뚱한 소리가 흘러나왔다.

"화장실 갈 일이 걱정이네……."

수분 섭취를 최소한도로 줄인다면 화장실 가는 일을 조금 줄일 수 있지 않을까? 하고 경하는 생각했다.

조금 전까지 알 수 없는 구렁텅이에 빠져서 고민하고 있던 것과는 천지 차이.

무슨 일에나 '어쩔 수 없지'라고 생각해 버리면 곧 마음가짐을 바꾸어 버리는 것이 경하의 성격이었다. 어쩔 수 없는 일에 고민해 보았자 그것은 에너지 낭비일 뿐이다.

폭신한 침대에 푹 빠져 있던 경하의 눈이 조금씩 감겨갔다.

남자에서 여자로 변해 버렸다. 하지만 돌아갈 방법이 없는 것도 아니다.

그렇다면 원하는 대로 바라는 대로 그냥 해주면 되는 것이다. 자기를 불러오기 위해서 누가 희생을 했든 안 했든 자신은 그냥 주어진 일을 해버리면 그만이다. 그러면 곧 돌아갈 수 있는 것이다. 그리고 하라는 대로 해준다면 자신에게 이미 사라져 버린 사람에 대한 이야기는 하지 않을 것이라고 경하는 생각했다. 그렇게 생각하자 마음이 편해졌다.

'뭐, 어떻게든 되지 않겠어?'

숨소리가 잦아들면서 경하는 그대로 잠 속으로 빠져 들어갔다.

제3장
기엘 디 하라스다인

The Wind of Ashurei

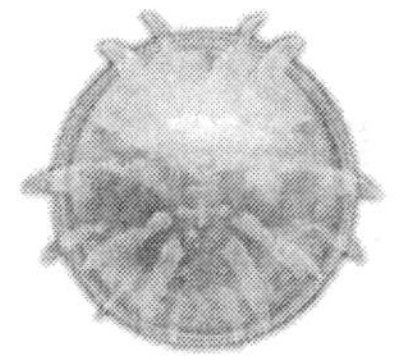

"크, 크악!"

"멍청한 녀석! 그게 그렇게 간단히 되는 건 줄 아나!"

"넵!"

바닥에 쓰러져 있던 남자는 상사의 화난 듯한 목소리에도 아랑곳하지 않고 자리에서 벌떡 일어섰다.

"다시 검을 잡고 제자리에 서라!"

"네, 알겠습니다."

연한 푸른색이 나는 은색의 검, 일명 라이트라고 불리는 검은 미메이라의 로열 나이트들에게만 주어지는 특별한 검이다. 다른 검과는 달리 순수한 엘의 특수한 파장을 사용하여 만들어진 라이트는 일반적인 검보다 훨씬 가볍고 튼튼한 데다가 만들어질 때부터의 엘의 기운이 사라지지 않고 그대로 살아 있다. 그리고 로열 나이트에게 주어지는 라이트는 최고의 솜씨를 가진 기술자들이 혼신의 힘을 다해 자신의 엘을 불어넣어 만들기 때문에 여타 다른 검들과는 비교도 할 수 없는 성능을 가지고 있는 것이다.

그 라이트의 손잡이를 가볍게 잡고 휘두르는 남자는 궁정 기사단 소속의 로열 나이트 기엘 디 하라스다인.

미메이라의 귀족임을 증명하기라도 하는 듯한 그의 푸른빛이 도는 플라티나 블론드가 강렬한 태양빛 아래에서 반짝이고 있었다.

그는 커다랗게 고함을 지르면서 수련생들을 독려했다.

"루크, 마란. 다시 대련. 루크."

"넵!"

"허리 쪽에 항상 약점이 생긴다."

"알겠습니다!"

"하앗!"

기합 소리와 함께 두 사람의 검이 다시 격돌했다. 검과 검이 마주쳐 백색의 불꽃이 발생되었다.

챙강챙강 하고 병장기가 부딪치는 소리를 들으며 기엘은 라이트를 잡고 있던 손아귀의 힘을 살짝 풀었다.

"자, 시간이 없다. 내일이면 시안님께서 계승 의식을 마치고 돌아오신다."

우와— 하는 함성 소리가 훈련장에 가득 찼다.

로열 나이트 중에서도 기엘이 맡고 있는 일은 로열 나이트를 지망하는 수련생들을 지도, 감독, 훈련시키는 일이었다. 약관 24세의 로열 나이트에게 맡겨지기엔 조금은 과한 임무였지만 타고난 검술가인 기엘에게는 나름대로 만족할 만한 임무였다.

수장 계승 의식을 마치고 신전에서 돌아오는 계승자를 수행하는

것은 로열 나이트들에게 있어서는 생에 한 번 있을까말까 한 대행
사다.

수장이 바뀐다는 것은 왕권의 이양이기에 어떻게 생각하면 간단
한 일이기도 했다. 하지만 실력 지상 주의인 미메이라에서는 수장
의 계승식 자체가 정권 전체에 영향을 미치는 커다란 사건이 될 수
도 있기 때문에 나름대로는 본래의 의미 이상의 커다란 의의도 가
지고 있는 것이다.

그것은 수석 기사단 로열 나이트에게도 영향을 미쳐서 일 년에
한 번 있는 정규적인 로열 나이트 선발 대회 이외 또 한 번 기사가
될 수 있는 특별 선발 대회가 열리게 된다. 때문에 수행식이라는 행
사는 수련생들을 지도하고 있는 기엘과 현재 수련생의 지위에 머물
러 있는 사람들에게는 다른 어떤 이들과 비교할 수 없는 특별한 의
미가 있는 것이다.

우렁찬 함성을 지르며 수련에 몰두하고 있는 수련생들을 바라보
고 있는 기엘에게 한 사람이 다가왔다.

"하라스다인님."

기엘에게 흰색의 봉투를 들고 찾아온 사람은 기엘의 비서관이었
다.

"아, 로엔. 무슨 일인가?"

"수석 기사단장님의 서신입니다."

"서신? 명령서가 아니고?"

기엘의 한쪽 눈썹이 위로 치켜 올라갔다.

보통은 명령에 명령이 꼬리를 이어갈 뿐이다.

"고맙네."

기엘은 로엔으로부터 흰색의 봉투를 받아 그 자리에서 펼쳐 보

왔다.

서신은 수석 기사단장인 모데스 디 크로운의 자필로 되어 있었다.

서신의 내용을 읽어가던 기엘의 눈이 순식간에 커졌다가 다음 순간 다시 원래대로 돌아왔지만 로엔은 그것을 눈치 채지 못했다.

"로엔, 긴급 명령을 하달하겠네."

"네."

"시안님의 수장 계승 수행식이 이틀 뒤로 연기되었네. 그리고 나는 지금 급히 대신전으로 가야 하니 자네가 기타 임무를 대리하여 처리하도록."

"네? 어째서?"

"나도 이유는 모르니까 묻지 말고. 그럼 부탁하겠네."

기엘은 날이 파릇하게 세워져 있는 라이트를 검집에 밀어 넣었다.

"당장 시행하게."

"네, 알겠습니다."

기엘은 서둘러 발걸음을 옮겼다.

기사단장으로부터 온 서신에는 단 두 줄만이 써 있었다. 하나는 수행식이 이틀 뒤로 연기되었다는 것, 또 하나는 서신을 받는 즉시 대신전으로 가라는 것이었다. 이 정도라면 일반 명령서와 다를 바가 없었지만 기사단장의 친필로 되어 있다는 것은 무엇인가 다른 이유가 있다는 소리였다.

기엘은 궁금증이 마구 치밀어 올랐지만 일단은 명령 아닌 명령에 승복하고 그대로 따랐다.

대신전은 수도에서 말을 타고 약 한 시간 정도 걸리는 곳에 위치하고 있다.

훈련을 하다 말고 그대로 출발했기 때문에 기엘의 복장은 정규 복장이 아닌 조금은 가벼운 복장. 대신전에 그대로 들어가기에는 예의에 어긋나는 일이었지만 즉시 출발하라는 명령이기에 그에 따랐다.

기엘의 애마는 기엘의 바램을 저버리지 않고 한 시간도 안 되어서 대신전에 다다랐다.

"워어어어."

대신전이 눈앞에 보이자 기엘은 말을 멈추고 일단 내려왔다. 미메이라에서는 수장을 제외한 어느 누구도 말이나 기타 운송 수단에 탄 채 대신전 안으로 들어갈 수 없다.

"로열 나이트 기엘 디 하라스다인, 명령을 받고 대신전에 도착했습니다."

굳게 닫혀 있는 대신전의 문 앞에서 기엘은 커다란 목소리로 자신의 도착을 알렸다.

잠시 시간이 흐르자 커다란 문이 소리도 없이 열렸다.

"어서 와, 기엘."

"에? 로운님?"

신전의 문이 열리고 나온 사람은 의외로 뜻밖의 인물이었다. 물론 아주 모르는 사람은 아니었다. 지금은 신관으로 봉사하고 있지만 그를 맞이한 사람은 다른 어느 누구도 아닌 로열 나이트 154기 동기생인 로운 디 로크레슈였다.

"이게 도대체 무슨 일입니까? 어째서 로운님께서 직접……."

"뭐, 조금 놀랐겠지만 그래도 영광으로 알라고. 신관 후보생이 아닌 내가 직접 마중을 나왔는데 말이야. 그리고 닭살스러운 존대는 집어치워."

원래대로라면 기엘이 로운에게 존대를 하는 것이 원칙이다. 신국인 미메이라에서는 기사보다 더 존중을 받는 것이 신관들이었기 때문이다.

"하지만 그래도……."

"괜찮아. 어차피 지금부터 할 일은 일반적인 명령과는 무관한 것이니까."

기엘은 피식거리며 웃고 있는 로운의 얼굴을 멍청하게 바라보았다.

"나참, 애들 훈련시키다가 그대로 뛰어왔군. 복장이 그게 뭐야?"

"아, 급히 오라는 명령이라서."

"그래도 그렇지. 여기서 앞으로 이틀은 머물 텐데… 하는 수 없지. 일단은 들어와."

"아, 예."

"존댓말 지꺼리는 집어치우라니까!"

로운은 기엘을 데리고 안으로 들어섰다. 안에 들어서자 몇 명의 신관 후보생이 다가와 기엘로부터 말과 경갑옷과 라이트를 건네받았다.

로운의 안내로 신전 안으로 발걸음을 옮기면서 기엘은 슬쩍 로운의 얼굴을 살폈다.

로운은 특이한 존재였다. 미메이라의 귀족 최고위를 차지하고 있는 로크레슈 집안의 장남에다가 로열 나이트, 거기에 한술 더 떠서 차기 수장 계승자인 시안의 약혼자라는 위치를 한순간에 내던지고 그가 신관이 되겠다고 했을 때의 소동은 정말 말로 다할 수 없는 전대 미문의 커다란 사건이었다.

그가 그냥 그 자리에 머물러만 있었다면 지금쯤에는 수석 기사단장까지는 아니더라도 출세에 출세를 거듭할 수 있었던 남자였던 것이다.

하지만 지금은 그저 미메이라 대신전의 일개 신관일 뿐이다.

"오랜만이군, 기엘 너랑 이렇게 편하게 이야기를 나누는 것도."

"그렇군요. 가끔 수련원에 와주셨으면 좋았을 텐데. 수련생들에게도 도움이 되구요."

"그게 그렇게 말처럼 쉬운 노릇은 아니니까."

"그건 그렇겠습니다만."

뚜벅뚜벅 소리와 함께 기엘의 장화에 달려 있는 작은 금속 장식이 대리석과 부딪치면서 맑은 소리가 흘러나왔다.

아무리 반말을 하라고 강요를 해도 굳건하게 버티는 기엘.

어릴 적 죽마고우라고 해도 가볍게 말을 놓는 것은 역시 거부감이 일었다. 뭐니 뭐니 해도 기엘은 머리끝부터 발끝까지 궁정기사였기 때문이다.

"여긴 여전히 조용하군요."

"뭐, 나름대로 비상시라서. 견습생들은 주(主) 신전 출입이 금지되었거든."

"그건 그렇고 도대체 무슨 일입니까?"

"어차피 알게 될 텐데 별로 안달할 것 없어. 기엘, 일단 옷을 갈아입고 잠깐 숨을 돌리라구. 그리고 부탁이니까, 제발 나랑 둘이 있을 때는 그러지 마."

이제부터 사실을 알게 되면 저 단순해 보이는 기엘의 얼굴이 어떻게 변할까를 상상하며 로운이 말했다.

로운보다 훨씬 더, 머리끝부터 발끝까지 기사 그 자체인 기엘은 로운의 말에 의문을 가지면서도 일단은 입을 다물었다.

"그리고 기왕이면 마음의 준비를 단단히 해두라고."

*　　　*　　　*

"네? 지금 그 말씀은……."

기엘은 자신의 귀를 의심했다. 혹시 잠시 잠깐이라도 뭔가 잘못 들은 것이 아닐까? 하는 의구심이 머리를 스쳐 지나갔다.

하지만 자신의 앞에서 비장한 얼굴을 하고 있는 대신관 카류나 그 옆에서 묵묵하게 얼굴을 굳히고 앉아 있는 로운의 얼굴을 볼 때 그것은 절대로 환청도 거짓도 아닌 진실임을 말해 주고 있었다.

"시안님께서 계승 의식에 실패하시다니."

기엘의 얼굴이 파랗게 질려갔다.

"파급이 클까 봐 기밀로 유지되고 있었네."

"……."

기엘은 대답하지 못했다. 그만큼 기엘에게 있어서 시안이 계승 의식에 실패했다는 사실은 커다란 충격이었다.

사실 기엘 스스로도 약간은 불안을 느끼고 있었다. 벌써 한 달 전에 신전으로 갔던 시안이었다. 보통 빠르면 하루, 늦어도 한 달 이내에 수행식이 열리는 것이 관례이며 그 기한이 지나 있다는 것도 기엘은 알고 있었다. 하지만 시간이 조금 더 걸리는 것뿐 문제는 없을 것이라고 생각했었다.

수행식이 열린다는 소식에 누구보다도 기뻐했던 그였던 것이다.

"며칠 전부터 바람이 원래대로 불기에 저는 문제가 없다고 생각을 했습니다."

"그렇기는 하지."

"너무 놀라지 마. 지금부터 이야기할 것은 그보다 몇 배는 놀라운 일이니까."

"에?"

기엘이 고개를 돌려 로운을 바라보았다. 하지만 로운은 그 이상은 말하지 않고 입을 다물었다.

"대신관님."

"놀라는 것이 당연하네. 하지만 자네를 이렇게 은밀히 부른 이유는 다른 데 있네."

"……."

"이계 소환술에 대해 들어본 일 있나?"

순간 기엘은 다시 자신의 귀를 의심했다.

"로열 나이트가 된 후 그 기록을 접해본 일은 있습니다만 정확하게는……."

기엘은 재빨리 기억을 더듬었다.

기엘의 기억 속에 있는 이계 소환술은 그냥 교본에 있던 기본적인 지식뿐이었다. 실제로는 거의 사용되지 않는 소환술이었기 때문이다.

카류는 그런 생각에 빠진 기엘에게 조용한 목소리로 말했다.

"시안님께서 계승 의식에 실패하신 직후부터 장로회가 소집이 되었네. 그리고 우리는 이 사태를 타계하기 위해 비밀리에 이계 소환술을 시행했네."

"……!!"

"계승자가 의식에 실패할 경우, 그리고 어느 누구도 풍옥을 계승할 수 없는 상황이 되었을 때는 이계로부터 최고의 능력을 가진 자를 소환하여 수장의 위를 이어 나가는 것이지."

"그런……."

메마른 목소리로 담담히 말하는 카류의 얼굴을 보면서 기엘은 순간 얼어붙었다. 시안이 계승 의식에 실패했다는 것도 충분히 충격적인 일이었지만, 그것 이외에 기엘의 머리 속에는 또 다른 경악스러움이 퍼져 나가고 있었기 때문이다.

"설마 이계 소환술을……."

미메이라에서 이계 소환술의 존재를 아는 사람은 많지 않다. 대신관 카류처럼 높은 지위에 있는 사람이라든가 수준급 이상의 바람술사들만이 그 존재를 알 수 있는 것이다. 설사 다른 사람이 이계 소환술에 대한 것을 안다고 하더라도 일반적인 술사들에게는 소용 없는 최고의 술이다. 게다가 일반적인 소환술과는 달리 이계 소환술은 소환술사 이외에도 또 한 명의 보조자가 필요하다.

"무슨 생각을 하고 있는지는 짐작이 가네. 하지만 입 밖에 내지 말게나. 중요한 것은 어디까지나 우리 미메이라를 위해 최선책을 택했다는 것뿐일세. 덕택에 우리는 최고의 엘을 가진 소년을 이곳으로 불러올 수가 있었지."

"엘만을 따진다면 최고지. 다른 것은 아니지만."

카류의 말을 가만히 듣고만 있던 로운이 불쑥 말했다.

"로운."

"아, 아닙니다, 대신관님."

기엘은 혼란스러운 머리를 진정시키려고 노력했다. 하지만 지금 들은 말은 국가 최고 기밀 사항인 동시에 정말로 충격 그 자체였기에 기엘은 제정신을 차릴 수가 없었다.

"많이 놀랐겠지만."

그런 기엘의 모습을 보면서 카류는 안타까운 듯 말했다.

"하지만 우리로서도 어쩔 수 없었네. 이런 사실이 일반 국민들에게 알려지는 날에는 무슨 일이 일어날지도 모르고, 특히 다른 신국이나 기타 국가들에게 알려지게 된다면 그 이후는 감당할 수가 없다고 판단을 했지."

사실이 그랬다. 방금 전 이야기를 들은 기엘마저도 이런데 이런 사실이 다른 이들에게 알려지게 된다면 그 영향은 정말 무시 못하게 될 것이다.

그것을 생각하며 기엘의 흔들리는 마음을 조금 가라앉혔다.

"그렇다면 저를 이렇게 부르신 이유는 무엇이신지?"

"소환되어 온 소년은 이제 곧 만나게 되겠지만 이곳에 대해서 하나도 아는 바가 없네. 그 소년의 엘은 지금까지 내가 만났던 어느 누구도 따라올 수 없을 정도로 최고 수준이지만 아직 그 엘의 운용법도 모르고 있네. 계승식이 이루어질 이틀 후까지 적어도 간단하게나마 궁정 예의나 기타 의전에 관해 자네가 좀 힘을 써줘야 하겠기에 이렇게 부른 것이지."

"자, 이야기는 끝났으니까, 이만 꼬마를 만나러 가자구."

"자, 잠깐. 대신관님, 그런 일이라면 차라리 궁정 의례관을 부르는 쪽이 좋았을 텐데요."

"이 사항은 모든 것이 최고 기밀일세. 아는 사람은 적으면 적을수록 좋지. 어차피 자네는 계승 의식에 참가하여 계승로(繼承路)에 동참하게 될 테니 처음부터 자네가 맡는 쪽이 무리가 없지."

"예에? 어째서 제가."

계승자가 풍옥을 계승한 후 마지막으로 치러야 할 계승로에 동참하는 자는 일반적으로는 로열 나이트에서 선발된다. 하지만 자신이 그 대상이라는 것은 처음 듣는 소리였다.

“로운이 추천을 했지. 자네가 적격이라고 말이야. 입도 무겁고 나이트로서의 능력도 최고라고.”

기엘은 반 원망스러운 눈으로 옆에 유유자적하게 앉아 있는 로운을 바라보았다.

“로운!”

“미안. 하지만 딱히 생각나는 게 너밖에 없어서 말이야.”

“그래도.”

“여하튼 간에 현재로써 최고의 나이트는 너잖아. 그것은 부인할 수 없는 사실인걸. 안 그래?”

한꺼번에 밀어닥친 난관에 기엘은 순간 휘청했다.

물론 자신이 계승로에 동참할 기사가 되지 않을까라고 어렴풋이 짐작이 가지 않았던 것도 아니다. 원래 최고의 능력을 가진 기사가 계승로에 동참하는 것은 당연한 일. 하지만 수련 지도관이라는 위치 역시 최고의 능력을 가진 나이트가 담당하게 된다. 그렇기 때문에 보통 수련 지도관이 된 나이트보다는 그 다음의 나이트가 계승로에 동참하게 되는 경우가 많았던 것이다. 아니면 그 반대의 상황이 되거나 둘 중의 하나일 뿐.

설마설마 했던 것이 사실로 다가오는 순간이었다.

“하지만… 이건 정말.”

“믿기 어렵겠지만 사실이야. 자, 자. 꼬마를 만나면 또 한 번 놀라게 될 테니까. 심장 단단히 잡고 있으라구.”

“하아, 아무리 그렇다고 해도 어떻게 시안님을…….”

“그쪽은 나중에 이야기를 해줄 테니까.”

기엘은 로운이 시키는 대로 휘청휘청 자리에서 일어났다.

그런 기엘에게 로운이 선고하듯 말했다.

"참, 미리 말해 두겠는데 그 꼬마를 부를 때는 꼭꼭, 반드시, 절대
로, 그리고 아무리 싫다고 해도 시안이라고 불러. 대신관님 명령이
야."

*　　　　*　　　　*

"아, 할아버지 오셨어요? 식사 중인데 드실래요?"
시안은 빵을 반으로 갈라서 버터(버터라고 하기에는 좀 달지만)를 좌
악 바르면서 밝게 말했다.
시안의 앞에는 음식들이 잔뜩 펼쳐져 있었다.
"또 먹는 거냐? 허락한다면 배라도 갈라보고 싶은 심정이군. 도대
체 하루에 4끼나 먹어치우다니."
"이봐, 아저씨 얼굴. 자꾸 따지지 마요. 건강한 대한민국 고등학생
한테 4끼는 기본이란 말이야."
"괴물."
"괴물은 무슨 괴물이야. 막상 먹을 때는 나보다 훨씬 더 먹는 주
제에. 어? 그런데 그 뒤의 그 형은 누구?"
시안이 말하는 순간 로운의 이마에 불끈 핏줄이 솟아올랐다.
"이봐! 저 녀석은 나랑 한 살 차이밖에 안 나는데 어째서 저 녀
석은 형이고 나는 아저씨야!"
"아저씨 얼굴이니까 아저씨 얼굴이라고 한다고 그랬지! 자꾸 따
질래?"
언성이 높아가는 외중에 기엘은 문 가에 멍하게 정신을 잃고 서
있었다.
조금 전 받은 충격도 일생 동안 받을 모든 충격을 한번에 몰아서

받은 기분이었다. 하지만 지금 그의 눈앞에 펼쳐진 상황은 죽을 때까지도 잊지 못할 광경이었다.

기엘은 거의 혼이 빠진 상태로 하얗게 돼버린 머리를 간신히 목 위에 올려놓고 있었다.

그는 눈앞에서 벌어지는 상황에 입을 다물지 못하고 있었다.

'조금 전까지 들었던 내용은 다 뭐야.'

비장감이 가득 찬 어조로 긴박감에 휩싸여 말을 하던 대신관 카류의 얼굴을 떠올려 보았지만 지금 상황과는 전혀 어울리지가 않았다.

분명 시안은 이계 소환술에 동참했음이 틀림없다. 함구령을 받은 것도 방금 전. 하지만 지금 그 시안은 자신의 눈앞에서 마구 큰 소리로 소리를 지르며 로운과 싸우고 있다. 그뿐만이 아니었다. 언제나 과묵하고 조금 장난기는 있지만 평정심을 잃지 않는 것으로 유명했던 그의 친구 로운이 언성을 마구 높이면서 시안과 말도 안 되는 싸움을 하고 있었던 것이다.

"그렇게 아저씨가 싫으면 그 뒤로 홀라당 넘긴 머리부터 좀 처리하고 와!"

"내가 왜!"

"그럼 싫다는 소리도 하지 말란 말야! 이 똥고집!"

"이 XXXX! 너나 고집 피우지 말란 말야! 내 이름은 로운이다!"

헉, 헉, 하고 로운이 숨을 몰아 내쉬었다.

"흥! 결국 내가 로운이라고 불러주기를 바라는 거지? 아저씨 얼굴?"

시안이 히죽 웃어 보였다.

순식간에 벌어졌다가 끝맺어진 설전의 승리는 결국 시안에게 돌아갔다.

식은땀을 삘삘 흘리고 있던 로운은 악마같이 웃고 있는 시안을 마구 노려보았다.

"흥. 입가에서 떨어지는 빵 조각이나 주워 먹고 말해. 꼬마."

하지만 로운도 그대로 패배를 인정하지는 않았다.

"흥. 죽었다 깨어나 봐라. 내가 로운이라고 하나."

"너어—!"

"그만 하게, 로운. 자네도 참."

그때까지 가만히 상황을 지켜보고 있던 카류가 간신히 사이로 끼어들었다.

"시안님, 소개하겠습니다. 시안님께 바람술과 검술을 가르쳐 드릴 분입니다."

스윽 하고 카류가 물러서면서 문 가에 서 있던 기엘에게 시선이 모아졌다. 정신을 놓고 있던 기엘이 뻣뻣하게 걸어와서 시안의 앞에 섰다.

"로열 나이트 기엘 디 하라스다인. 시안님께 인사드립니다."

정신은 빠져 있는 상태였지만 기엘은 몸에 배어 있는 격식 그대로 한쪽 무릎을 꿇고 시안에게 경의를 표했다.

멍하게 그 모습을 바라보고 있던 시안이 빵을 오물오물거리며 먹다가 대답했다.

"아아, 난 가짜 시안이니까 그렇게 격식 차릴 필요 없어요. 저기 아저씨 얼굴처럼 반말 팍팍 해도 되니까. 그리고 시안이라고 부르지 말고 경하라고 불러요. 쳇."

"하, 하지만."

가짜 시안이라는 말에 기엘은 순간 정신을 차렸다. 분명 진짜 시안이 이 자리에 있을 수는 없다. 실제 자신의 눈앞에 있는 시안, 가짜 시안은 얼굴도 똑같고 목소리도 똑같았다. 하지만 진짜 시안이라면 저렇게 로운에게 마구 반말을 지껄이면서 설전을 할 리는 없는 것이다. 자신을 대하는 태도도 마찬가지였다. 우연치 않게라도 궁에서 마주치게 되면 살짝 목례를 하면서 살포시 웃어 보였던 본래의 시안과는 천지 차이.

그 강력한 갭 사이에서 기엘은 방황했다.

"밥 안 먹을래요? 아참, 이거는 내 입에 맞춘 거라 좀 안 맞으려나?"

"시안님."

"……."

시안이라고 불러도 대답없는 상대에게 카류는 한숨을 한 번 내쉰 다음에 천천히 말을 이었다.

"시안님, 앞으로는 시안님을 경하라고 부르는 일은 절대로 없을 것입니다. 시안님께서 아무리 그렇게 말씀하셔도 그것에 따를 사람도 따를 수 있는 사람도 없다는 것을 명심하십시오."

상황과 관계없이 열심히 먹는 행위에 치중하고 있는 시안에게 카류가 말했다.

"그리고 식사를 하시고 나면 여기 있는 기엘의 말에 따라주십시오. 아시겠습니까?"

시안은 먹을 것을 먹다 말고 손을 멈춘다.

"경하라는 이름은 당분간은, 적어도 이곳에 머무시는 동안은 잊어버리시는 것이 좋습니다. 그 이외 원하시는 것은 무엇이든 해드릴 수 있지만 그것만큼은 안 됩니다."

딱딱해지는 분위기.

그 사이를 시베리아 바람 같은 것이 지나갔다.

경하는, 아니, 이제부터 시안이라고 불릴, 소녀 아닌 소녀인 시안은 입을 한 자나 내밀고 있다. 카류의 말을 들은 그 순간 목구멍으로 넘어가던 빵 조각이 딱— 하고 중간에 걸려서 넘어가지 않는다.

눈을 들어서 카류와 기엘, 그리고 아저씨 얼굴의 안색을 살피지만 아무리 해도 자신의 주장은 씨알도 안 먹힐 사람들.

시안은 목구멍에 걸린 빵을 간신히 삼키고 대답했다.

"아아, 알았어요, 알았어. 말 안 해도 알아요. 시키는 대로 다 하죠. 젠장할."

하지만 세 사람 모두 입을 굳게 다물고 대답하지 않는다.

"알았다고 했잖아요. 시안이라고 부르고 싶으면 맘대로 불러요. 시키는 대로 다 한다고 했잖아요. 밥 먹을 때는 개도 안 건드린다는 소리 몰라요?"

"……."

"아아, 내가 살던 곳의 속담이에요. 에이, 무슨 말을 못한다니까."

"하하하."

카류는 어색한 분위기를 덮어버리려는 듯 억지웃음을 자아냈다.

"여하튼 식사를 마치시는 게 좋겠습니다, 시안님."

"…제길. 알았다고 했잖아요!"

"그리고 원래 사시던 이계의 독특한 단어 같은 것은 되도록 사용하지 말아주셨으면 합니다."

시안은 먹고 있던 샌드위치를 파악— 하고 상 위에 던져 버렸다.

"쳇. 정말이지."

투덜투덜거리면서 시안이 자리에서 일어나 밖으로 걸어갔다.

기엘은 아무 말도 못하고 그런 시안을 계속 바라보았다.

"뭐 해요? 아, 그러니까… 기엘이라고 했나? 그냥 기엘이라고 부르면 돼요?"

"아, 네. 그렇습니다, 시안님."

"대충 시안이라고 불러요. 님은 무슨 님이야. 닭살 돋게."

탈탈거리며 걸어나가는 시안의 뒤로 어정쩡하게 기엘이 따라 나갔다.

'하아, 정말 이게… 저 시안님은……'

눈앞이 깜깜한 기엘이었다.

*　　　　*　　　　*

선선한 바람이 불기 시작하는 시각.

기엘은 잠을 이루지 못하고 밖으로 나왔다.

착잡한 기분 때문인지 그의 몸 안의 힘, 즉 엘도 불안정하게 흔들리고 있었다.

"하아~"

그는 천천히 발걸음을 옮겨 신전 뒤쪽으로 넓게 조성되어 있는 풀숲으로 향했다.

깔끔하게 손질이 되어 있는 나무들 사이에 서서 그는 가볍게 심호흡을 하고 앞으로 팔을 뻗었다.

한 팔을 앞으로 뻗어 손가락을 살짝 벌리고 그는 서서히, 그리고 자연스럽게 그의 엘을 발동시켰다.

"엘-루하."

엘의 운용법을 수행하는 가장 기초적인 연습 방법 중의 하나로 손가락을 벌리고 팔에서부터 옅은 공기의 흐름을 만들어내서 손가락 사이로 흐르게 하는 방법이다. 말로는 가볍게 설명되지만 그 흐름을 깔끔하게 만들어내는 것은 쉬운 일이 아니다.

그냥 마구 불규칙적인 바람을 만들어내는 것은 간단한 일이다. 어려운 것은 그것을 자신의 의사대로 컨트롤하는 일.

이 기본적인 엘의 운영에서 수많은 바람술이 시작된다.

한차례의 바람이 가닥가닥으로 나뉘어 우거진 잎사귀들을 흔들며 사라지는 순간 뒤쪽에서 목소리가 들려왔다.

"언제 봐도 네 녀석의 엘-루하는 정교하군."

"로운?"

"연습생 시절 때도 마찬가지였지. 순수한 엘은 내가 더 뛰어났다고 해도 나는 너처럼 정교하게 바람을 다루지는 못했지."

"그런 소리하지 마. 넌 내가 아무리 노력해도 결코 따라갈 수 없었던 상대라구."

"하하하! 그럼 서로에게 조금씩은 열등감을 가지고 있었던 건가? 나는 네 녀석의 무신경할 정도로 대범한 정신력만큼은 정말 부럽다고 생각했었거든."

엘의 운용은 각각의 바람술사의 성격에 따라서 여러 갈래로 나뉜다. 단순하게 육체적인 완력으로 변환시키는 것에서부터 시작해서 복잡한 기교가 필요한 고난도의 운용까지.

"피곤하지 않아?"

"피곤해. 머리가 아플 지경이지."

"하기사. 그 꼬마 녀석하고 있다 보면 아무리 가만히 있으려고 해도 이마에서 혈관이 뚝뚝 끊어지는 기분이지. 그래도 나보다는 네 녀석이 훨씬 사정이 좋은 거라구, 기엘. 처음에는 더 심했어."

"……."

심술궂은 웃음을 지어 보이면서 말하는 로운의 얼굴을 보면서 기엘에 입을 열었다.

"그게 아니라는 것쯤 내가 모를 것이라고 생각해?"

"······."

"변환술은 네가 걸었다고 들었는데. 그 때문에 신경이 날카로워진 것 아니야? 보통의 너라면 그런 단순한 말장난이나 입씨름 따위는 하지 않잖아."

"신경 쓰지 마."

로운이 고개를 돌리며 대답했다.

기엘은 순간 로운의 얼굴에서 어떤 표정을 보았다.

"시안님 얼굴을 보는 게 힘든 거지?"

"······."

"아무리 네가 원하지 않았던 관계라고 해도 시안님은······."

"입 닥쳐!!"

로운이 고합을 쳤다.

"그 녀석의 얼굴만 보면 벌컥벌컥 화가 치밀어 올라. 아무것도 모른다는 얼굴로, 아무리 설명을 하려고 해도 그 녀석은 모른단 말이야. 빌어먹을!"

로운은 옆에 있던 나무를 주먹으로 치면서 이를 가는 듯한 목소리로 말했다.

"그 심정을 알기나 해?! 그 얼굴을 보면 단 한 마디라도 쏘아주지 않곤 참을 수가 없다구!"

심장에서 끓어오르는 듯한 로운의 목소리.

기엘은 그런 그의 뒤에서 가만히 서 있기만 했다.

"역시 사랑한 거야?"

"세상에는······."

고개를 숙인 로운의 입에서 낮은 소리가 흘러나온다.

"사랑 말고도 얼마든지 많은 감정이 있어."

쏴아— 하는 소리와 함께 거센 바람이 두 사람의 사이로 지나갔다.

그 바람은 두 사람 중 어느 누가 일으킨 바람이 아닌 순수한 미메이라의 바람. 그 바람을 맞으면서 두 사람은 잠시 침묵에 빠졌다.

잠시의 시간이 흐르고 로운이 보통 때와 별다를 바 없는 얼굴로 되돌아와 기엘의 옆에 털썩 주저앉았다.

기엘 역시 아무 말도 하지 않고 로운의 옆에 앉았다.

먼 하늘 구석이 조금씩 밝아져 오고 있다.

"계승로에 너와 내가 가게 된다구?"

"그래."

"너는 그렇다 치고 난 왜 끌어들였어."

"글쎄? 먼 길이 될지도 모르는데 아무나 끌고 갈 수는 없잖아. 마음도 맞아야 하고. 그래서 머리를 돌려봤더니 나오는 결론이 너였다."

"무슨 생각으로 승낙한 거야? 난 네가 계승로만큼은 절대로 따라가지 않을 것이라고 생각했는데… 설마, 시안님께서 유언이라도 남기신 건가?"

기엘의 말에 로운은 피식하고 웃어버렸다. 사실 유언이라고 굳이 이름을 붙인다면 그것도 유언일지도 모른다.

살아 있는 골치 덩이 문제 덩이 유언.

"지금 그 꼬마의 존재 자체가 시안의 유언이라면 유언이겠지. 뭐, 오래된 기억의 반로라고 이름 붙이기도 그렇고 추억을 되새기며 과거의 약혼녀를 위해… 라고 이름 붙이기도 거창하지만 시안이 원했을 거라는 생각이 들었어. 아마도 살아서 무사히 계승식을 마쳤다면 아마도 너와 내게 같이 가달라고 했을 거라는 생각이 들었거든.”

“하기사 시안님께서 ‘함께’라고 할 정도로 가까이 지냈던 것은 우리들뿐이었으니까. 어렸을 때뿐이라고는 해도.”

“명령 불복종 같은 것은 절대 용납하지 않겠어. 수장 계승에 관한 한 모든 권위는 신전이 제1순위를 가지고 있으니까. 그 덩치 큰 아기들이 득실거리는 수련원에서 널 빼내는 것쯤은 일도 아니라구.”

“반론의 여지도 없군.”

기엘은 지레 포기해 버렸다.

로운이 결정한 것이라면 아마도 절대로 틀림없이, 그대로 실제로 일어날 것이라는 것을 예전부터 알고 있기 때문이다.

로운은 단지 ‘기사 따위 그만두고 신관이 되겠어’라고 말한 다음 다음날 모든 것을 때려치우고 진짜로 신관이 되어버린 사람이다.

“가야 한다면, 그리고 네가 가자고 하니까 가지, 뭐 죽기야 하겠어?”

“어? 몰랐어? 기록상 수행 기사의 사망률은 수행 신관 사망률의 배를 웃돈다구.”

“너어—!!”

장난처럼 내질러지는 주먹을 막으면서 로운은 하늘이 울릴 것만 같은 소리로 웃어버렸다. 기엘도 로운 못지 않게 하늘의 별이 떨어질 만큼 큰 소리로 웃었다.

그리고 찾아오는 적막.

풀포기가 바람에 흔들리는 소리만이 잔잔하게 깔린 곳에서 기엘이 조용하게 입을 열었다.

“시안님 장례식은 어떻게?”

“살아 있잖아. 장례식 같은 것이 있을 리가 없지.”

"그런가?"

"…그래."

사라져 가는 어둠과 함께 두 사람의 격한 감정도 조금씩 가라앉았다.

떠오르는 새벽의 해를 보면서 두 사람은 소곤소곤, 때로는 침묵으로 아주 오래간만에 맛보는 새벽의 고요함을 느끼고 있었다.

*　　　*　　　*

"기엘, 멀었어요?"

"아니, 이제 곧입니다."

마차의 휘장을 살짝 걷고 시안이 기엘에게 말했다.

기엘은 말을 타고 마차 옆에서 떠나지 않고 있었다.

사실은 마차 안에서 꼼짝 않고 앉아 있어야 하는 것이 정상이지만 역시 처음으로 밖이라는 곳에 나온 시안은, 떠나기 전에 목이 아프게 카류로부터 들었던 주의 사항은 모조리 한 귀로 흘려들었는지 연신 휘장을 걷어내고 바깥의 경치를 보며 감탄성을 지어내고 있었다.

"우와~ 죽인다."

"마음에 드십니까?"

어린아이 같은 시안의 태도를 보면서 기엘은 빙그레 웃음을 지었다.

"꼭 들판 전체에 과산화수소를 마구 들이부어서 탈색시킨 것 같지만 뭐 그럭저럭 괜찮은데요?"

"과산화수소요? 그건 뭡니까?"

"아아, 내가 살던 세계는 뭐랄까. 여기보다 색이 좀 더 진해요. 하늘 색도 조금 더 짙고 풀 색도 좀 더 파란색이고, 나무도 그렇고."

"재미있군요. 마치 바라스나 가이칸 제국에 가보신 것처럼 말씀하시는군요."

"바라스? 그 뭐시기, 땅의 나라인지 뭔지 하는 곳을 말하는 건가요?"

"그렇습니다."

"거기 가본 일이 있나 봐요, 기엘은?"

"어릴 때 한 번 가본 일이 있었지요. 시안님의 말씀대로 짙은 색으로 이루어진 나라입니다."

기엘은 시안의 말에 열심히 대꾸를 해주었다.

기엘은 왠지 감회가 새로웠다.

사실 시안을 처음 만났을 때를 생각하면 지금도 머리가 아찔해진다. 로운과 마구 소리를 지르며 싸움을 했던 탓도 있지만 그보다는 지난 이틀 동안 잠도 못 자고 고생했던 것이 생각났기 때문이다.

사실 시안이 가지고 있는 힘은 기엘이 옆에만 서 있어도 느낄 수 있을 만큼 강력한 것이었다. 전대 수장인 레이죠 장로에게서 느꼈던 것보다도 훨씬 강력한 엘이 시안에게 잠재되어 있었던 것이다. 하지만 엘이라는 것은 가지고 있는 것으로 끝나는 것이 아니다. 그것을 어떻게 운용하여 어떤 힘을 쓰느냐가 관건.

이틀 동안 기엘이 고생고생하면서 시안에게 열심히 가르쳤지만 시안은 좀처럼 기엘의 기대에 부응하지 못했다.

'머리가 나쁘지는 않지만.'

기엘은 이틀 동안의 고난을 다시 떠올렸다.

"수행식은 어렵지 않습니다. 주위에서 그냥 시키는 대로만 하시

면 되고, 마지막 의식 때 그냥 힘을 자연스럽게 개방하는 것으로 끝
납니다."

"뭘 개방해요?"

"엘을 개방하는 것이지요."

"그러니까 그 엘이 뭐냐구요."

"……."

"기엘, 초보 중의 초보도 아니고 아예 문외한을 가르친다고 생각
해."

기엘은 이마를 짚었다.

하지만 사실 시안도 고민은 고민이었다. 엘을 가졌다느니 그 파
장이 너무너무 세다느니 하는 소리는 듣고 있지만 기실 시안이 느
끼는 것은 아무것도 없었기 때문이다. 가끔 화가 버럭버럭 나서 마
구 난리를 칠 때 뭔가 바람이 부는 것 정도는 알고 있지만 그것이
자신의 의지로 그렇게 되는 것은 아니었기 때문이다.

"미메이라의 엘은 기본적으로 바람 그 자체라고 생각하시면 됩니
다. 공기와 그 공기의 흐름. 그것을 지탱하는 에너지, 그리고 그 에
너지의 근원을 느끼는 거지요. 그냥 정신을 맑게 하고 아무것도 듣
지도 느끼지도 않은 상태에서 그 힘에 몸을 담근다고 생각하시면
됩니다."

"기 수련 같은 건가."

벅벅벅 머리를 긁으면서 시안이 말했다.

"에잇! 이놈의 머리 확! 잘라 버리고 싶어!"

뒤로 묶어놓은 머리카락을 마구 당기면서 시안이 신경질을 부렸
다.

하지만 그에 대해서는 로운도 기엘도 아무 말 하지 않았다.

"자, 한번 해보십시오. 수행식은 시안님께서 힘을 개방하셔서 만인에게 풍옥을 전수받았다는 사실만 인지시키시면 됩니다."

"끄으응~"

시안은 편한 자세로 앉아서 눈을 감았다.

아무 생각도 하지 말라고 하기에 멍하게 머리를 비웠다.

고요한 상태가 지속되었다.

'으음.'

간질간질.

콧잔등이 간지러웠다.

시안은 얼른 손을 들어서 코를 살짝 긁고는 다시 본 자세로 돌아갔다.

'으으응.'

이번에는 등이 간지러웠다. 살짝 어깨를 당겨보았지만 등의 간질거림은 사라지지 않는다.

'어떻게 하면 이걸 긁지?'

시안은 살그머니 몸을 뒤로 젖혔다.

딱딱한 의자가 등에 닿았다. 시안은 곰실곰실 그 딱딱한 의자에 등을 문질렀다.

"시안님! 정신을 집중하시라니까요!"

기엘이 버럭 소리를 질렀다.

시안이 살짝 눈을 뜨자 몸을 둘로 접고 큭큭거리고 있는 로운의 모습이 눈에 들어왔다.

"웃지 마! 정말 등이 간지러웠단 말이야!"

"크, 큭큭!"

"시안님, 로운은 신경 쓰지 마십시오. 중요한 것은 느낌을 얻는 일입니다."

"아, 알았어요, 기엘."

쳇— 하고 혀를 차면서 시안은 다시 눈을 감았다.

조용히 눈을 감고 있으면 귀에 들려오는 것은 규칙적인 자신의 숨소리. 그 숨소리에 시안은 귀를 기울였다.

'하아~ 이거 명상하는 것도 아니고.'

시안은 그렇게 조용하게 앉아 있었다.

한참을 그러고 있자 살짝 공기가 움직이기 시작했다.

"아, 드디어."

기엘은 움직이는 공기를 느끼면서 반가운 마음에 시안을 쳐다보았다. 시안을 중심으로 해서 미약하기는 하지만 공기가 흘러나오고 있었다. 그 흐름은 조금씩 세져서 산들바람이 되어서 기엘과 로운 두 사람 쪽으로 흘러나왔다.

"약하기는 하지만 성공은 성공이군. 생각보다 빠른데?"

"그러게요. 더 힘들 줄 알았는데."

조용히 기엘과 로운이 기다렸지만 시안에게서 흘러나오는 바람은 그 이상 세지지가 않았다.

"으음, 시안님?"

"……."

"이봐, 꼬마. 눈떠 봐."

로운이 시안을 불렀지만 시안은 눈을 뜨지 않았다.

"어, 설마."

기엘이 불안한 마음으로 시안에게 다가갔다. 드물지만 힘을 개방하다가 말고 자신이 발생시키는 엘의 파장 안에 그대로 갇혀 버리는 경우가 발생하기도 하기 때문이다. 수련생에게 가끔 벌어지는 일종의 사고 같은 것이다.

"시안님?"

기엘이 살짝 시안의 어깨에 손을 대었다. 시안에게서 불어 나오던 바람이 순간 불규칙하게 흘러갔다.

새액. 색. 색.

규칙적인 숨소리가 기엘의 귀에 들려왔다.

시안은 앉은 채로 잠들어 있었다.

'으윽! 생각만 해도 속이 뒤집히는군.'

이틀 동안 시안에게 기엘이 가르쳐 준 것은 결국 힘을 개방하는 법 단 한 가지밖에 없었다. 그것도 정말 우여곡절 끝에 성공한 것이었다.

절대 의식적으로는 힘을 개방하지 못하는 시안에게 통하는 방법은 단 한 가지.

먼저 마구마구 화를 돋우워서 일단 정신을 잃게 만들어 자신도 모르게 몸 안에 담겨져 있는 엘을 밖으로 표출하도록 한다. 그리고 시안의 엘이 퍼져 나오기 시작하면 옆에서 로운이 흘러나오기 시작한 시안의 힘을 로운의 엘을 매개체로 하여 활성화시키는 것이다. 시안이 종종 무의식 중에 힘을 쓰고 있다는 것을 알아채고는 방법을 바꾼 것이다.

주로 화를 내게 만드는 역할은 역시 로운이 맡았다.

실제 수행식을 할 때 신관이 옆에서 보조를 하게 되는데, 덕택에 자연스럽게 수행식의 보조 신관은 로운으로 정해졌다.

로운은 말을 타고 일행의 뒤편에 떨어져서 오고 있었다.

현재의 시안은 의식을 수행하기 위해서 잔뜩 치장을 한 상태.

허리 아래까지 드리워지는 머리카락은 모조리 위로 틀어 올려서 장식을 했다. 옷 역시 수장 계승식에 사용되는 흰색의 길고 화려한 드레스에 미메이라의 특산물 중 하나인 투명하게 반짝이는 보석 하이시로 만들어진 장식이 가득 달려 있었다.

"화아, 저게 수도인가?"

"그렇습니다, 시안님. 미메이라의 수도 키리엔입니다. 이제 도착했으니 그만 휘장을 내리시지요. 수장궁 카리엔을 보시고 싶으시겠지만……."

"아아, 그런가. 으윽! 사람들 앞에 나가는 것은 질색인데. 이게 무슨 팔자야. 그런데 수도도 카리엔이고 성도 카리엔이에요?"

"하하. 예, 그렇습니다. 그럼 저는 이만. 하앗!"

기엘은 말을 달려서 수행단의 맨 앞으로 달려갔다.

시원한 바람이 기엘의 머리카락을 휘날렸다.

고생은 했지만 그 고생의 작은 언덕을 이제 넘어서려고 한다.

연녹색의 숲이 눈앞으로 다가왔다. 수도를 둘러싸고 있는 인조림이다.

기엘은 깨끗한 공기를 가득 들이마시면서 힘차게 말을 달렸다.

'좋아. 이제 수행식이다.'

제4장
수행식

The Wind of Ashurei

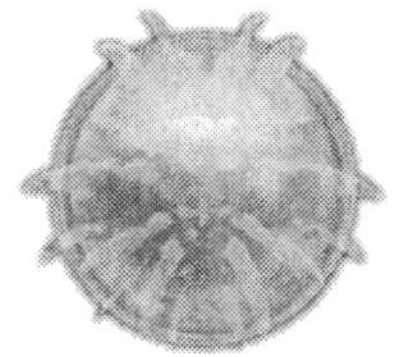

수행 일행이 수도 가까이에 접근하자 수도 주위의 마을에서 사람들이 몰려나와 있다가 환호성을 질렀다.

"만세! 시안님! 만세!"

시끄러운 바깥을 내다보고 싶었지만 시안은 꾹 눌러 참았다. 손가락이 근질근질했다. 아니, 그보다는 사실 머리 속이 간질간질했다. 난생처음으로 허리까지 닿는 머리카락을 가지게 된 시안이었다.

초등학교 이후로 스포츠 머리를 고수하고 있던 시안으로서는 사실 정말 대단한 일일지도 몰랐다. 평생을 가봐야 이런 머리 길이를 해볼 일은 아마도 없을 것이다.

그 때문에 그럭저럭 참아주고 있기는 하지만 그냥 자연스럽게 머리카락을 내리고 있는 것과 이렇게 장식을 잔뜩 해서 머리를 틀어

올리는 것과는 상당한 차이가 있다.

아까부터 목이 뻣뻣해지는 것을 시안은 자주자주 목덜미를 툭툭 쳐가면서 참고 있었다. 사정만 허락하면 드러눕고 싶었지만 머리에 워낙 장식을 많이 올리고 있으니 누우면 끝장이다. 그걸 무시하고 누웠다가 머리를 망쳐 버리면 그 잔소리꾼 로운이 자신을 가만히 두지 않을 것이다.

장식이 가득 달린 옷도 골치가 아팠다. 몸을 움직일 때마다 짤랑짤랑하는 소리들이 들려왔다. 엄청나게 비싼 것이라고 몇 번이나 주의를 들은 터라 더욱더 신경이 쓰였다.

시안은 반짝이는 보석을 하나 집어 들었다. 하이시는 꼭 다이아몬드처럼 생겼는데 투명한 주제에 반짝이는 빛은 연한 푸른빛이다.

"나중에 돌아갈 때 이거나 기념으로 몇 개 가지고 갈까?"

시안은 혼자 중얼거렸다.

"아아, 덥다."

시안은 살짝 눈을 감았다. 일단 자신이 쓸 수 있는 바람의 술은 그것뿐이다. 산들바람을 불러일으키는 것.

살짝 눈을 감고 마음을 가라앉히자 사라락 하고 얇은 옷자락이 하늘거렸다. 이틀 동안 로운과 기엘에게 마구 괴롭힘을 당한 후 얻은 성과였다.

"시원하구만. 여름이 돼도 에어컨이 필요없겠어. 그나저나 뭘 이렇게 오래 가는 거지?"

수도의 주변에 도착해서 휘장을 내리고도 벌써 한 십여 분 이상이나 들어왔는데 아직도 마차는 어디론가 굴러가고 있는 중이다.

수행식을 위해서 이틀 동안 기엘과 로운에게 들들 볶이느라 시간이 없었기 때문에 시안은 아직 미메이라에 대해서는 제대로 들은 바가 없었다.

"우에~ 지겨워."

"시안님, 도착했습니다."

"어라? 다 온 건가?"

사라락 소리와 함께 휘장이 걷히고 로운이 불쑥 머리를 들이밀었다.

"뭐야, 아저씨."

"시안님, 손을."

약간 불안한 마음에 시안은 억지로 실룩거리면서 시비를 걸었지만 로운은 진지한 목소리로 대답했다.

"에에."

로운이 내민 손을 잡는 것은 딱 질색이지만 방법이 없었다.

"자! 놓치면 죽어!"

"조심하십시오."

끙차 하고 일어서서 밖으로 한 발자국을 디뎠다.

시안이 마차 밖으로 나오자 수장궁의 넓은 광장에 모여 있던 사람들이 일제히 환호했다.

반짝이는 빛에 눈이 부셔 시안은 일순 발을 헛디뎠다.

"아, 우악!"

"조심하십시오, 시안님."

로운이 시안을 부축했다.

"자, 이쪽으로."

시안이 천천히 로운의 인도에 따라서 발걸음을 옮겼다. 얄팍한 신발 아래로 두텁고 하얀 양탄자가 느껴졌다.

“도대체 왜 이렇게 사람이 많이 모인 거야?”

소곤소곤하는 목소리로 시안이 물었다.

“다음 대의 수장을 맞이하는 의식입니다. 수장의 얼굴을 한 번이라도 보기 위해서 모인 것이지요.”

“에헤.”

그렇게나 수장이라는 위치가 중요한 것이구나라고 생각하면서 시안은 고개를 끄덕였다.

“수장이 사람들 앞에 모습을 자주 안 드러내나?”

“꼭 그런 것은 아닙니다. 단지 수장 계승식을 보는 것은 평생에 한 번 있을까 말까 한 행사니까 아무래도 사람들이 즐거워할 수밖에요. 게다가 수장궁이 개방되는 것은 일 년에 한두 번뿐이기에 일종의 축제처럼 치루어집니다.”

이틀 동안 이것저것 시안에게 가르치려고 했던 카류나 기엘의 계획이 틀어진 것은 어쩔 수 없었다. 힘 하나를 개방하는 데도 그렇게 고생을 했으니 다른 것을 가르치는 것은 정말 어려운 일이었다. 때문에 제반 사항이나 미메이라 자체에 대한 시안의 지식은 여기 처음 올 때와 별다를 바가 없었다.

“온통 하얗네.”

“미메이라의 신색(神色)이 흰색이기 때문이죠. 이쪽으로 올라가십시오.”

로운이 시안의 손을 놓으며 말했다.

“어? 나 혼자?”

“아니, 제가 뒤를 따라 올라갑니다.”

“흐응.”

시안은 치맛자락을 손에 잡고 계단을 올라갔다. 광장 한가운데에

높은 단이 설치되어 있었다.

'정말 골때리는군.'

미친 듯이 열광하는 관중 사이로 시안은 걸음을 옮겼다.

단 위로 올라서니 흰 수염의 할아버지 대신관 카류가 엄숙한 표정으로 서 있었다. 단 위에 올라온 시안을 보자 카류가 천천히 손을 들었다.

시끄럽게 환호하던 사람들이 조용하게 가라앉았다.

"이 자리에 모이신 미메이라의 신민 여러분."

엄숙한 목소리로 카류가 말했다. 순식간에 가라앉은 분위기에 시안은 홀로 움찔거리면서 약간 뒤로 물러섰다. 턱 하고 몸이 로운의 몸에 부딪쳤다.

"왜? 겁나나, 꼬마?"

"겁나기는!"

시안이 발끈하여 말했다.

"글쎄, 내 눈에는 벌벌벌 떨고 있는 것으로 보이는데?"

"웃기는 소리하지 마."

조금 전까지는 엄청나게 엄숙하게 분위기를 잡고 있던 로운이 뒤에서 빈정거리자 시안의 이마에도 핏대가 솟아올랐다.

"이 자리에서 새로운 미메이라의 계승자를 선포합니다. 시안 리에 디 하로이엔 미메이라."

"자, 앞으로 나가서 이전에 가르쳐 준 대로 인사해."

"말 안 해도 알아!"

말은 그렇게 했지만 시안은 어질어질했다.

높이 솟아 있는 단은 거의 5~6층 이상의 높이. 아파트 고층에도 올라가 보고 63빌딩에도 올라가 본 적 있었지만 이렇게 사람이 잔

뚝 몰려 있는 탁 트인 공간 중간에 서보기는 처음이다.

시안은 부들거리는 몸을 간신히 유지하면서 앞으로 걸어나갔다.

'제길, 이러다가 단 아래로 떨어지면 어떻게 되는 거지?'

지정된 장소에 도착하자 시안은 몸을 숙였다. 한쪽 무릎을 세우고 오른팔을 가슴에 댄다. 미메이라에서는 최고의 경의를 표할 때만 하는 의전 의례 형식에 따른 인사법이었다.

찰랑거리는 보석들의 소리를 들으면서 시안은 고개를 숙였다.

시안이 몸을 숙이자 그때까지 고요하던 광장이 순식간에 달아올랐다.

"우와아아아!"

"시안님께 미메이라의 영신을!"

"미메이라의 축복을!!"

들려오는 소리에 시안의 고막이 터질 지경이었다.

"이제 일어서. 언제까지 그렇게 꾸물거리고 있을 거야!"

"제길! 입 닥치고 좀 있어!"

어느새 다가왔는지 로운이 팔을 내밀어 시안을 부축하고 있었다.

"로. 조하. 아슈레이. 미메이라의 영광. 그 바람의 시작과 끝. 미메이라의 정당한 계승자에게 축복이 있으니."

뒤에서 카류의 목소리가 들려왔다.

"여기서 실패하면 완전히 쪽팔리는 거다, 꼬마."

"웃기지 맛!!"

"바람의 신 미메이라의 이름하에 그의 대지와 그의 힘과 그의 의지를 계승하는 자에게 영신이 있으라."

시안은 로운이 시키는 대로 두 팔을 하늘로 올렸다.

머리끝까지 화가 치밀어 오르는 기분이었다.

"흥. 네 녀석이 성공할 수 있겠어?"

'말끝마다 자꾸 무시하는데! 제기랄!!'

"눈 감아. 이 바보 멍청이 꼬마."

시안은 신경질적으로 눈을 꽈악 감았다. 눈을 감는 순간 파악―
하는 감촉이 등 뒤에서 밀려왔다. 로운이 아무도 모르게 시안의 등
을 파악 친 것이다.

'제, 제길. 떨어지겠다!!'

"빨리 해. 사람들이 기다리잖아!"

'누가 몰라!!'

차마 입을 열지도 못한 채 시안은 울컥 치밀어 오르는 화를 속으
로 퍼부었다. 그 순간 화악― 하고 시안의 긴 옷자락이 날아오르기
시작했다. 로운이 뒤에서 자신의 엘을 끌어내고 있는 것이다. 그 힘
이 촉매가 되어서 안에 고여서 부글부글 타오르던 시안의 엘이 순
식간에 개방되었다.

쏴아아아아―

온몸에서 끝을 알 수 없는 힘이 밖으로 방출되었다.

'젠장할! 이따위 의식 빨리 끝나 버리란 말야!!'

시안이 질끈 눈을 감은 채 속으로 절규하자 쏟아져 나오던 바람
의 힘이 소용돌이 모양으로 얽혀 들어가면서 하늘로 올라갔다.

순간적으로 힘이 한꺼번에 쏟아져 나오자 시안은 그 엘이 일으킨
소용돌이 속에서 정신을 잃었다.

"소용돌이다!!"

"시안님!!"

"오오오!!"

소용돌이치는 바람의 한가운데 있는 시안에게는 들리지 않았지만 사람들의 감탄사가 광장에 가득 차기 시작했다.

일찍이 볼 수 없었던 강한 소용돌이 바람이 하늘로 치솟아오르는 그 바람의 기둥을 보면서 어떤 사람은 감격의 눈물을 흘리고 있었다.

수행식의 마지막에 이루어지는 이 엘의 개방은 모든 이에게 다음 대의 수장 계승자가 가진 능력을 나타냄으로써 정당한 계승자로서 모두에게 인증을 받는 중요한 의식이었다.

지금 시안이 일으키고 있는 바람은 역대 어느 계승자도 보여주지 못했던 강한 소용돌이. 그 바람은 지금 하늘로 치솟아오르면서 궁 구석구석으로 퍼지면서 궁 전체를 강한 바람 안에 휩싸이게 하고 있었다.

'성공이군.'

단 아래에서 강한 바람을 견디며 굳건히 서 있던 기엘은 안도의 한숨을 내쉬었다.

여차저차해서 시안이 힘을 불러일으키지 못하는 경우 로운이 그것을 대처할 수도 있도록 미리 단단히 안배를 해놓기는 했었다.

시안의 힘을 개방하기 위해서 로운의 엘을 이용하는 것은 기본적으로는 반칙이었지만 로운과 기엘이 둘이서 밤새도록 머리를 짜서 생각해 낸 최고의 방법이었다.

일단 시안이 가지고 있는 엘은 그 끝을 알 수 없을 정도로 무한에 가까운 강한 힘이기 때문에 그것이 개방되는 통로만 열어준다면 생각보다 쉽게 엘을 개방시킬 수 있을 것이라는 것이 로운의 생각이었고, 지금 그것은 그대로 맞아떨어져 강력한 바람이 온 궁을 휩쓸고 있었다.

‘생각보다 로운 녀석, 시안님 걱정을 많이 하는군.’

강하게 몰아치던 바람이 서서히 가라앉고 있었다.

어떤 바람술사도 그렇게 오래도록 자신의 엘을 개방할 수는 없다.

바람의 한가운데에서 무아지경에 빠져 있던 시안은 누군가가 자신의 팔을 당기는 것을 느꼈다.

“야! 이 바보! 그만 해. 그러다가 수장궁이 날아가겠다.”

퍼뜩 정신이 들자 자연스럽게 소용돌이치던 바람도 순식간에 잦아들기 시작했다.

“수장궁이 부서지면 네 녀석이 다시 지을 것도 아니잖아.”

“누가!”

파악! 하고 소리를 지르자, 거짓말처럼 시안의 몸에서 흘러나오던 엘의 흐름이 뚝 하고 끊어졌다.

광장은 조금 전 시안이 올라왔을 때와 다름없이 조용해졌다.

단지 달라진 것은 자신이 걸치고 있던 옷들이 모조리 뒤집혀져서 엉망이 되어 있다는 것과 단정하게 올백으로 넘겼던 로운의 머리카락들이 전부 내려와서 헝크러져 있는 것뿐이었다.

“어라? 그러니까 훨씬 좋네. 원래 나이대로 보이잖아, 아저씨.”

“아저씨가 아니랬지.”

“흐응, 이제 좀 그만 할 때도 되었는데 지치지도 않아, 아저씨? 한마디 한마디에 반응하다니 어린애 같아.”

“웃기지 마! 너나 그만둬!”

작은 소리로 티격태격하고 있는 두 사람.

그 뒤에서 카류는 나름대로 감격에 잠겨 있었다.

시안의 몸속에 있는 엘이 누구보다도 뛰어나다는 것은 알고 있었지만 막상 자신의 눈으로 그것을 보는 것은 정말 남다른 경험이었다.

'성공이군. 시안님, 기뻐하십시오.'

카류는 눈을 돌려서 단 아래 가까이에 자리 잡고 있던 레이죠 장로의 얼굴을 주시했다.

그 역시 감격에 잠긴 얼굴로 시안을 바라보고 있었다.

그의 마음 역시 자신과 마찬가지일 것이라고 그는 그렇게 생각했다.

'수행식이 성공했으니 이제 남은 것은……'

그의 눈에 로운이 부축해서 단을 내려가는 시안의 뒷모습이 보였다.

'남은 것은 시련의 계승로를 무사히 빠져나가는 것이겠지.'

시안은 사람들의 환호성을 들으면서 휘청거리는 발걸음을 옮기고 있었다. 엘의 방출이 극한도에 다다랐는지 시안의 몸에는 실오라기를 들을 힘도 남아 있지 않았다. 그나마 절대로 이런 데서 쓰러져서 로운의 놀림거리가 되지 않겠다는 의지가 시안의 몸을 움직이고 있었다.

로운은 창백해진 시안의 얼굴을 바라보면서 생각에 잠겼다.

'정말 놀랍군. 이 정도일 줄이야.'

로운의 시선이 기엘과 부딪쳤다.

희미하게 웃고 있는 기엘의 얼굴을 보면서 로운도 마주 웃어주었다.

두 사람의 기억 속에 남아 있는 시안의 모습이 그 사이로 끼어들었다. 그녀 역시 이런 모습을 보았다면 그래도 기뻐해 주었을 것이라고 서로의 마음을 다독거렸다.
'어때? 성공이지?'
'물론. 수고했어, 로운.'
기엘이 한쪽 눈을 찡긋했다.
그를 향해서 로운 역시 밝게 웃었다.

제5장
시안 리에 디 하로이엔 미메이라

The Wind of Ashurei

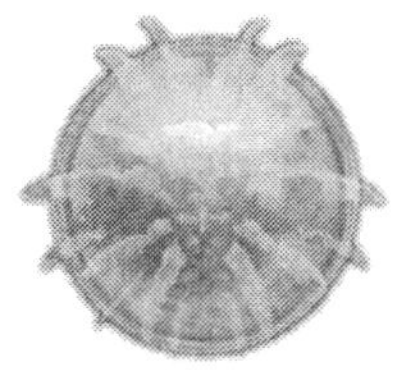

"시안님, 일어나셨습니까?

"우웅~"

폭신한 이불에 둘러싸여서 시안은 눈을 감고 꼼질꼼질거렸다. 제일 먼저 발가락이, 그 다음에는 손가락을 하나하나 꼼질거리면서 시안은 잠이 깨기 직전의 가장 감미로운 시간을 온몸으로 느끼고 있었다.

눈을 뜨는 것은 죽을 만큼 어려운 일이지만 잠을 깨기 직전의 이 시간만큼은 너무나 기분 좋은 시간이다.

"시안님, 일어나실 시간입니다."

"으응~ 엄마. 10분만요. 형은 안 돼."

시안은 몸을 뒤집어서 폭신한 쿠션를 끌어안았다. 아니, 끌어안으려고 했다. 하지만 시안의 뺨에 느껴지는 것은 뽀송뽀송한 쿠션 커버가 아닌 길고 긴 실타래. 바로 시안의 머리카락이었다.

"우욱— 제길."

조금 전까지 꿈속에서 바둥거리고 있던 시안은 그제서야 잠이 깼다. 현실 세계에서 이 황당한 미메이라라는 곳에 온 후부터 언제나 바뀌지 않는 기분 나쁜 아침이었다.

"이 빌어먹을 놈의 머리카락."

시안은 자리에서 벌떡 일어났다.

"시안님. 이제 일어나실 시간입니다."

"일어났어! 일어났다구요!"

시안의 대답이 들리기가 무섭게 여관들이 우르르 시안의 방으로 몰려 들어왔다.

"안녕히 주무셨습니까."

"안녕히 주무셨습니까."

똑같은 말이 여러 번 들려왔다.

'정말, 무슨 참새 부대 같아.'

처음 이곳 수장궁에 와서 제일 곤란했던 것이 어디를 가나 따라다니는 저 여관들이었다. 시안이 현실 세계에 있을 때 가끔 사극을 보면 왕의 뒤에 환관들과 상궁들과 무수리들이 줄줄줄 따라다니는 것을 봤었다. 이곳도 그와 다를 것이 없었다. 아침부터 저녁까지 화장실을 갈 때를 제외하고는 일어날 때부터 잠들 때까지 뒤에서 여자들과 남자들이 줄줄줄 따라다니는 것이다. 그나마 시안이 인원수를 최소한도로 줄여달라고 몇 번이나 말한 끝에 20여 명을 넘던 수행 인원이 한 10명 정도로 줄어들기는 했다.

오른쪽으로 가도 줄줄줄, 왼쪽으로 가도 줄줄줄. 팔을 들으면 '네~' 고개를 돌려도 '네~'.

아마 시안이 물속으로 뛰어들면 뒤에 따라오는 사람들도 줄줄이 따라서 뛰어들 것만 같은 분위기다.

'오, 그럼 집단 동반 자살쯤 되는 건가? 무슨 사이비 교주라도 된 기분이구만. 쳇.'

"대신관님께서 기다리고 계십니다."

"하아~"

시안은 입을 잔뜩 벌리고 하품을 했다.

"으아아~"

두 팔을 올리고 온몸을 펴고 스트레치를 하면서 하품을 하다 말고 시안은 문득 그 자리에 얼어붙었다. 방에 들어온 여관 4명이 전부 자신을 쳐다보고 있었기 때문이다.

"아, 아하하하하하."

시안은 멋쩍게 웃었다. 하지만 그것도 잠시 시안은 입을 잔뜩 벌리고 웃다 말고 입을 오므리고 손으로 입을 가리고 웃었다.

"오호호호홋. 아, 아직 계승식의 피로가 남아서… 오호호호호."

'제기랄 정말 변태 같군. 오호홋이 뭐야, 오호홋이.'

시안은 식은땀이 흐르는 것을 느꼈다.

"시안님, 이쪽으로."

그중에서 그나마 제일 나이 들어 보이는 여관이 옷을 들고서 시안에게 말했다.

"아아, 혼자 씻을게요."

"알고 있습니다."

수장궁에 온 지 3일째. 시안의 기행은 이미 궁 여기저기 여관들의 입에서 입을 통해 퍼져 있었다.

여관장인 라헬은 계승식을 마치고 두 달 만에 돌아온 시안이 많이 달라졌다는 것을 느낀 첫 번째 사람이었다.

먼저 시안은 아침에 깨우지 않아도 일어나서 먼저 자신들을 불렀다. 하지만 계승식을 마치고 돌아온 시안은 아침에 반드시 깨워야만 일어났다. 그뿐만이 아니었다. 아침에 몸을 씻을 때 혼자 들어가겠다고 마구 난리를 피웠고, 옷도 혼자 입겠다고 고집을 부렸던 것이다.

시안으로서도 그 부분만큼은 양보할 수가 없었던 것이다. 여자가 된 지 며칠 지나지 않은 탓에 자신의 몸이 익숙하게 느껴지지 않았기 때문이다. 혼자 거울을 보고 있으면 변태 같은 느낌이 무럭무럭 솟아 올라온다. 하물며 목욕을 하는데 옆에 다른 사람이 거들어준다니, 그것만은 절대 사양이다.

자신의 몸을 보는 것은 정말 혼자만으로도 족한 것이다.

'여러 사람 변태 만들 일 있냐구. 젠장, 변태는 나 혼자로 족해.'

투덜투덜. 시안은 홀로 욕실로 들어섰다.

시안이 욕실에서 나오자 여관들은 일제히 하나같이 손에 장신구와 옷을 가득 들고 서 있었다.

"뭐예요?"

"대신관님과 만나시는 자리니 성장을 차리셔야 하기 때문에."

"필요없어요. 성장은 무슨 성장."

역시, 몸에 배지 않은 이런 상류층 생활은 불편하다.

"아직 정식으로 수장이 된 것도 아니니 그럴 필요 없으니까 치우세요."

왠지 심술이 나는 시안이었다.

무슨 이상한 사람을 보는 듯이 자신을 바라보는 사람들도 그랬다. 말을 들어보니 시안은 상당히 조용한 사람이었던 모양이다. 게다가 상당히 검소하기도 했다는 후문이다. 그 때문에 시안이 장신구를 거부하는 것은 큰 무리가 없었다. 하지만 역시 기본적으로 성격이 다른 것만큼은 어떻게도 숨길 수가 없었다.

"하지만, 시안님."

"내가 괜찮다고 하잖아요! 내가!"

장신구를 들고 있던 제일 어린 여관이 시안의 완강한 반응에 뒤로 움찔 물러났다.

울 것 같은 그녀의 얼굴을 보면서 시안은 아차 싶었다.

'너무 심했나? 하지만 그래도.'

"시안님, 그래도 기본적인 장신구만큼은 필요합니다."

분위기가 심상치 않아지자 라헬이 재빨리 중재를 했다. 울먹거리고 있는 여관의 얼굴을 한 번 더 바라보고 시안은 한숨을 내쉬었다. 막내였다고는 하지만 위로 누나가 3명이나 있었던 탓에 기본적으로는 페미니스트인 시안에게 있어 아무래도 여자라는 존재에게는 약해질 수밖에 없었다.

"알았어요, 알아서 해요. 하이고, 내 팔자야."

자리에 곱게 앉은 시안의 주위에 여관들이 몰려왔다.

머리를 빗고 윗부분의 머리카락들을 모아서 하나로 묶은 후 몇 개의 장신구들이 그 위에 고정되었다.

'하기사 이런 경험 어디 가서 하겠어. 제길, 남자라면 완전히 하렘을 만들어도 이상하지 않을 텐데.'

변해가는 자신의 모습이 거울에 비치고 있었다.

다소곳이 앉아 있는 완벽한 미소녀. 반짝이는 장신구가 무색할 만큼 빛나는 백금발의 머리카락이 그 주위에 살포시 내려앉아 있다.

"역시……."

"네, 시안님?"

"아, 아니에요."

'역시 마음에 안 드는군. 이놈의 얼굴, 그리고 머리카락.'

시안이 그런 생각을 하는 동안 여관들이 시안의 머리카락을 다 매만지고는 옷가지를 내밀었다.

"일어나십시오, 시안님. 대신관님께서 많이 기다리셨습니다."

시안은 시키는 대로 겉옷을 입고 허리띠를 매었다.

그리고 한 번 더 심호흡을 한 후 라헬을 바라보았다.

"뭐, 필요하신 것이라도?"

"에… 그러니까……."

무엇이 필요하십니까? 무엇이든 해드리겠습니다의 표정.

"으… 으음… 그러니까 말이죠."

"네, 시안님."

"저기 아침밥은 언제 먹죠?"

꼬르륵.

비어 있는 위장 속에서 빨리 밥을 달라고 난리를 치고 있는 시안이었다.

"아, 안녕하세요, 할아버… 대신관님."

황급히 호칭을 고치면서 시안은 배시시 웃어 보였다.

아침 식사인 듯한 음식들이 가득 차려진 식당에 들어서자 대신관 카류, 그리고 시안의 아버지인 레이죠 장로가 그를 기다리고 있었다.

"식사 안 하셨죠?"

시안은 나름대로는 상당히 붙임성있게 행동했다고 생각하면서 자신이 앉아야 할 자리 옆에서 나머지 두 사람이 앉기를 기다렸다.

하지만.

"시안님?"

아무리 기다려도 대신관 카류도, 그리고 레이죠 장로도 앉지를 않았다.

뭔가 썰렁한 분위기에 돌입하기 직전 카류가 입을 열었다.

"이제는 정식으로 수장 계승자가 되셨으니 먼저 앉으셔야죠."

'아! 그렇구나. 나이는 어려도 내 쪽이 위가 되는 거군!!'

시안은 웃지도 못하고 울지도 못하고 엉거주춤 자리에 앉았다. 시안이 자리에 앉자 기다렸다는 듯 카류와 레이죠 장로가 자리에 앉았다.

"잘 주무셨는지요."

"아, 예, 뭐 그냥."

살짝 카류가 눈짓을 하자 시안의 뒤에 줄줄이 따라 붙었던 여관들이 일제히 사라졌다. 마지막 여관이 사라지자마자 시안은 그때까지 파악 긴장하고 있던 신경을 풀어헤쳤다.

"으아, 숨 막혀서 죽는 줄 알았네. 뭐예요, 할아버지. 계승식 끝나고 나면 바로 밖으로 내보내 준다더니."

앞에 놓인 물을 벌컥벌컥 들이마시면서 시안은 불만을 토로했다.

사실이 그랬다. 그동안 그렇게 시간이 많지는 않았지만 나름대로는 이런저런 사정을 들어왔었다.

얌전히 계승식을 마치면 곧 계승로인지 뭔지에 나가게 돼서 궁을 떠나서 몸도 남자로 돌아오고 기타 등등, 약속 아닌 약속을 받았던 터이다.

그러나 지금 시안은 3일째 궁에 틀어박혀서 아무것도 못하고 시키

는 대로 옷을 입고 시키는 대로 밥을 먹고, 그리고 나머지 시간은 방
에서 소일거리조차 하지 못하고 멍하게 앉아 있는 것이 현실이었다.

"말을 했으면 지켜야 할 것 아닙니까. 시키는 대로 다 했잖아요."

"시안님."

카류는 쓴웃음을 지으면서 입을 열었다.

"많이 심심하셨던 모양이군요."

"심심한 정도예요? 그게? 할아버지도 하루 종일 침대에 앉아서
천장하고 벽만 바라보라구요. 제길. 여기 PC방이 있는 것도 아니고
컴이 있어서 채팅을 할 수 있는 것도 아니고. 그렇다고 해서 여기저
기 마음대로 나다닐 수도 없고. 이게 감옥이 아니고 뭐냐구요!"

씩씩대는 시안을 보면서 카류는 약간의 당황스러움과 또 약간의
죄책감에 고개를 숙였다.

하지만 그럴 수밖에 없는 것이, 벌써부터 여관들의 입에서 입으
로 계승 의식을 끝내고 돌아온 시안님이 뭔가 지난번과는 많이 다
르다는 소문이 퍼지고 있는 터였다. 그런 상태에서 시안을 마음대
로 나돌아다니게 했다가는 지금 현재 어느 누가 그것을 알아챌지
아무도 모르는 것이다.

"죄송합니다, 시안님. 하지만 오늘부터는 조금씩 바빠지실 겁니다.
그러니까……."

"그딴 것은 다 필요없고 언제 여기를 나갈 수 있는지만 알려주세
요."

우걱우걱.

보기에는 여린 듯한 소녀의 모습이지만 먹는 모습은 건장한 남자
애 그 자체.

그 모습을 보면서 레이죠 장로는 이맛살을 찌푸렸다.

달라도 너무 다르다. 이 시안과 원래의 시안은.

"일단 계승로에 오르시게 되는 것은 약 한 달 후로 내정되어 있습니다."

"에, 에에엑!! 한 달이나?!"

"시안님께선 지금 이곳에 대해서 아시는 것이 없지 않습니까. 또한 계승식은 마쳤다고 해도 아직 처리해야 할 일들이 산재해 있습니다. 그것들이 대충 처리되고, 그리고 적어도 시안님이 계승로에 오르시기 전까지 배워야 할 것들도 많이 있습니다."

"뭘 더 배워요! 그냥 나가면 그만이지! 나는 이 모습이 싫다구요!!"

말을 내뱉는 사이사이로 빵 조각이 튄다.

"에잇! 젠장할. 꼭 이런 이야기를 밥 먹을 때 해야 돼요? 난 식사 예절은 그래도 열심히 배운 녀석이라구요. 꼭 밥 먹을 때마다 사람 신경을 긁어."

시안은 자신이 말하다가 식탁 위에 뿌리고 만 빵 조각을 보면서 투덜거렸다. 엄마가 봤으면 어찌 그리 칠칠맞지 못하게 밥을 먹느냐고 마구 야단을 쳤을 만한 광경이다.

"에이, 기분 더러워."

혼자서 화를 내고 혼자서 다시 침울해지는 시안을 보는 레이죠 장로의 마음도 사실 그렇게 좋지만은 않았다. 어디론가 사라져 버린, 시체조차 남기지 못하고 사라진 딸을 생각하느라 벌써 며칠이나 식음을 전폐하고 있던 그였다. 그런 그에게 카류가 찾아온 것이 어제.

카류는 레이죠 장로에게 시안의 전반적인 교육을 부탁했다. 어떻게 생각하면 레이죠 장로에게 있어 현재의 시안의 모습을 보는 것은 고문이나 다름없는 일일 것이다. 하지만 이대로 있다가는 레이죠 장로에게도 문제가 생길 것이라는 판단하에 카류는 굳게 마음을 먹고 시안의 교육 문제를 밀어붙였다. 그 결과 아침부터 이렇게 투덜거리는 시안의 앞에 와서 앉아 있는 것이다.

"시안님, 아무리 그래도 아무것도 모르시는 상태에서 갑작스럽게 밖으로 나가시면 문제가 많을 것입니다. 그렇지 않습니까? 적어도 기본적인 상황을 알고 계셔야 돌발 상황에서도 문제없이 대처를 할 수 있을 테니까요."

"어차피 다른 사람들도 따라간다면서요. 그럼 된 거지 굳이 내가 이것저것 귀찮게 배울 필요가 어디 있어요?"

"지금 그 상태면 어렵게 시안님을 이곳에 불러온 모든 사람들의 얼굴에 먹칠을 하게 되는 꼴입니다. 특히 원래의 시안……"

콰앙!

시안은 주먹으로 식탁을 쳤다.

"이봐요, 할아버지."

화가 치밀어 오르자 앞에 쌓여 있는 진수성찬도 눈에 들어오지 않는다. 말끝마다 시안. 시안. 시안. 시안. 시안!!

시안이 도대체 뭐라구!!!

"좋아요. 시키는 대로 하죠. 단, 한 달은 죽어도 안 돼요. 15일. 15일 이후에는 누가 말려도 난 여기서 나갈 거예요. 알았어요?"

"그것은 시안님이 얼마나 잘 따라주시느냐에 달렸습니다. 그렇지 않습니까? 장로님?"

레이죠 장로는 묵묵히 고개를 끄덕이는 것으로 대답을 대신했다.

"흥. 말론 뭐든 못합니까? 그럼 그 배우는 거 빨리 시작하죠."

"시원스러워서 좋군요."

"쳇."

하늘거리는 머리카락이 순간 스르륵 흘러내린다.

"에잇! 젠장할. 이놈의 머리!!"

자신의 머리를 붙들고 화르륵 하는 시안을 보면서 카류는 머리를 흔들었다.

'정말, 갈 길이 멀군.'

"아슈레이의 4개의 신국은 일반적인 국가들과는 많은 차이가 있습니다. 아슈레이에는 많은 나라가 있지만 그 어느 국가와도 다릅니다. 자, 여기 지도를 보시겠습니까?"

'으윽. 웬 때 아닌 지리 수업이냐.'

시안은 푹신한 의자 위에서 허리를 비비 꼬아가면서 하품을 간신히 참고 있는 중이다.

앞에서 설명하는 사람은 다른 이가 아닌 레이죠 장로.

레이죠 장로는 책 하나를 손에 들고 벽에 걸린 장대한 아슈레이 대륙의 지도를 놓고 설명 중이다.

"여기 중간 지대가 바로 시안님이 계승로에 올라 목표로 하실 곳입니다. 이전의 제 경험담과 역대 수장들의 기록들을 기본으로 해서 중간 지대에 대해서 말씀드린다면……."

몰려오는 졸음은 모조리 눈꺼풀에 가 있는 듯, 시안의 눈이 자꾸만 감긴다. 그것은 마치 지루한 수업 같은 이 상황 때문이기도 했지만 그보다는 마치 개미라도 기어가는 듯한 목소리의 레이죠 장로 때문이기도 했다.

느릿느릿한 속도에다가 소리까지 기어 들어간다. 금상첨화로 내용까지 재미없는….

스르륵.

시안의 눈이 감겼다.

"중간 지대로 접어들기 위해서는 바로 이곳. 미메이라와 호로스의 국경 지대를 통해서 가야 합니다. 그 이유는 중간 지대를 둘러싼 험준한 산맥이……."

도로로로롱.

"산맥이 있기 때문에……."

푸. 푸. 푸.

"시안님! 지금 때가 어느 때인데!"

"에에."

도로롱 도로롱.

누가 들으면 어린아이라도 자는 듯한 소리를 내면서 책상 위에 퍼져 버렸던 오전 공부 시간. 결국 시안은 공부를 하다 말고 책상 위에서 잠이 들어버렸다.

화가 난 레이죠 장로는 시안을 깨우기는커녕 그대로 사택으로 돌아가 버렸고 시안은 점심 시간을 알리기 위해서 찾아온 여관에게 자고 있던 것이 발각되어 지금은 카류의 잔소리를 듣고 있는 중이다.

"시간도 많지 않은 이때에 그런 식으로 하시면 어떻게 하시겠다는 겁니까! 15일이라구요? 이런 식이라면 두 달이 넘어도 불가능합니다."

불같이 화를 내는 것은 아니지만 눈썹 하나 까닥하지 않는 표정으로 카류는 잔소리를 늘어놓고 있었다.

시안은 이런 카류보다는 차라리 화르륵 하면서 같이 화를 낼 수 있는 로운이 천만 배는 나을 것이라고 생각하는 중이다.

'윽. 잠깐. 누가 누구보다 나아?'

머리 속에 떠오른 생각에 순간 충격을 받은 시안은 비칠비칠 손을 들며 스톱을 걸었다.

"잠깐. 잠깐만요."

"……?"

카류는 잠시 어리둥절한 표정을 지었다.

"화를 내시고 싶은 심정은 이해하겠는데요. 언제까지 들어야 돼요?"

"……."

카류는 지금 저 시안이 무슨 말을 하려는 것인지 알 수가 없었다. 앞으로 배워야 할 것들이 산더미처럼 쌓여 있는데 말이다.

"그러니까 말이에요. 에… 이걸 어떻게 설명하나. 아, 그렇지!"

시안은 손가락을 딱! 울리며 설명했다.

"내가 뭐든지 배워야 한다는 것은 알고 있지만 그래도 선생님이 어느 정도는 카리스마가 있어야 하는 거 아니냐구요. 그 할아버지 꼭 벼룩이라도 잡아서 한 바가지는 먹은 듯한 목소리로 말하는데 안 좋 사람 있으면 나와보라고 해요. 차라리 그것보다는 저한테 그냥 알아서 공부하라고 해주는 쪽이 좋다구요. 뭐랄까, 계획표 같은 거 없어요? 뭐를 가르칠 것인지 계획을 잡고 있을 거 아닙니까. 궁중 예의인지 뭔지, 지리면 지리, 역사면 역사, 이런 식으로요."

반짝반짝 빛나는 시안의 눈을 보면서 카류는 잠시 주춤했다.

"그러니까, 시안님이 배우셔야 하는 것은 기본적인 아슈레이 대륙에 대한 지식. 그리고 지금부터 가셔야 할 중간 지대에 관한 것. 남아 있는 계승 의식에 대한 것. 그리고 수장으로서 기본적으로 갖추어야 하실 지식들입니다. 그 외에 시간이 남는다면 엘에 대한 이

론적인 이해와 기본적인 바람술 정도입니다. 엘의 수련까지 하시기에는 시간이 부족하기 때문에 계승로에 오르신 후 그 분야의 전문가라고 할 수 있는 로운 신관이나 로열 나이트 하라스다인에게서 배우시게 될 것입니다.”

조리있게 설명하는 듯한 시안의 분위기에 넘어간 카류가 화를 내다 말고 얼결에 설명을 했다.

“흐으응……”

카류가 부르는 목록을 끼적끼적 받아 적으면서 시안은 머리를 굴렸다.

시키는 대로 하라고 하더니 이제는 공부까지 시키려고 드는 것이다. 시안으로서는 정말 짜증이 나는 일이 아닐 수 없다. 적어도 판타지 세계 비스무리한 곳에 왔다면 용을 처치한다든가 또는 공주를 구하러 가든가 아니면 사악한 마왕의 음모를 파헤치든가 하는 것이 정석이 아닌가 말이다!

그런데 자신이 지금 하고 있는 일은 기껏해야 공부라니!

“아, 그러면요. 그걸 하나하나 설명하시는 것도 힘들잖아요. 그 레이죠 장로님인가 하시는 분은 특히 더하신 것 같은데.”

공부하다가 조는 학생을 깨우기는커녕 그냥 방치하고 도망간 레이죠 장로에게 시안은 조금 기분이 나쁘기도 했다. 자신의 딸 대신 와서 꼴보기가 싫은 것은 어느 정도까지는 이해를 해주겠지만 아무리 그래도 그것은 너무하다는 생각이 들었다.

“그렇지는 않습니다. 후계자를 교육시키는 것은 선대 수장의 의무이기도 하니까요.”

“아무리 그래도 그걸 저한테 일일이 설명해 가며 하면 이거 그 시간에 안 끝날 것 같은데요. 게다가.”

"……?"

시안은 잠시 우물거렸다. 과연 그런 말까지 해도 되는 걸까 싶어서다.

"그, 레이죠 장로님이라는 분, 나를 싫어하는 것 같던데."

"그렇지는 않습니다. 단지 그냥 그분은 시안님을 보기가 조금… 힘드신 것뿐이지요."

카류는 시안에게 대답하면서 순간 움찔했다. 아무 생각도 안 하고 단지 돌아갈 생각에 시키는 것이라면 뭐든지 하고 있는 시안이 꽤나 둔하다고 생각했는데 레이죠 장로의 미묘한 심경 변화를 눈치채고 있었기 때문이다.

"단지 그것뿐입니다. 시안님이 걱정하실 것이 아니지요. 여하튼 오늘 오전은 이미 낭비했으니 오후부터는 조금 더 주의를 기울여 노력해 주시기 바랍니다. 앞으로 한 달밖에 시간이 없습니다."

카류는 조금씩 짜증이 나기 시작했다. 가르쳐야 할 것들이 산더미인데 그가 보기에 지금 시안의 모습을 하고 있는 소년은 자꾸 빠져나갈 궁리만 하고 있는 듯이 보였기 때문이다.

"제 말은, 그보다는 빨리 끝날 수 있다는 거예요. 아까 말씀하신 것들 전부 책이 있는 거죠?"

"물론입니다만."

카류는 저 시안이 무슨 말을 하려나 싶어서 귀를 쫑긋 세웠다.

"그 책을 전부 가져다 주세요. 괜시리 이런저런 설명이 많은 거 말고 딱딱! 요점 정리해서 써머리를 한 것으로요."

"써머리?"

"에에. 실수다. 쳇."

대한민국의 입시 시스템이 역시 위대한 것이구만이라고 시안은 생각하는 중이다. 입시 요강이 발표되기 무섭게 각 출판사에서는 국, 영, 수를 중심으로 해서 해법이니 일격 필살이니 최강 써머리니 하는 책들이 무섭게 쏟아져 나온다. 그것이 바로 대한민국의 대학 입시!

우캬캬캬캬캬캬.

"아, 그러니까. 여하튼 책이나 가져다 주세요. 나 혼자 할 테니까. 느릿한 장로 할아버지 설명을 듣다가 그걸 언제 한 달 내로 다 끝내요? 나 혼자 하면 일주일이면 될 것 같은데."

'일주일은 조금 뻥이긴 하겠군. 으음.'

시안은 그렇게 생각하며 생글생글 카류를 향해서 웃어 보였다.

"하지만 그것은……"

"그거고 이거고 자꾸 따지지 말고 빨리 가져다 주세요."

"으윽. 더럽게 많다."

시안은 책상에 쌓여 있는 책들을 보고 있다.

두둥— 하고 마치 무슨 벽돌이라도 쌓아 올린 듯한 책 더미.

정말 무슨 만화에서나 보았음 직한 커다란 책들이 산더미처럼 시안의 앞에 쌓여 있었다.

"우욱. 아무리 다 가져다 달라고는 했지만 이 사람들이 정말 누구를 호구로 아나."

지금 시안이 있는 곳은 백색궁의 지하 서고다.

책이 잔뜩 있고 사람들이 많이 다니지 않고 조용한, 그리고 책들로 둘러싸인 곳을 요구한 시안에게 주어진 공간이 바로 그곳이었다.

"정말 무슨 남산 도서관 뺨치네."

시안은 주위를 둘러보면서 혼잣말을 했다.

책상 위에 쌓여 있는 수십 권에 달하는 책에 또 서너 권을 추가하면서 카류가 말했다.

"마음에 드십니까?"

"아, 그럭저럭요. 조금 음산한 느낌이 안 드는 것은 아니지만. 아무튼 제가 읽어야 할 책들은 이게 전부인가요?"

"전부는 아닙니다만 일단 필요한 것들만 추려보았습니다. 그런데 정말 괜찮으시겠습니까?"

카류가 걱정스러운 듯한 얼굴로 시안에게 물었다.

"괜찮다니까요. 못 믿겠으면 내가 이걸 전부 공부할 테니까 나중에 물어보세요. 아니면 아예 시험을 치르던지. 그건 그렇고."

"예?"

"이거는 어떻게 하는 거예요? 이거, 이거."

"뭐 말씀이십니까?"

"이거 말이에요. 주위를 돌고 있는 이 투명한 실 같은 거. 바람 같기는 한데 뭔지는 모르겠고, 아까부터 눈앞에서 자꾸 왔다 갔다 하는데……."

시안은 눈앞에 흘러가는 투명하게 반짝이는 실의 끝자락을 잡아당겨 손가락에 돌돌 감았다.

"보이시는 겁니까?"

"뭐가요? 이거요?"

시안은 손가락에 돌돌 감긴 투명한 실을 들어 보이면서 말했다.

"역시."

"……??"

시안은 뭘 모르겠다는 표정을 하고 있었지만 카류는 나름대로 놀라고 있었다. 시안이 방금 전에 한 행동은 바람술사 중에서도 수위에 있는 자들만이 할 수 있는 행위. 그것을 아직 바람술이라고는 손톱만큼도 모르는 시안이 자연스럽게 해낸 것이다.

"그것은 엘에 의해서 만들어진 바람입니다."

"엘에 의해 만들어진 바람?"

"이곳은 지하라서 특별히 통풍을 할 수 있는 창이 없습니다. 때문에 영구한 바람술을 걸어서 통풍을 하는 것이지요. 엘에 의해서 만들어진 바람은 그런 형태를 띠게 됩니다."

"헤에……"

휘리릭 하고 손가락을 돌리자 투명한 바람의 실이 손가락에서 풀려서 다시 도서관 어디론가 흘러간다.

"하지만 지난번에 그 뭐더라? 수행식인지 뭔지 하는 때 제가 일으킨 바람은 이렇지 않았는데요?"

"그동안 시안님께서 조금은 엘에 익숙해진 탓이라고 생각합니다. 바람술사의 최고봉이라고 하는 엘-세지의 단계에 이른 사람이라면 누구든지 엘에 의해 만들어진 바람을 그런 형태로 볼 수 있습니다. 수련은 하지 않았지만 시안님께서 가지신 엘은 기본적으로는 엘-세지의 단계보다 훨씬 위에 있어서 아마도 보실 수 있는 듯하군요. 좋은 현상입니다."

"재미있네요, 이거."

"참고로 말씀드리면 엘-세지의 단계에 이르면 바람술 이외에도 불이나 물, 대지의 술까지 어느 정도는 익히실 수 있을 겁니다. 아, 그렇지. 잠시만 기다리십시오. 엘. 로. 조하. 아슈레이……"

알 수 없는 단어들이 카류의 입에서 흘러나왔다. 시안은 카류가 무엇을 하나 싶어서 그를 멍청하게 바라보고 있는데 어디선가 쏴아― 하는 소리가 들리더니 책 한 권이 그 투명한 바람에 실려서 둥실거리며 날아왔다.

"카류. 세인. 디 가나히사. 바람의 이름 미메이라의 시작에서 끝…
그 이름으로 명하니……."

순간 흐르던 바람이 뚝 하고 끊어지는 듯한 소리가 났다.

좌라라라락—

그 소리와 함께 꼭 닫혀 있던 그 책의 장들이 바람 소리와 함께
한꺼번에 좌라락 펼쳐졌다. 카류는 펼쳐진 책을 받아서 시안에게
내밀었다.

"바람술에 대해서 관심을 가지시는 것은 좋은 일입니다. 다른 책
들을 보시고 혹시나 여력이 되신다면 이 책도 한번 읽어두시면 도
움이 될 것입니다."

"무슨 책인데요?"

두터운, 마치 사전처럼 생긴 책을 받아 들고 시안이 물었다.

"바람술에 대한 기초를 다룬 입문서입니다. 뒤편에는 기초적인
바람술의 주문들이 적혀 있기도 하지요."

"흐응."

차락차락 하고 페이지를 넘겨보는 시안을 보면서 카류는 빙그레
웃음을 지었다. 말은 그렇게 했지만 사실 저 책은 엘-세지의 단계에
이른 자들만이 읽을 수 있는 높은 수준의 바람술서다.

아직 그 운용의 미묘한 단계에는 이르지 못했지만 자신도 모르게
엘의 의해 만들어진 바람을 구별해 내고 더욱이 그것을 손가락으로
잡아 자신의 마음대로 움직일 수 있는 시안이라면 모르는 사이 주
문들을 익힐지도 모른다는 생각에서 시안에게 그 책을 건넨 것이다.

"쳇. 읽을 책이 산더미인데 괜한 소리를 했나."

"시안님이 원하신 대로 준비해 드렸으니 그럼. 저녁 시간이 되면

여관들이 올 것입니다. 필요한 것이 있으면 그쪽의 손잡이를 당기시면 되고요. 그럼, 저는 이만."

"아아, 알았어요. 잘 가보세요."

인사를 하는 카류를 쳐다보는 둥 마는 둥 하면서 시안은 방금 전에 카류가 건네준 책에 코를 박았다.

사실 아슈레이 대륙은 어떻고, 무슨 무슨 산맥이 어떻고 하는 책보다는 바람술인지 뭔지 하는 쪽에 마음이 끌리는 것이 사실이었기 때문이다.

"바람술의 단계. 엘-다인, 엘-유린, 엘-사인, 엘-라사, 그리고 엘-세지. 전부해서 5단계인 건가?"

커다란 책의 맨 앞장에는 각 단계별에 따른 목차가 적혀져 있다.

"우웅. 하지만 이것은 일단 두 번째지. 이거 할 시간이 없잖아."

일단은 눈앞에 산처럼(?) 쌓여 있는, 참고서보다도 두꺼운 저 책들이 먼저다.

시안은 자신이 주문한 대로 몇 묶음으로 나뉘어져 있는 종이들과 중세 시대 영화에서 봤던 깃털 펜이 놓여 있는 책상 앞으로 가서 앉았다.

역시 뭔가를 외우는 데는 쓰면서 외우는 것이 짱!

"좋아, 대한민국 고등학생의 빽빽이 실력을 보여주지. 벼락치기가 뭐 대수라구. 두고 보라구요, 할아버지!"

시안은 첫 번째 책을 꺼내서 펼쳤다.

"백색궁 키리엔 궁례부 편찬이라구? 이게 무슨 조선 시대 예조쯤 되는 건가? 음하하하. 이런 것을 외우고 있다니 나도 머리가 나쁜 게 아니라니까."

사각사각 하는 소리가 곧 이어 나기 시작했다.

기왕이면 123볼펜으로 공부를 할 수 있다면 짱이겠지만 깃털 펜을 잉크에 적셔서 쓰는 것도 나름대로는 운치가 있다고 생각하면서 시안은 간만에 빽빽이 채우기로 빠져 들었다.

＊　　　　＊　　　　＊

"시안님이 혼자서 공부를 하신다구요? 원래 장로님이 맡아서 하시기로 했던 것 아닙니까?"

"그러게나 말일세. 하지만 혼자 하시는 쪽이 훨씬 빠르다고 하시니 뭐. 시안님을 말릴 수가 있겠나. 못 믿겠으면 나중에 시험을 치러도 좋다고 말씀을 하셨으니 믿을 수밖에……."

"아무리 그래도 그렇지, 그 꼬마가 어떻게 혼자서 그 많은 책들을……."

카류는 인상을 찌푸리고 있는 로운을 보면서 주의를 주었다.

"말 조심하게, 로운. 자네 심정은 이해하지만."

"죄송합니다."

"신기하군. 로운, 자네가 그렇게 반응할 줄은 생각지도 못했는데 말일세."

"아, 저, 단지……."

조금 난처한 빛을 보이고 있는 로운에게 카류는 빙그레 웃어 보였다.

"아니, 굳이 설명하려 들지 않아도 좋네. 왠지 그것이 자네 본래 모습이 아닐까 하는 생각까지 드는군."

"……."

"자네가 처음 신관이 되겠다고 찾아왔을 때 나는 이루 뭐라 말할 수 없는 심정이었지. 자네 아버님이나 기타 다른 것은 제쳐 두고라도 자네가 신관이 되어서 제대로 해 나갈 수 있을지 많이 걱정이 되기도 했으니까 말일세."

대답없는 로운의 앞에서 카류는 나름대로 착잡했던 과거의 감정을 늘어놓는다.

"하지만 그것도 다 기우였던 게야. 보게나. 이번 일에 자네가 없었다면 쉽지 않았을 걸세. 자네가 신관이 된 것도 모두 미메이라의 가호로 미리 안배되어진 것이라고 생각하네."

카류가 한 손을 올리고 얕은 바람을 일으킨다.

신께 경배를 올리는 미메이라인만의 독특한 의식이다. 손바닥 위에 작은 바람이 일었다가 주먹을 쥐는 동작을 피해 위로 사라진다. 그리고 두 손을 모으고 감사를 드리는 것이다.

"시안님이 준비하시는 동안 자네에게도 전해야 할 것들이 많이 있네."

"알고 있습니다."

"그렇게 말해 주니 든든하군."

카류는 천천히 일어나 로운에게 따라오라는 듯한 손짓을 했다.

책이 가득한 책장 앞에 서서 카류는 준비해 두었던 몇 권의 책을 골라내어 로운에게 건넸다.

"뭔가 시안님과 발을 맞추는 듯한 기분이군."

"이것은?"

"시안님과의 여행 도중 시안님께 도움이 될 만한 바람술들을 위한 책일세. 이미 자네 정도의 바람술사라면 모두 마스터하고 있겠지만 혹시나 모르니까. 그렇군! 그 말을 해줘야겠어."

카류는 흰 수염을 쓰다듬으며 로운에게 싱긋 웃어 보인다.

"오늘 대단한 것을 발견했네. 키리엔의 지하 서고에는 30년 전에 내가 이중으로 걸어둔 영구 바람술이 있지 않나."

"그렇습니다."

"그런데 오늘 시안님께서 그곳에 가시자마자 내가 일으킨 바람의 가닥을 잡아내시더군."

"예?"

"아마도 무의식 중에 한 일일 것이라고 생각하지만 그래도 대단하지 않나. 아직 기초적인 엘의 운용도 모르시는 분이 내가 지하 서고에 걸어둔 영구 바람술의 가닥을 집어내서 마음대로 움직이시다니 말이야."

"어떻게 그런 일이 가능할 수가!"

로운은 깜짝 놀라서 카류의 얼굴을 바라보았다. 혹시나 자신을 놀리기 위해서 농담을 하는 것이 아닐까 하는 생각이 들었기 때문이다.

"놀랍지만 사실이네. 내가 보았으니까 말일세."

"하아."

"그러니까 그렇게 가망이 없는 것도 아니라는 소리지. 이대로 미메이라에 대해서 알아 나가시고 그리고 계승 의식의 마지막 단계까지 무사히 마치신다면."

"……"

로운은 생각에 잠겨가는 카류의 모습을 보면서 가만히 한숨을 내쉬었다.

사실 생각해 보면 이번 일의 원흉이라고 하기에는 뭐하지만 그 중심에 서 있는 것이 바로 저 대신관 카류였다.

그가 과연 무슨 생각을 하고 있는지는 아마도 바람의 신 미메이라께서만 아시는 일일지도 모른다. 그런 생각이 떠오르자 로운의 등골이 오싹해졌다.

'설마 대신관님께서는.'

로운은 머리 속에 떠올랐던 생각에 깜짝 놀라서 고개를 흔들었다.

'아니, 그렇게 되기에는 변수가 너무 많아.'

"그건 그렇고, 로운. 로열 나이트 하라스다인에게 이 서신을 좀 전했으면 하는데."

카류는 푸른색의 양초로 봉해진 서신을 로운에게 내밀었다.

"다른 사람의 손에 들어가서는 안 되니 자네가 직접 전해주었으면 하네."

"네, 알겠습니다."

두 손으로 카류가 내미는 서신을 받아 들고 로운은 카류에게 무릎을 꿇고 그가 내민 손등에 키스를 했다.

"미메이라의 가호를."

"잘 다녀오게."

"네."

"전원 기립!"

우렁찬 목소리로 호령하자 넓은 훈련원에서 저마다 훈련에 열중하고 있던 훈련생들이 순식간에 부동 자세로 굳었다.

"다음 주에는 특별 선발 시험이 있다는 것을 모두 알고 있을 것이다. 각자 자신의 몸을 경건하고 깨끗하게 유지해서 최상의 컨디션으로 선발 시험에 응해야 한다는 것을 잊지 말도록. 이상. 훈련을 마친다. 전원 해산!"

반짝이는 지휘봉의 끝이 하늘을 향했다 내려오자 여기저기 흩어져 기립해 있던 훈련생들이 일제히 무릎을 꿇고 예를 표했다.

그들을 향해서 고개를 까딱이는 것으로 대답을 한 기엘은 잔뜩 긴장시켰던 신경의 자락을 슬그머니 놓았다.

"후우……."

언제나 훈련생들을 보고 있노라면 자신도 몇 년 전에 저 땡볕 아래에서 땀을 흘리며 훈련을 하던 때로 돌아가는 듯한 느낌이 들었다. 엄하디엄한 교관이나 지금 자신의 위치에 있었던 현 수석 기사단장 크로운의 얼굴이 떠오를 때면 자신도 모르게 팔에 힘이 들어가고 신경이 긴장되기 시작한다.

출신 성분이 평민이든 귀족이든 간에 일단 로열 나이트가 되기 위해서 훈련생으로 입단하는 순간부터는 모두 똑같은 취급을 받는다.

훈련생에게는 귀족에게 주어지는 '디'의 칭호도, 미메이라 최고 위를 다투는 하라스다인 가문도 아무런 소용이 없다. 오로지 중요한 것은 개개인이 가진 엘의 능력뿐이다.

"쿠로라는 이름이었나? 저기 저 붉은 머리 친구."

"예?"

기엘은 지휘봉으로 어깨를 탁탁 치면서 자신의 비서관인 로엔에게 말을 걸었다.

"네, 그렇습니다. 쿠로 토모즈라고 합니다."

"…뒤틀려 있어."

"예?"

"엘의 파장이 뒤틀려 있어. 분명 무리를 한 것 같은데. 저런 파장으로 계속 바람술을 사용한다면 사고가 일어날 수도 있겠어. 신관처에 연락해서 치료를 받도록 조치하게. 저 상태로는 선발전에서 제대로 된 실력을 발휘하기 힘들 거야."

"아! 그렇습니까?"

로엔은 기엘의 아무렇지도 않은 말에 새삼 존경심을 느끼면서 조용하게 물었다.

엘을 가진 사람은 어느 누구나 그들만의 독특한 파장을 가지고 있다. 그리고 적정 수준 이상의 실력자라면 다른 사람의 파장도 자연스럽게 느낄 수 있는 것이 보통이다. 하지만 지금 기엘은 한두 명도 아닌 수십 명 가운데, 그것도 거리가 12렌(1렌은 1m 50cm정도)도 넘는 거리에 있는 사람의 파장을 느끼고 있는 것이다.

거기에 한술 더 떠서 그 파장의 흐름까지 어렵지 않게 잡아내는 기엘의 실력에 로엔은 적지 않게 감탄하고 있었다.

얼굴 가득 경이롭다는 빛을 띠고 있는 로엔을 보면서 기엘은 가볍게 말했다.

"그런 얼굴 하지 말라고. 자네도 조금만 집중을 하면 이 정도는 어렵지 않게 해낼 수 있을 거야. 어렵다고만 생각하니까 안 되는 거지."

"하하. 하지만 저는 흐름까지 파악하기에는 실력이 모자란 듯싶습니다."

"그것은 자네 실력을 너무 과소평가하는 것이지. 아, 어서 연락하는 것이 좋을 것 같은데? 빠르면 빠를수록 좋으니까. 저런 상태로 오래 있는 것은 좋지 않아."

"네, 곧 조치하도록 하겠습니다."

로엔이 잠시 자리를 비운 동안 기엘은 넓은 훈련장을 바라보면서 나름대로의 감상에 빠졌다.

벌써 2년 가까이 수련생들과 씨름해 온 곳이다. 로열 나이트로 일한 지 얼마 되지 않아 자신이 수련 지도관으로 임명을 받자 주위에서는 우려의 소리도 많았다. 그 이유는 훈련생의 대부분이 14~17세의 소년들이지만 개중에는 늦게 엘의 능력을 자각하고 로열 나이트에 지원한 20세 이상의 훈련생도 상당했기 때문이다. 그런 상황에서 아무리 실력있는 로열 나이트라고 해도 약관 22세의 '어린' 기엘이 수련 지도관이 되었을 때 과연 수련원을 올바르게 유지해 나갈 수 있을지에 대해서 우려의 소리가 나오는 것은 당연했다.

하지만 그런 우려의 소리도 이제는 거의 사라졌고 오히려 기엘의 뛰어난 지휘 능력에 찬사를 보내는 사람들이 많아졌다. 기엘 자신이 가진 능력에 대한 것은 더 이상 말할 거리가 없었고, 개인적인 능력 이외에는 밝혀지지 않았던 기엘의 종합적인 지휘, 관리 능력은 훈련 감독으로 부임하면서 빛을 발했다.

"기엘님."

"아, 자네도 그만 가서 쉬도록 하지? 이번 주는 바쁜 한 주가 될 테니까."

"행사 준비에 대한 보고는……."

"그런 것은 자네가 아무런 문제 없이 잘 준비했을 것이라고 생각해. 그렇지 않나?"

환하게 웃어 보이는 기엘의 얼굴에 로엔은 잔기침을 하면서 고개를 숙였다.

"그런데 기엘님."

"아, 뭔가?"

"이번 선발식을 마치시면 수련 지도관의 자리에서 물러나신다는 소문을 들었습니다."

기엘의 비서관인 로엔은 기엘보다 한 살 아래의 로열 나이트다.

"이런. 벌써 소문이 도는 건가?"

"로열 나이트 쪽에서는 이미 파다하게 퍼져 있습니다. 기엘님께서 계승로에 참여하신다는 소문까지……."

"어, 어라."

기엘은 뭔가 자신이 모르는 곳에서 자신의 거취가 이미 결정나 있는 듯한 기분에 머리를 긁적였다.

"아직 정식으로 결정난 것도 아닌데 이거……."

"그, 그러면 사실입니까?"

로엔이 기엘이 혼잣말처럼 내뱉은 말에 놀라 되물었다.

"어어. 그렇게 흥분하지 말라고. 나도 아직은 확실히 결정 내리지 못했어. 설사 명령을 받는다고 해도 일단은 거부권이라는 것이 있으니까."

"어떻게 그럴 수가 있습니까. 수련 감독으로 재직하고 있는 기사가 계승로에 동참했다는 이야기는 한 번도 들은 적이 없습니다. 어떻게 이런 일이……."

"그러니까 아직이라고 하잖아. 아직이라고. 나 말고도 후보들이 많으니까 정확하게 결정날 때까지는 아무 말 말고 있어주었으면 좋겠어."

"하지만 기엘님, 로크레슈 신관님은 이미 내정되었다고 들었습니다."

"어어. 거기까지 소문이 퍼진 건가? 이거 곤란한데."

빠른 입 소문의 위력에 기엘은 나름대로 놀라고 있었다. 자신에 관한 것이라면야 일단 자신이 로열 나이트인 데다가 일단은 현재 계승로에 동참할 정도의 적정 나이와 기타 조건에 대충 들어맞기 때문에 얼마든지 소문이 날 수 있다고 생각했다. 하지만 엄연히 나이트 라인과 분리되어 있는 신관에 대한 사항까지 소문이 났다고 하면 조금 이야기가 다른 것이다.

"우리들이 아래서 왈가왈부한다고 해서 이미 정해진 것이 달라지거나 하지는 않아. 그러니까 자네도 당분간은 입 조심을 하고."

기엘은 손에 들었던 지휘봉을 로엔에게 넘기면서 말을 이었다.

"그리고 나도 오늘은 간만에 집으로 돌아가야겠군. 그럼 로엔, 힘들겠지만 뒷수습을 부탁해. 로엔은 내가 가장 신뢰하는 비서관이니까 말이야."

"기엘님."

감격에 찬 듯한 로엔의 어깨를 툭툭 두들겨 주면서 기엘은 몸을 돌렸다.

사실 기엘은 이미 자신이 계승로에 동참할 기사로서 내정된 사실을 알고 있었다. 그것은 이미 카류로부터 들어 확인된 것이나 마찬가지다.

'뭔가 기분이 좀 묘하군.'

머리로는 알고 있었다고 해도 그것이 확연하게 드러나게 되면 또 다른 느낌을 받게 되기 마련이다.

"후우. 꽤 더운데."

기엘은 목덜미를 덮기 시작한 머리카락에 송골송골 맺힌 땀을 털어내면서 수련원 한쪽 옆으로 길게 뻗어 있는 숙소로 향했다.

"꽤 더운 여름이 될 것 같군."

조금씩 해가 져 어슴푸레하게 보이기 시작한 흰색의 궁 키리엔이 뒤편에 장엄하게 펼쳐져 있다. 수련원은 키리엔의 오른쪽 옆 부분에서부터 뒤쪽까지 키리엔을 둘러싸는 듯한 형식으로 지어져 있다.

말이 수련생들이지 실제로는 키리엔의 경호대 같은 이미지를 풍기
고 있기 때문이다. 실제 유사시에는 수련생들 전원이 키리엔 경호
단으로 편입되어 활동하게 되어 있다.

바쁘게 움직이는 사람들 사이를 지나서 기엘이 자신의 숙소로 들
어가려는데 누군가 앞을 막아섰다.

"기엘 수련 지도관님. 손님이 오셨습니다."

수련관 숙소 담당관이다.

"손님?"

"일단 수련 지도관님의 개인실에서 기다리고 계십니다."

일반적으로는 누가 방문했다까지 보고하게 되어 있는데도 담당
관은 그 말을 끝으로 사라졌다. 그 말은 무엇인가 공식적이라고 하
기에는 미심쩍은 인물이 방문했다는 이야기다.

"뭐야. 이거 오늘은 간만에 집으로 돌아가려고 했더니."

기엘은 발걸음을 빨리하여 자신의 개인실로 뛰어갔다.

"기엘."

"아, 로운 신관님."

급하게 뛰어와 헝클어진 머리카락을 추스를 새도 없이 기엘은 손
을 가슴에 대고 허리를 굽혔다.

"괜찮아. 아무도 없잖아."

"무슨 일로 이곳까지 오셨습니까. 부르셨으면 제가……"

"격식 같은 것은 둘이 있을 때는 제발 집어치우라고. 너는 무슨
녀석이 매사에 그렇게 딱딱한 거야. 본래 성격은 안 그런 주제에."

로운의 책망하는 듯한 목소리에 기엘은 자신도 모르게 변명을 하
고 만다.

"하지만 이건 몸에 밴 거라구. 너도 알잖아."

"아아, 알고 있지, 알고말고. 자. 이거나 받아."

털썩하며 다시 의자에 주저앉으며 로운은 가슴속에서 푸른 양초로 봉인된 서신을 내밀었다.

그것을 본 기엘의 눈이 커졌다.

"대신관님?"

"물론, 대신관님이지. 그렇지 않으면 내가 이 시각에 여기까지 나올 수 있겠어? 야, 일단 좀 씻고 와라. 땀 냄새가 여기까지 풍긴다. 요즘도 어린애들이랑 칼부림 같은 거 하는 거야?"

"이봐, 칼부림이라니. 검술 지도라는 좋은 명칭을 두고."

바닥에 털썩털썩 경갑옷을 집어던지며 기엘이 불평을 했다. 그러자 그 갑옷을 로운이 와서 매듭을 풀며 정리했다.

겉으로 보면 두 사람은 나름대로 상당히 대조가 되는 사람들이다. 로운은 역대 수장 보좌위를 거듭해 온 로크레슈가의 장남. 그리고 기엘은 수석 기사단장과 신국 방위사로서 대대로 이어 내려온 전통있는 가문의 차남이다. 하지만 그들이 외모는 그 반대.

로운은 키가 기엘보다도 훨씬 큰 데다가 오랜 훈련으로 단단한 근육질의 몸을 하고 있다. 하지만 기엘은 타고난 검술가임에도 불구하고 아무리 단련해도 로운 같은 근육이 생겨나지를 않았다. 물론 나름대로는 근육이라고 이름 붙일 수 있는 부분들이 없는 것은 아니지만 겉으로 보기에는 두 사람의 역할이 반대가 아닌가 할 정도로 보이는 것이다. 성격도 마찬가지다. 기엘은 원리 원칙을 중시하는 전형적인 기사의 성격을 가지고 있는데 의외로 자잘한 생활 전반에 관한 것에 대해서는 조금 모자라는 스타일. 그에 반해서 로운은 겉으로 보기에는 반항심에 가득 차 있고 언제나 불평 불만에 뭐든지 주먹으로 해결하게 생긴 것과는 달리 성격은 의외로 꼼꼼한 것이다.

자신의 경갑옷을 꼼꼼하게 닦아내고 있는 로운을 보면서 기엘이 한마디했다.

"네가 거기서 그러고 있으니까 수련생 시절 생각이 나는데?"

"그런가? 하기사 너야말로 경갑옷이 썩어 나가도 네 손으로 한 번 닦는 꼴을 못 봤으니까. 이것도 보나마나 네 부하들이 번갈아가면서 닦아주고 있을 텐데 뭘."

"하! 그러는 너는 맨날 사고치고 다녀서 내가 선배들한테 얼마나 당했는지 모를 거다. 기왕 닦는 거 이것도 손질해 줘."

기엘은 문 가에 세워두었던 자신의 라이트를 잡아서 로운에게 던졌다.

"우앗! 임마, 조심해!!"

"아하하하하! 부탁해, 로운."

부스럭하는 소리와 함께 푸른색의 양초가 떨어져 나간다.

기엘은 로운이 가지고 온 서신을 읽는 중이다.

서신을 읽어 내려가던 기엘의 눈이 순식간에 커지자 그것을 유심히 살피고 있던 로운이 물었다.

"왜 그래?"

"조금 난감하군."

"대신관님께서 내게 직접 너에게 전하라고 하셨기 때문에 사실 뭘까 궁금했거든."

"별거 아니야. 너를 통해서 보내신 것을 보니 너에게까지는 허용

된다는 뜻이겠지. 자, 읽어봐."

기엘이 로운을 바라보았다. 로운의 눈빛은 마치 어린아이의 호기심이 가득한 듯한 눈빛. 기엘은 잠시 고민을 하다가 로운에게 대신관으로부터 받은 서신을 건넸다.

"그게 정말이야? 시안님께서 엘의 바람을 보실 수 있다는 것이."

"글쎄, 나도 들은 소리라서 어디까지 믿어야 하는 것인지는 모르겠어."

"게다가 그것에 마음대로 손을 대실 수 있다니. 이건 직접 눈으로 보기 전에는……."

"믿기 어렵지. …어?"

로운은 눈으로 스윽 서신을 읽어 내려가다 한 대목에서 멈추었다. 아마도 기엘의 눈이 커진 부분과 같을 것이다.

"이건 뭐야."

"나도 모르겠어. 왜 아버님을 조심하라는 것인지."

"아무리 그래도 그렇지. 이 내용은 도대체."

서신의 초반은 정말 일반적인 이야기들이 적혀 있었다. 시안이 공부를 시작했다는 사실과 시안이 엘의 바람을 눈으로 보고 손으로도 잡을 수 있다는 사실. 그리고 계승로에 동참할 기사로 기엘이 정식으로 곧 봉해질 것이라는 것 등.

하지만 그 아래 있는 내용은 기엘이 봐도, 그리고 로운이 읽어봐도 조금도 이해가 되지 않는 대목들이 있었다.

첫 번째로는 장로 중의 한 사람이며 아직까지도 현역으로 신국 방위사로 일하고 있는 기엘의 아버지 하라스다인 장로를 주의할 것. 두 번째로는 같은 이유로 계승로 직전까지는 개인적으로 하라스다인 장로와 면담하는 것은 피하라는 권면이다. 세 번째로는 하라스다인과 로크레슈 두 집안의 움직임을 면밀히 있는 힘껏 관찰하라는 지시였다.

"아버님이 또 뭔가를 꾸미시는 건가?"

"로운."

"억측이라고 하기에는 우리 아버님은 너무 음험하다구. 그건 나도 익히 알고 있고. 하지만 하라스다인 장로님까지 등장하니까 좀 그런데? 너희 아버님은 원래 우리 아버님과는 별로 관계도 안 좋잖아."

"앙숙이시지."

"역시 기분이 나빠. 젠장할. 이럴 바에는 신전이 아니라 아예 다른 데로 튈 것을 그랬나 봐. 신관이 되면 이런 일들에서 완전히 손을 뗄 수 있을 것이라고 생각했는데."

"그런 마음으로 신관이 되기로 한 거야?"

"알면서 묻지 마."

"하지만 조금 전의 말은 로열 나이트인 나로서는 간과할 수 없는 대사였어. 그런 반국가적인……."

"기엘."

로운의 목소리가 조금 화가 난 듯, 한 톤 높아진 소리가 되어 기엘의 귀를 때린다.

"알았어, 알았어. 입 다물지. 어차피 네가 신관이 되겠다고 했을 때 말리지 못한 내 탓이라고 해두자고. 그러나저러나 시안님은 지금 뭘 하실까?"

"뭘 하긴. 그 꼬마야 지금쯤 머리 싸매고 공부하고 있겠지."

금세 투덜거리는 목소리로 돌아온 로운을 보면서 기엘은 쓴웃음을 지었다.

"하지만 나로서는 정말 네 성격으로 정식 신관이 되리라고는 생각도 하지 못했다구."

"꼬마 이야기하다가 왜 또 딴 길로 빠져?"

"미안하다니까, 정말로. 여하튼 정말 갈 길이 멀다."

"그래."

고요하게 어둠이 내려앉은 백색궁 키리엔.

어둠이 덮히면 키리엔은 불의 영구 마법이 자연스럽게 발동하여 어둠 속에서도 희미하게 빛나기 시작한다.

여관들이 제자리로 돌아가고 수련생들은 숙소로 돌아가 내일의 준비를 하면서 잠에 빠져든다.

그러나… 이 밤에도 잠 못 이루는 사람이 한 명 있었으니.

"빌어먹을!! 뭐가 이렇게 많아!!"

시안은 빽빽하게 글자를 써서 새카맣게 변한 종이를 다시 바닥으로 던지면서 절규하고 있는 중이다.

옆에는 여관장이 밤참으로 먹으라고 준비해 준 과일과 루유와 빵이 가득하지만 먹을 것은 이미 시안의 눈에 들어오지 않았다. 눈에 들어오는 것이라고는 오로지 책! 또 책! 그리고 또 책!!

발 밑에는 요점 정리를 마친 책들이 그럭저럭 한두 권씩 쌓여가고 있지만 책상 위의 책들은 줄어들 줄을 모른다.

"빌어먹을, 내가 어째서!! 이놈의 궁내부 관할령 같은 것을 외워야 하냐구!! 하나같이 고리타분해 가지고는! 무슨 조선 시대냐, 여기는……"

입으로는 마구 욕을 퍼부으면서도 시안의 손은 쉬지 않고 움직이고 있다. 지금 써 내려가고 있는 것은 키리엔에서 주관하는 1년 행사 일람표. 자질구레한 것들은 대충 눈으로 읽어 내리고 꼭 외워야 할 것 같은 것만 골라서 마구 적고 있다.

"제기랄. 이렇게 공부하면 진짜 서울대도 문제없겠다. 바보 같으니라구."

밤이 깊어가는 백색궁 키리엔의 지하에서 뭔가 짐승이 울부짖는 듯한 소리가 난다는 소문이 돌기 시작한 것은 시안이 공부를 시작한 첫날밤부터였다.

물론 믿거나 말거나지만 말이다.

*　　　　*　　　　*

"이대로 계승로에 오르게 할 셈입니까?"

"하지만 현재로써는 딱히 방법이 없지 않습니까?"

"나참, 다른 장로들 역시 움직임이 없으니……."

"도대체 대신관은 무슨 생각을 하고 있는지 모르겠군요."

"대신관뿐입니까? 전 수장이셨던 레이죠님께서도 아무 말 없이 거의 은거하다시피 하고 계시지 않습니까."

별조차 뜨지 않은 흐린 어둠의 시간.

초 하나만이 근근하게 어둠을 밝히고 있는 밀실에서 두 사람의 목소리가 오가고 있다.

한 사람은 현재 수장의 위가 비어 있는 상태에서 미메이라를 좌지우지하고 있는 수장 보좌위 메일 디 로크레슈. 또 한 사람은 그와 미메이라의 권력을 둘로 나누어 가지고 있다고 말해지는 신국 방위사 다란 디 하라스다인이다.

일반적인 경우라면 공식적인 석상 이외에는 밀담 같은 것을 나눌 만한 사이가 아니었지만 시안의 일이 있은 뒤로 두 사람은 수시로

만남을 가지고 있었다.

"이대로 나가다가는 대신관 카류의 손으로 가짜 시안이 정말로 수장위에 오를 수도 있는 것 아닙니까?"

"전 그렇지는 않을 것이라고 생각합니다. 일단 아무리 가짜 시안 님의 능력이 뛰어나다 하더라도 자신의 딸을 잃은 전 수장 레이죠 님께서 이대로 수수방관을 하시지는 않을 것입니다."

"하지만……."

"일단 한 달 뒤에 프리스트 로운과 나이트 기엘이 가짜 시안을 호위해서 계승로에 오르게 될 것은 이미 결정된 일입니다. 그것은 장로회의 소관이 아니니 더 이상 왈가왈부할 수 없지 않습니까."

미메이라는 정확한 제정 분리의 상태는 아니다. 하지만 그렇다고 해서 제정일치의 사회도 아니다. 물론 다른 어떤 나라보다도 미메이라라고 하는 거대한 신의 위력이 미메이라를 감싸고 있는 한 신전의 영향력이 작아질 수는 없다. 그렇다고 해서 신전이 모든 대소사를 무조건 관할하지도 않는다.

수장의 위를 계승시키고 그 후보자를 심사, 관리, 임명하는 데까지는 거의 모든 절차가 신전에 일임되지만 일단 수장이 선출되고 나면 그 다음부터는 어디까지나 수장이 신의 대리인이 되어 미메이라를 유지시켜 나가는 것이다.

"일단 계승로에 오르고 나면 대신관 카류도 더 이상 손을 쓸 수 없을 것입니다. 그렇다면……."

두 사람의 눈이 마주쳐 어둠 속에서 빛나고 있는 촛불보다도 더욱 환하게 빛난다.

"조만간 프리스트 로운을 한번 만나보시는 것이 어떨까요?"

"……."

속삭이는 듯한 하라스다인의 목소리에 로크레슈는 잠시 헛기침
을 했다.

"여하튼 오늘은 밤이 늦었군요. 나머지 이야기는 다음으로 미루
는 것이 좋겠습니다."

"물론 전갈을 주시면 언제든."

"하아, 이럴 때 레이죠님께서 좀 나서주시면 좋으련만."

로크레슈의 말에 하라스다인이 고개를 끄덕인다.

작은 방을 비추고 있던 촛불이 바람에 흔들리다가 이내 꺼져 버
린다.

"그럼, 다음 기회에."

"다음 기회에."

속삭이는 듯한 인사말이 어둠 속으로 살며시 녹아들었다.

*　　　　　*　　　　　*

"그게 정말이야? 어제의 로열 나이트 선발전에 시안님이 참여하
시지 않았다는 것이?"

"사실이야. 계승 의식을 마치시고 몸에 무리가 많이 가셔서 현재
요양 중이라고 하시더군."

"그래도 그렇지."

"하기사 나는 엘에 의해서 일어난 바람이 소용돌이까지 일으킬
수 있다는 것은 처음 알았어."

"맞아. 그런 힘을 가진 사람은 아마도 수장 계승자 이외에는 절대
없을걸?"

수련원의 앞에 수련생들 몇 명이 모여 이런저런 이야기를 하고

있었다. 어떤 이는 지나가는 듯이 어떤 이는 불만에 가득 찬 듯이 삼삼오오 모여서 어제의 일에 대해서 대화를 나누고 있는 것이다. 어제의 흥분이 아직 가시지 않은 듯 수련원은 나름대로 소란스러웠다.

기엘은 아침 훈련을 위해서 걸어나오다가 말고 수다를 떨고 있는 수련생들을 향해서 한마디했다.

"선발식이 끝났는데 아직도 선발식 분위기인가? 각 조의 조장들은 다 어디 갔나?"

"앗! 기엘님."

"이, 이봐. 기엘님이야."

"에엑~! 진짜? 가서 빨리 리플리 깨워!!"

"야, 올라가는 김에 우리 방 녀석도 좀 깨워주라."

기엘이 수련장에 한 발을 내딛는 순간 수련생 전원이 마치 스위치라도 들어간 듯 움직이기 시작했다.

"자, 1시간 후까지 수련생 이하 전원 식사를 마치고 대기시키도록."

뒤늦게 허겁지겁 나타난 로엔에게 기엘은 짧게 명령을 하달했다.

"죄, 죄송합니다!"

"아니, 됐어. 다들 피곤한 모양이니까. 로엔이라고 다를 바 없을 텐데. 나도 만만치 않게 피곤함을 느끼고 있으니까."

기엘은 밝게 웃어 보이면서 수련원의 넓은 훈련장을 둘러보았다. 어제 오전까지만 해도 깔끔하게 정리되어 나직한 잔디까지 깔려 연푸른색으로 빛나던 훈련장이 지금은 만신창이가 되어 있다.

어제 오전의 검술, 대련 시합 때까지야 아무 문제 없었지만 오후에 들어서 바람술 심사에 들어가면서부터 훈련장이 아직은 미숙한 바람술사들의 공격을 받아냈기 때문이다.

"이런. 나는 생명술 쪽으로는 별로 재능이 없는데. 정말 엉망이잖아."

"그런 말씀하지 마십시오. 기엘님이 그런 소리를 하시면 수련생들 모두 손목을 꺾고 좌절해야 한다구요."

"어어, 이봐. 날 그렇게 과대평가하면 안 된다구."

"하지만 그렇지 않습니까. 엘-세지의 바람술사이면서도 모든 종류의 엘을 다룰 수 있는 나이트가 부지기수로 계신 것도 아니고."

"그렇지 않아. 나만 해도 생명술이나 치유술 쪽으로는 별로 소질이 없는 편이지. 뭐 바람술사의 숙명 같은 것이지만."

"하지만 그래도……."

기엘은 몸을 돌려서 거의 황폐화되어 있는 훈련장을 바라보았다.

"조금 더 소질이 있었다면 이 정도는 단번에 끝을 낼 수 있을 텐데 말이야. 그렇지?"

환하게 웃어 보이는 기엘을 보면서 로엔은 속으로 한숨을 내쉬었다.

그때였다.

"기엘님!"

멀리서 누군가가 기엘의 이름을 부르면서 헐레벌떡 뛰어왔다. 하지만 기엘은 그 소리가 들리지 않는지 로엔을 상대로 이런저런 이야기를 하고 있었다.

"흐응. 그럼 훈련생들 중에서 감응력이 좋은 친구들을 모아서 한 번에 싸악 해치우면 될 것 같은데 말이야."

"기엘님! 기엘님!!"

숨이 턱에 닿도록 뛰어오는 사람은 기다란 치맛자락을 마구 날리면서 거친 훈련생들 사이를 요령 좋게 요리조리 피해서 곧장 기엘에게로 달려왔다.

"기엘님!"

"어? 궁 내부의 여관이 어째서……."

"여관? 여관이 수련원에 무슨 일이지?"

"기엘님."

숨을 몰아 내쉬면서 기엘의 앞에 선 여관은 얼굴을 붉히면서 입을 열었다.

"저는 시안님의……."

"시안님의 뭐?"

"아니, 그것보다 어서 궁으로 가주세요, 기엘님. 무슨 일이 있으면 기엘님이나 신전의 로운님을 부르라고 하셨지만 신전은 너무 멀어서……."

"그러니까 무슨 일인지 좀 말씀해 주시겠습니까?"

두서없이 당황하며 말하는 여관에게 로엔이 한마디했다.

"시안님께서, 시안님께서……."

여관은 말을 하다가 말고 울먹울먹거린다.

"시안님께서 글쎄… 으흐흑."

결국 여관은 제대로 말 한마디하지 못하고 얼굴을 가리면서 그만 울음을 터뜨려 버렸다.

"저기, 울지 말고 말씀을 하셔야 어떻게든……."

"아니. 됐어, 로엔. 키리엔에 들어가 보면 알게 되겠지. 이거 아침부터 무슨 소란인지."

"으흑. 시안님이……."

"자, 자, 울지 말고 일어나세요. 같이 갈 테니까."

기엘은 입고 있는 경갑옷을 벗어서 옆의 로엔에게 건네주며 말했다.

“수련생들을 모아서 훈련장을 정리하고 있게. 나는 잠시 다녀올 테니까. 아마도 점심 시간까지는 돌아올 테니까 그때까지만 부탁해.”

“예, 알겠습니다. 기엘님.”

기엘이 그렇게 엉엉 울고 있는 여관을 팔을 부축해 가며 돌아오고 있던 바로 그때, 키리엔은 그야말로 난리법석 이상의 소란이 벌어지고 있었다.

이런 난리법석이 일어난 이유는 다름이 아니라 바로 시안이 여자의 몸으로 변한 뒤부터 아침마다 스트레스를 받고 있었던 그 치렁치렁한 머리카락 때문이었다.

일의 발단은 새벽녘이었다. 밤새도록 중얼중얼 눈앞에 잔뜩 쌓여 있던 책들을 하나둘씩 해치우던 시안은 날이 밝아올 무렵 책상 위에 그냥 엎어져 선잠이 들었다

“우욱! 어깨야, 허리야, 다리야.”

선잠이 들었던 시안이 문득 눈을 뜬 것은 아침 시간이 거의 다 돼서였다.

“으으… 안 아픈 데가 없네. 이게 웬 고생이야 정말.”

으드득— 하고 온몸에서 소리가 나도록 기지개를 켜는 순간 배 속에서 꼬르르륵 소리가 났다.

“아, 그렇군. 배고파서 깬 건가?”

손가락을 폈다가 쥐었다가 하면서 시안은 자리에서 일어서려고 했다.

“일단은 화장실부터 들렀… 으윽. 또 생각났다. 제길, 어제 물을 그렇게 마시는 것이 아니었는데.”

공부를 시작하면서부터 시안은 되도록 물이나 과유를 먹는 것은 조금 자제하고 있었다. 공부를 하다 말고 화장실에 자꾸 들락날락 하는 것이 귀찮기도 했지만 사실 그것보다는 화장실 가는 것 자체에 거부감이 들었기 때문이다.

여자의 몸이 된 지 근 2주째에 접어들고 있지만 역시 화장실만큼은 적응하기가 힘들었다.

"하아, 정말이지 여자라는 것은 불편하군."

끼이이익—

의자를 미는 소리가 아무도 없는 지하 서고 구석구석으로 퍼져 나간다.

"에잇! 그렇다고 안 갈 수도 없고."

시안은 화장실로 가기 위해서 벌떡 일어섰다. 그리고 한 발을 내딛는 순간.

우당탕탕!

"우아아악!"

조금 전 의자를 미는 소리 따위와는 비교조차 할 수 없을 만큼 커다란 소리가 시안의 비명 소리와 함께 쏟아져 나왔다.

"으으윽! 아파라. 도대체 왜."

의자와 함께 완벽하게 나동그라진 시안은 짜증이 울컥 치밀어 올랐다.

아무 이유도 없는데 이렇게 완벽하게 넘어질 수는 없는 노릇이다.

"어휴~ 무릎이야. 도대체 뭐에 걸려서 넘어진 거야?"

시안의 시선이 몸을 따라서 다리 쪽으로 내려간다. 그리고 그곳에서 시안은 자신을 의자와 함께 넘어뜨린 범인을 찾아내었다.

"이, 이, 이……."

어슴푸레한 가운데서도 투명하게 반짝이는 실들이 온통 자신의 다리와 의자의 다리에 잔뜩 엉겨붙어 있다.

"이, 이놈의 재수없는 귀신 머리카락!!"

허리를 넘어 바닥까지 끌릴 듯한 머리카락이 아마도 공부를 하는 동안 이리저리 흩어져 있다가 시안이 자면서 꼼지락거리는 동안 여기저기 감겨든 모양이었다.

"빌어먹을 머리카락! 이놈의 머리카락, 잘라 버리고 말겠어!!"

시안은 화르륵 화를 내면서 머리카락을 잡아당기기 시작했다.

"아악! 따가워! 제길!!"

여기저기 흩어져 잔뜩 감겨 있는 머리카락은 시안을 의자 위에 속박해 두는 수갑처럼 엉클어져 있었다.

근 30분이 넘게 머리카락을 뽑아낸(?) 시안은 머리카락을 하나로 모아서 손에 쥐고는, 숙면을 취하지 못해 빨갛게 토끼 눈이 된 채로 버럭버럭 화를 내면서 자신의 방으로 올라갔다.

"오늘에야말로 반드시! 반드시 잘라주겠어!!"

시안은 씩씩거리면서 온 방을 뒤집으며 가위를 찾았다. 침대 옆의 꽤나 큰 화장대부터 시작해 내실에 딸려 있는 옷 방까지 모조리 뒤졌다.

하지만 내실에 가위 같은 것이 있을 리 만무.

"가위가 없으면 칼이라도 있어야 할 것 아냐!! 에잇! 이놈의……"

"키야아아악! 시안님!"

아침이 되어 버릇처럼 시안의 내실을 정리하러 들어왔던 여관이 난장판이 된 시안의 내실을 보고 귀가 찢어질 것 같은 비명을 질렀다.

뒤이어 따라 들어온 여관들 역시 마치 날도둑이라도 들어 모조리 뒤집어 버린 듯한 내실을 보고 거의 기절 상태가 되어버렸다.

"소리 지르지 마!! 입 다물고 아무 소리도 하지 마! 귀 찢어져!"

시안도 지지 않고 소리를 질렀다. 물론 자신의 목소리도 그 여관 못지 않게 하이 소프라노 상태가 되어 있다는 것은 눈치 채지 못했다.

"가위 내놔! 가위!"

뒤늦게 연락을 받고 뛰어 올라온 여관장을 향해서 시안은 소리를 쳤다.

"가위 줘요! 가위. 가위가 없으면 잘 드는 커터 칼이라도 내놓으라구요!"

"시안님, 진정하세요! 도대체 이게 무슨."

"가. 위. 줘요. 가위!"

"무슨 일이신지 차근차근하게 말씀해 주십시오, 시안님. 그리고 레아, 미리를 데리고 어서 치료실로 가고. 당신들은 어서 내실을 정리하도록 하세요. 그리고."

여관장은 시안이 언제나 밥을 먹기 전, 즉 아침에 바로 일어났을 때는 언제나 상당히 날카로워져 있었다는 기억을 떠올렸다.

"그리고 어서 아침을 준비하도록. 시안님이 원하시는 대로."

"네. 알겠습니다, 여관장님."

여관장 라헬은 아직까지도 빨간 토끼 눈을 뜨고 미친 듯이 서랍을 뒤지고 있는 시안에게 다가갔다.

"식사를 준비하도록 했습니다. 일단은 식사를 하시고 말씀해 주세요, 시안님."

"식사고 뭐고 다 필요없으니까 칼부터 주세요. 아니면 가위를 주든지."

"그러니까 그 가위나 칼이 어째서 필요하신지 말씀을 해주셔야 찾아드리지 않겠습니까?"

"이놈의 머리!"

"예?"

"이놈의 치렁치렁한 머리를 견딜 수가 없다구요!! 아침마다 이놈의 머리를 발견하면 얼마나 짜증이 나는 줄 알아요?"

"시, 시안님?"

"귀신 같잖아요! 검은색도 아니고 이게 무슨 투명한 실도 아니고. 어깨까지만 와도 내가 말을 안 해!! 허리에 칭칭 감기고 아침에 일어나면 온몸에 거미줄처럼 감겨가지고 옴싹달싹도 못해! 얼마나 끔찍한 줄 알아요?"

숨도 쉬지 않고 시안이 지껄여 댔다.

"꿈을 꾸면 이놈의 머리카락이 거미줄이 돼서 목을 조른다구요! 머리카락에 목 졸려서 죽다가 깨는 경험해 봤어요?!"

"시안님, 진정하세요. 일단 식사를 먼저 하시고."

라헬은 숨도 안 쉬고 쏘아대는 시안의 말을 가로막으며 손짓을 해서 다른 여관을 불렀다.

"그러니까! 이놈의 머리 잘라 버리겠어! 고3보다 더 미친 듯이 공부하고 말도 안 되는 궁내 규약 같은 것도 외워주겠고 이따위 물렁한 몸도 참아주겠다 이거야!!"

화르륵 타오르는 시안에게서 잠시 물러나서 라헬은 손짓으로 부른 여관에게 소곤거리며 말했다.

"어서 신관과 수련원으로 사람을 보내도록. 수련원에 가서 수련 지도관이신 나이트 하라스다인님을 어서 모셔오고. 신전으로도 연락을 해서 대신관님이나 프리스트 로크레슈님을 어서 오시도록 청하거라."

"예, 알겠습니다, 여관장님."

황급히 사람들이 물러갔다.

화르륵 불타오르다 못해서 이제는 불 뿜는 드래곤이 되어버린 시안은 불을 뿜는 대신 이성을 잃었을 때면 가끔 발동되는 엘의 힘으로 불규칙한 바람을 뿜어내기 시작했다.

"가위 줘요! 가위!! 라헬! 가위 안 주면 이놈의 머리카락 뿌리째 뽑아낼 거야!"

"시안님! 참으세요!"

라헬은 머리를 굴리고 또 굴렸다.

"이거 놔!! 이거 놓으란 말야! 이 쭈그렁탱이 할망구!"

"시안님!"

"이놈의 머리카락!! 잘라 버리고 말겠어!"

"시안님, 그러시면 안 됩니다."

"기엘님께는 아직 소식이 가지 않았나? 그리고 신전으로 사람은 보냈고?"

"네, 이미 사람은 보냈습니다만."

"어서 모시고 오도록 해."

"제길! 아저씨 얼굴 따위 부른다고 내가 그만둘 것 같아?! 이거 놔!!"

되도록 얌전히 있으라는 레이죠 장로나 카류의 당부 따위는 이미 시안의 머리 속에서 날아가 버린 지 오래다.

"알겠습니다, 시안님. 일단, 아침 식사부터 하세요. 아침 식사를 하시고 나면 가위를 찾아드리겠습니다. 그러니까 제발 진정하시고 먼저 식사부터 해주세요."

순간 화악— 하고 바람이 불어왔다.

백색으로 반짝이는 머리카락이 라헬에게 쏟아져 들어온다.

"정말이죠?"

"물론입니다. 제가 언제 시안님께 거짓을 아뢴 적이 있나요."

"……."

거짓을 말할 만한 거리가 있었던가 하고 라헬은 홀로 생각한다.

"진짜죠?"

"네, 진짜입니다."

"좋아요. 그럼."

화라락— 하고 쏟아지던 머리카락들이 한 올 한 올 제자리로 돌아간다.

"자, 일단은 머리가 걸리적거리지 않도록 정리해 드리겠습니다. 이리 앉으세요."

"…쳇."

"어서 앉으세요, 시안님."

"알았어요. 대신, 만일 거짓말을 한 거면 정말 그때는."

무시무시한 시안의 눈빛이 라헬의 가슴을 강타한다.

"저를 믿어주세요."

라헬은 놀란 가슴을 진정시키며 시안의 머리카락을 하나로 묶어 정리하기 시작했다.

'저는 믿으셔도 되지만 기엘님과 대신관님과 로운님이 오시면 제 의견은 묵살될 것입니다. 저는 얼마든지 믿으셔도 좋아요.'

라고 생각하면서 말이다.

"거울 치워!"

시안은 화가 난 김에 평소에 꼭 하고 싶었던 말을 아무 거리낌 없이 내뱉었다.

"르네, 어서 거울을 치우도록."

"네, 알겠습니다, 여관장님."

라헬은 시안이 온통 주절주절 떠들어가면서 불만을 내뿜는 바람에 이리저리 흩어지는 머리카락을 애써 한곳으로 모은다.

'제발 부탁이니 나이트 기엘님이든 프리스트 로운님이든 어서 와 주세요!'

그녀는 마음속으로 기원을 하고 또 기원을 했다.

"뭐야! 이거! 달잖아!"

"시안님, 시안님이 원하시는 대로 만들었습니다만."

"누가 빵에다가 설탕을 들이부으라고 했어! 난 식빵이 좋단 말야, 식빵!"

시안은 아침상이라고 주어진 식탁에 앉아서 빵을 한입 베어물자마자 인상을 찌푸리며 다시 소리를 치기 시작했다.

아무리 익숙해지려고 해도 이 달디단 빵 맛만큼은 용서가 되지 않는다.

"식빵이 무엇인지?"

시안의 식사를 담당하고 있는 요리관장이 옆에 서 있다가 물었다.

"설탕 안 들어간 빵! 네모난 모양으로 넙쩍하게 구운 빵도 몰라요?"

"원하신다면 그렇게 만들어드리겠습니다."

"으윽! 제길, 아메리칸 스타일 아침 따위."

시안이 신전에서 돌아온 날부터 요리관장 산슈는 골머리를 썩고 있는 중이다.

신전에서 어떤 음식을 먹었는지 모르겠지만 시안은 돌아온 그날 저녁 식사부터 매번 불평 불만을 늘어놓고 있었다.

단빵이 싫다. 시큼한 로유가 싫다. 단맛을 빼달라 신맛을 제거해 달라 등등 시안의 요구는 나름대로는 미메이라 최고의 요리사라고 자부하고 있던 산슈의 자존심을 박살내고 있었다.

어디까지나 미메이라의 요리라는 것은 최고로 달고 최고로 새콤하게라는 것을 모토로 만들어진다. 때문에 시안이 먹을 음식을 만들면서 몇 번이나 설탕과 꿀이 든 단지에 손을 대었다가 말다가 하는 산슈의 심정은 정말 찢어질 것만 같았다.

"그럼 어떤 요리를 원하시나요, 시안님? 원하신다면 남쪽 지방의 토속 요리라도 해드리겠습니다."

화는 나지만 상대는 이제 미메이라의 수장위를 계승할 정식 계승자다. 요리관장으로서의 자존심도 중요하지만 더 중요한 것은 먹는 사람의 구미에 맞추어 가장 기쁘게, 맛있게 먹도록 만드는 것이다. 그것이 진정한 요리사의 기쁨이자 보람.

"남쪽 지방?"

"네. 남쪽 지방에서는 더운 날씨 때문에 음식을 조금 짜게 하거나 담백하게 만들어서 먹는다고 하더군요."

"그럼 생선 찌개 같은 것도 끓이는 건가요?"

"생선… 찌개요?"

"네. 시원한 무랑 콩나물을 넣고 매운 고춧가루를 잔뜩 풀어서 보글보글 끓이는 거요."

"흐응. 고춧가루라… 남쪽 지방에 그런 조미료가 있었나……."

"맵게! 얼큰하게 끓이는 매운탕!"

"생선을 넣은 남방식 스튜를 말씀하시는 것 같군요. 일단은 힘써 보겠습니다."

산슈는 나름대로 목표를 정하고 정중하게 인사를 하고 나갔다.

뒤에 남은 시안은 아침이라고 하기에는 너무나 진수성찬으로 차려진 식탁을 보고 한숨을 내쉬었다.

"하아, 엄마가 만들어주는 아침 밥상이 그립게 될 줄은 정말 몰랐군."

식탁 때문에 엄마가 떠오르자 꼬리에 꼬리를 물고 잠시 잊어버리고 있던 가족 생각이 줄줄이 이어 생각났다.

"그러고 보니, 아빠가 엄청 걱정하고 있을 텐데. 그렇게 사라졌으니."

달고 단 꿀빵을 먹는 것을 포기하고 시안은 과일에 손을 대었다.

"하기사 바보 형하고 누나들은 내가 없어져서 골탕을 좀 먹겠군. 설거지랑 쓰레기 분리 수거도 자기들이 해야 하잖아?"

가족들 생각이 나자 마치 당연하다는 듯이 친구들의 얼굴까지 떠올랐다. 하지만 시안은 머리 속에 떠오른 생각들을 떨쳐 내려는 듯이 고개를 좌우로 흔들었다.

물렁한 복숭아 비슷한 과일(이름은 모른다), 그리고 꼭 바나나처럼 생긴 과일을 한 번씩 집어 들었다가 내려놓고 마지막으로 꼭 사과처럼 생긴 과일을 집어 들었다.

"사과는 역시 부사가 짱인데. 이거 맛이 있을랑가 몰라."

사과를 들고 시안은 잠시 노려보다가 옷깃에 슥슥 닦았다.

'여하튼 이놈의 골때리는 나라에서 해야 할 일을 빨리빨리 모조리 해치우고 어서 돌아가야지. 이런 거 먹다가 정말 위장 다 버릴 거야.'

시안은 입을 크게 벌리려다 말고 그윽한 눈빛으로 붉은빛의 과일을 내려다본다.

"흐응. 여기, 여기, 나 좀 봅시다."

"네, 시안님. 뭐 필요하신 것이라도 있으십니까?"

식사 시중을 드는 여관이 다가와서 상냥한 목소리로 말했다.

"이거 과일 껍질 벗기게 칼 좀 가져다 주시겠어요?"

"아, 예, 제가 해드리겠습니다."

"아니, 괜찮으니까 칼이나 가져다 줘요."

"예."

"기왕이면 날이 잘 서서 자알 드는 것으로."

시안은 있는 힘껏 입꼬리를 올려가면서 환하게 웃어 보였다. 물론 웃고 있는 그 마음속은 웃는 얼굴과는 정반대라는 것을 아무도 눈치 채지 못하게 말이다.

잠시 후 자리를 비웠던 여관이 들어와 시안에게 작은 칼을 내밀었다.

"흐음."

일단 시안은 과일을 깎았다.

과일 깎는 것 정도는, 동생을 발로 차는 정도는 예사로 생각하는 무식한 누나들과 동생이라는 존재는 잔심부름을 하기 위해 태어났다고 믿고 있는 형의 구박 덕에 프로페셔널한 솜씨로 깎을 수 있다.

"좋아. 과일 껍질은 괜찮고."

시안은 슬쩍 눈을 들어서 여관의 눈치를 살폈다. 그녀는 시안을 향해 '뭐 더 필요하신 것이 있으신가요?' 의 눈빛으로 화답한다.

'흐음. 그럼.'

시안은 칼을 살짝 내려 치렁치렁하게 늘어져 있는 옷깃에 대고 살짝 닦는 시늉을 하면서 손가락에 힘을 주었다.

칼은 과도치고는 정말 날이 잘 서 있어서 순식간에 샤악 소리도 없이 천의 한 귀퉁이가 잘려져 나갔다.

'으흐흐흐흐. 완벽하군. 좋아! 이 정도면.'

시안은 자리에서 일어났다.

"식사 다 하셨습니까."

"아아."

시안은 한 손에 칼을 들고 다른 한 손으로는 아까 전에 라헬이 곱게 모아서 세 가닥으로 땋아준 머리카락을 잡았다.

"저어. 시, 시안님?"

"거미줄 머리야. 안녕~"

날카로운 칼날이 은빛의 선을 그리면서 시안의 머리카락을 싹뚝 잘라냈다.

사라락— 하며 시안의 머리카락이 바닥에 떨어지는 것과 동시에 숨을 헐떡이면서 라헬과 함께 막 방 안으로 기엘이 뛰어 들어왔다.

"꺄아아아아아악!"

마치 은빛의 뱀이라도 되는 것처럼 바닥에 늘어진 머리카락을 보자마자 라헬이 비명을 지르며 그 자리에서 혼절하는 것을 기엘이 얼결에 받아 들었다.

기엘이 라헬의 몸을 부축하면서 본 시안의 표정은 더할 나위 없이 상쾌한 얼굴이었다.

"시안님, 어떻게 그러실 수 있습니까!!"

"내 머리 내가 잘랐는데 그게 뭐……."

"어떻게 19년을 기른 머리를 그렇게 단 한 순간에."

"어차피 진짜도 아니잖아. 그거 가지고 그렇게 거품 물지 말라구요, 기엘."

"아무리 그래도 그렇지, 어떻게 그러실 수 있습니까!"

“아아, 정말이지 귀찮아서 해먹겠나 이거.”

“시안님!”

기엘은 머리끝까지 화가 치밀어 오르고 있었다.

아침부터 헐레벌떡 불려온 것도 조금은 불만이었지만 그것은 나름대로 비상사태(?)라고 치고 그냥 참을 수 있었다.

하지만 식당에 들어서자마자 마치 ‘나 잘했지?’라는 표정으로 자신을 바라보고 있던 시안의 얼굴을 봤을 때는 정말 기가 막혀서 말이 안 나올 지경이었다.

거기다가 자신을 안내하여 들어간 여관은 비명을 지르며 기절해 버렸고, 시안이 무식하게 칼로 잘라내서 마치 꽁지 빠진 제비 꼬리 같은 머리카락을 보는 여관들마다 전부 다 목이 터져라 비명을 지르면서 삼분의 일은 기절, 삼분의 일은 혼절, 나머지 삼분의 일은 정신을 잃어버렸다.

그런 상황에서도 저 시안이라는 녀석은 아무렇지도 않은 듯이 지하 서고로 내려왔던 것이다.

“상황을 보면서 하셨어야죠. 그렇게 머리를 자르고 싶으셨다면 계승로에 오른 뒤라도 늦지 않지 않습니까.”

“……”

“아침부터 난리를 치셨다고 들었습니다. 오죽하면 여관이 제가 있는 수련원까지 달려왔겠습니까. 이런 일을 하고 싶으시면 미리 저나 로운님께 연락을 하실 수도 있었을 텐데.”

“연락했으면 자르게 해줬을 거 같아요?”

“그, 그건……”

“거 봐요. 대답 못하지. 그리고 덧붙여서 말해 두지만 그건 내 머리카락이었다구요. 내 머리카락!”

시안은 로운이 얌전하게 들고 와서 자신의 앞에 늘어놓은 머리카락을 손가락으로 가리키면서 말했다.

"내 머리 내가 좀 자르겠다는데 왜 그렇게 말이 많습니까?"

"하지만 그 머리카락은 시안님께서 19년을 길으셨던 머리였습니다."

"그러니까!! 이 답답한 인간아!"

콰앙! 하고 시안이 참다 못해서 책상을 주먹으로 내리쳤다.

"그 여자가 19년을 길렀다고 해도 어차피 내 머리는 진짜도 아니잖아! 공부에 방해되니까 이제 좀 꺼져!"

"시안님!!"

"그러게 난 그 진짜 시안이 아니라구! 19년은 무슨 19년. 이 머리카락은 아저씨 얼굴이 2주 전에 만들어놓은 거잖아! 자꾸 내가 그 여자 생각하게 하지 말란 말야!"

"그만 하게, 나이트 기엘."

기엘이 뭐라고 말을 하려는 순간 뒤쪽에서 굵은 목소리가 들려왔다.

시안과 기엘 모두 목소리가 나는 쪽으로 고개를 돌렸다.

"레이죠 장로님."

"아! 안녕하세요, 가짜 아빠."

시안은 빈정거리는 목소리로 인사를 대신하고 자리에 털썩 주저앉았다.

"공부에 무지무지 방해가 되니까 저 인간 좀 끌어내 주시면 감사하겠습니다."

"시안님."

"저, 장로님. 지금……."

“아니, 됐네. 이쪽은 내가 처리하도록 하지. 나이트 기엘은 이제
돌아가도 좋네.”

“하, 하지만.”

“때로는 원하는 만큼의 현실이 되지 않을 때도 있는 걸세. 그것을
탓할 수는 없는 일이지.”

흥분한 기엘을 레이죠 장로가 조금 다독거리고 있는데 멀리서부
터 시끄러운 소리가 들려왔다.

우당탕하는 소리와 함께 고함 소리도 들려온다.

“자네 짝꿍이 온 모양이군.”

“예?”

그 말이 끝나기가 무섭게 회오리바람처럼 로운이 등장했다.

“이 멍청한 꼬마가 이번엔 도대체 무슨 소란을 일으킨 거야!”

지하 서고로 뛰어든 로운은 기엘이 눈에 들어오자마자 소리를 쳤
다.

“기엘! 네가 옆에 있으면서도 이런… 앗! 레, 레이죠 장로님.”

로운은 소리를 지르다가 말고 기엘의 뒤쪽에 서 있는 레이죠를
발견하고 그 자리에 한쪽 무릎을 세웠다.

“죄, 죄송합니다.”

“아니, 괜찮네. 그리고 나이트 기엘에게 책임이 있는 것도 아니니
그리 흥분할 것 없어. 오래 살다 보니 자네가 흥분하는 것도 보게
되는군.”

“화, 황송합니다.”

“시끄러운데 다들 좀 나가주실 수 없어요?”

그때까지 가만히 공부하는 척을 하고 있던 시안이 고개를 들었다.

“공부하라고 해서 얌전히 공부하고 있는데 웬 잔소리가 그렇게

많아."

"너는 가만히 좀 있어!"

로운이 발끈하여 소리를 쳤다.

"자, 자, 그렇게 흥분해서 될 일이 아니니 너무 흥분하지 말게. 시안의 변환술은 자네 솜씨라고 들었네만."

"아, 예, 그렇습니다."

레이죠 장로는 책상 쪽으로 걸아가서 기엘이 가져다 놓은 시안의 머리카락을 들어 올렸다.

"그렇다면 이렇게 잘려진 머리카락 정도는 어떻게든 다시 붙여 놓을 수 있겠지. 안 그런가?"

"그렇습니다."

"그럼, 더 시간 끌 것도 없겠군. 당장 시행하게."

"네."

"잠깐!"

시안은 레이죠 장로가 나타나서 어떻게든 사태가 원만하게 수습되는가 싶었다가 레이죠 장로가 꺼낸 말에 다시 발끈했다.

"힘들여 잘라놓은 것을 왜 다시 붙여! 그리고 그건 내 머리라구요! 나는 내 머리 자를 자유도 없는 겁니까?"

스윽—

그때까지 얌전하고 조용하게 말을 하던 레이죠 장로가 날카로운 눈빛으로 시안을 바라보았다.

마음껏 성질을 부리고 있던 시안은 레이죠의 날카로운 눈빛에 흠칫했다.

"마음에 안 드는 것은 이해하겠네만, 지켜야 할 것은 지켜야 하네. 자네 마음을 모르는 것은 아니지만 일단은 우리가 원하는 것을 지켜줘야 우리도 자네가 원하는 것을 들어줄 수 있을 테니 말일세."

"하, 하지만 난 그 머리카락이 정말 싫다구요!"

순간 동시에 6개의 눈동자에서 쏘아진 빛이 시안에게 향한다.

좀처럼 볼 수 없었던 무시무시한 눈빛이 자신에게 쏘아지자 시안
은 조금 움츠러들었다.

"그, 그래도."

"로운. 시간이 없네. 더 이상 소문이 퍼져 나가기 전에."

"네, 알겠습니다."

로운은 레이죠로부터 머리카락을 받아 들고 시안에게 가까이 다
가갔다.

"그렇지 않아도 수행식을 마치고 돌아온 시안님이 전과는 다르다
는 소문이 파다하게 퍼져 나가고 있는데 이런 일까지 생기면 곤란
하네. 어디까지나 자네가 내 딸 시안을 대신하고 있는 것은 극비 사
항이니까."

"극비는 극비고 나는 나라구요."

자신을 향해서 무시무시한 눈빛을 뿌리며 다가오는 로운을 보며
시안은 슬슬 뒷걸음을 쳤다.

'젠장할. 간신히 잘랐는데 그 머리카락을 또 달겠단 말야? 절대로
싫엇!!'

"저렇게 싫어하니 다 살릴 필요는 없고 겉에서 보기에 무리가 없
는 정도가 좋겠지. 한 허리 정도까지만 오도록 수습을 해보지."

"예, 알겠습니다."

"하, 하지 맛!!"

오싹하는 전율이 시안의 등골을 지나간다.

무시무시한 로운의 눈빛도 겁이 났지만 무엇보다도 그 로운이 바

람술인지 뭔지를 자신에게 걸었을 때의 감각이 되살아났기 때문이다.

마치 바람이 칼날이 돼서 온몸을 찌르는 듯한 감촉.

'제기랄! 절대로 싫엇!!'

시안은 파다닥하고 온몸을 돌려 로운의 옆으로 빠져나가려고 했다. 하지만 그런 시안의 시도는 어느 사이엔가 다가와 있던 기엘의 팔에 잡혀 저지되고 말았다.

"죄송합니다, 시안님."

"젠장할! 머리카락 같은 게 무슨 소용이라고 그러냐구!"

"입 닥쳐, 꼬마!"

'으윽―'

시안은 마음속으로 공자님 맹자님 부처님 지저스크라이스트를 외우며 눈을 질끈 감았다. 로운의 손에서 전해져 오는 차가운 기운이 시안의 드러난 목덜미에 느껴졌다.

순간 시안의 머리 속에는 지난번에 카류가 했던 말이 생각났다.

'원한다… 라고, 받아들인다라고 생각했기 때문에 로운의 변환술이 성공할 수 있었던 거라고 했었지?'

"…그, 그렇다면."

혼자서 중얼거리는 시안에게는 아무도 신경을 쓰지 않는다.

'좋아. 그렇다면?! 받아들이기 싫다. 절대 싫다. 난 아저씨 얼굴이 싫다. 저 찐따 같은 기엘도 싫다. 아저씨 얼굴이 쓰는 바람 따위 절대로 싫다. 절대로 안 받아들인다. 목에 칼이 들어와도 못 받아들인다. 죽어도 싫다. 목을 졸려도 싫다. 단빵보다 더 싫다. 긴 머리도 싫다.'

"아, 이런……."

"왜 그러십니까, 프리스트 로운?"

"뭔가 이상한데? 잠깐. 다시 한 번."

화악— 하고 차가운 바람 같은 것이 다시 시안의 목덜미로 밀려온다. 시안은 눈을 질끈 감고 다시 아까처럼 마치 주문을 외우듯 싫다 싫다 싫다를 반복했다.

그 말도 안 되는 주문이 효과라도 있었는지 로운은 전혀 변하지 않는 시안의 머리카락을 들고 눈을 깜박였다.

"이거 설마……."

변환술의 주문을 외우다 말고 로운은 고개를 갸우뚱했다. 설마 시안이 그사이에 엘의 운영을 배워서 쉴드를 쓸 수 있게 되었나 싶어서였기 때문이다.

"히힛. 안 되지롱~"

시안은 자신의 생각대로 로운의 변환술이 소용없다는 것을 알게 되자마자 몸을 뒤틀어서 기엘의 속박에서 벗어났다.

"우하하하하하하핫! 역시 그 긴 수염 할아버지 말대로네. 이봐, 아저씨 얼굴. 댁보다는 내가 더 힘이 세다며? 그래서 내가 싫다고 생각하면 안 된다고 하던데? 푸하하하하하핫! 그러니까 포기하라구."

"이, 이 녀석이!"

"로운!"

"젠장할! 그렇다고 방법이 없는 것은 아니지. 기엘, 바인딩 쉴드(Binding shield:주문을 걸으려는 상대의 엘을 속박하는 주문)."

"아, 알았어."

"어이, 이봐! 아저씨 얼굴!"

"그렇다고 해도 아직 너한테는 지지 않는다구. 힘만 세면 단 줄 아냐? 어떻게 쓰느냐가 중요한 거야, 이 바보 꼬마. 아무리 힘이 세다고 해도 쓸 줄 모르면 자신보다 더 바람술을 잘 쓰는 사람에게 꿀릴 수밖에 없는 거야."

“너!!”

“기엘. 디. 하라스다인. 바람의 이름 미메이라의 시작에서 끝……”

“젠장할! 하지 마!!”

“바인딩 쉴드.”

기엘의 입에서 흘러나온 주문이 시안에게로 흘러 들어온다.

이유는 모르겠지만 얼마 전부터 엘의 바람을 볼 수 있게 된 시안의 눈에는 자신에게 몰려오는 기엘의 엘이 마치 투명한 뱀들이 꿈틀대면서 몰려오는 것처럼 비추어졌다.

“우, 우악!! 이거 치워!!!”

“로운. 디. 로크레슈. 바람의 이름 미메이라의 시작… 엘. 메타모르포시스(EL. Metamorphosis).”

“우, 우아아아아악!”

부웅— 하고 로운의 손끝에서 시작된 바람이 기엘의 엘에 옴짝달싹 못하고 있는 시안의 머리카락 사이로 스며들었다. 로운의 손에 들려 있던 머리카락들이 한 올 한 올 살아 있는 것처럼 움직이는 것이 시안의 눈에는 더할 나위 없이 끔찍하게 보였다.

“그만 하란 말이얏!!!”

그리고.

같은 시각 막 혼절했다가 깨어난 라헬이 궁 지하 어디에선가 들려오는 기절할 것만 같은 고함 소리를 듣고 다시 한 번 혼절해 버렸다… 라고 누군가가 전해 주었다.

*　　　*　　　*

“그래? 시안님이 그렇게 말씀을 하셨단 말이지.”

"네, 대신관님께서 그 꼬마에게 쓸데없는 말을 하시는 바람에 애를 좀 먹… 아, 죄송합니다."

현재 로운은 신전으로 돌아와 그날 키리엔에서 있었던 일을 대신관 카류에게 보고하는 중이었다. 카류는 웃을 듯 말 듯한 표정으로 로운의 말을 듣다가 로운이 지레 사과를 하자 너털웃음을 지었다.

"그렇다고 해도 바인딩 쉴드까지 사용을 했으니 시안님이 좀 충격을 받으셨긴 하겠군 그래. 레이죠 장로님은 아무 말 안 하시던가?"

"그것까지는 모르겠습니다. 머리카락을 원상 복구시킨 후에 시안님과 긴히 할 말이 있으시다면서 저희들을 내보내셨기 때문에……."

"그래, 그런가."

"제 의견입니다만, 시간을 너무 끄는 것도 좋지 않을 것 같습니다. 이런 상태라면 시안님이 언제 가짜라는 것이 밝혀져도 이상하지 않을 정도이지 않습니까?"

"그렇기도 하겠지. 그래서 레이죠 장로님께 미리 손을 써달라고 했었는데 생각보다는 많이 어렵군. 하기사 보통 다른 사안도 아니고 이계의 사람, 그것도 여자도 아닌 남자이니 말이야."

카류는 손에 든 깃털 펜을 까닥이면서 생각에 잠겼다.

"그건 그렇고, 로운."

"네, 대신관님."

"혹 로크레슈 장로로부터는 아무 전갈이 없나?"

"아, 아버님이시라면 근간에 한번 집으로 오라는 전갈을 받기는 했습니다만. 아시다시피 신관은 마음대로 자리를 비울 수 없다고 해서 일단 거절을 했습니다."

"흐응, 생각대로군."

"대신관님?"

카류는 로운은 아랑곳하지 않고 뭔가 생각하는 듯이 깃털 펜을 들고 잠시 침묵했다.

"허가를 내주겠네."

"예?"

"어차피 먼 길을 떠날 터인데 부모 자식 간에 얼굴을 마주하는 것도 좋을 거야."

"하지만 대신관님께서……."

"물론 나이트 기엘에게는 되도록 부모님과는 접촉하지 말라고 했지. 그 이유는 자네도 알 거야. 나이트 기엘은 부모님의 말을 거역할 성격이 못 되지."

"……."

실제로 그랬다. 모든 직위를 버리고 신관이 된 로운과는 달리 기엘은 타고난 성격뿐만 아니라 자라온 교육 방법 때문인지 위에서 내려오는 명령 같은 것에 항명할 타입이 되지 못한다.

"나이트 기엘은 신경 쓰지 말고 다녀오도록 하게. 어차피 로운 자네도 지난번 수행식 때 잠시 인사를 한 것 이외에는 개인적으로 로크레슈 장로를 만날 기회가 없었으니까."

"예, 그렇게 말씀하신다면."

"로크레슈 장로가 지금 자네가 한 말을 들으면 놀랄 게야."

"예?"

"매사에 '아니오'를 연발하는 자네가 내 말에 이리도 고분고분한 것을 보면 말일세. 하하하하."

로운은 조금 낭패스러운 기분에 고개를 숙였다.

물론 로운의 성격은 카류가 판단하고 있는 것처럼 상당히 냉소적인 데다가 비관적이고 게다가 반항심도 꽤 많은 성격이다. 그런 로운이 이렇게 카류의 말에 고분고분 따르고 있는 것은 기본적으로 카류가 가지고 있는 인품 때문이기도 했지만 일단 신관이 되기로 마음먹었으니 쫓겨나지 않게 잘 행동을 해야겠다는 조금은 이기적인 생각이 더해져 있었기 때문이라는 것은 아마 카류도 모를 것이다.

모든 공적인 임무에서, 그리고 사적인 의무를 벗어던진 로운이 신전에서마저 불합격 판정을 받는다면 그 이후로는 정말 떠돌이 생활밖에 남지 않는다.

"가서 잘 듣고 오게. 자네 아버님이 무슨 말씀을 하시는지."

"그 말씀은."

"아니, 나에게 보고까지 할 필요는 없네. 내가 자네에게 시안님 문제를 일임한 이상 이후에 벌어지는 것은 자네가 직접 보고 판단할 일이지."

"대신관님."

"자네가 옳다고 생각하는 방향으로 결정하고 움직이게. 자네 같은 사람이 다른 사람의 명령에 불복종하는 데는 나름대로의 이유가 있는 법이지. 본인이 옳다고 생각하지 못하면 절대로 그대로 움직이지를 않는 게야."

"……."

"자신이 옳다고 믿는 것, 그것이 가장 중요한 것일세. 혹자는 그것을 개인 주의니 독선이니 치부할지도 모르지만 말이지. 하지만 자신의 주관 위에 우리의 미메이라께서 어떻게 생각하실지, 그것을 더한다면 그런 말도 사라질 게야. 그리고 그렇게 생각하는 것은 그리 어렵지 않으니까. 그렇지 않나?"

"그렇습니다, 대신관님."

로운의 마음속으로 카류의 마음이 바람처럼 스며든다.

로운이 처음 신관이 되겠다고 마음먹은 이유는 단순하게 아버지의 명령을 거역하겠다는 것과 자신이 원하지 않는 상황이 마음에 들지 않는 것에서 출발했다. 그러던 것이 신관으로서 수업을 받으면서 가슴속에 맺혀 있던 여러 가지 감정을 정화하고 생활해 나가면서 조금씩 바뀐 것이다. 물론 아직까지도 자신이 신관의 길을 선택한 것이 순간의 이기에서 나온 실수가 아닌가 고민할 때가 있다. 그것은 직접 로운을 선택하여 교육을 담당했던 카류도 짐작하고 있는 일이었다.

하지만 이렇게 카류의 잔잔하게 흘러나오는 듯한 말을 듣고 있으면 신관을 선택한 것이 정말 잘한 일이라는 생각이 들 때가 있는 것이다.

"밤이 깊었군. 이만 가서 쉬게. 내일 아침을 준비해야 하지 않겠나."

"예, 대신관님."

로운은 카류에게 예를 올리고 발걸음을 돌렸다.

고분고분하게 누군가의 의견에 따르는 것도 때로는 즐겁다고, 그는 그렇게 생각했다.

제6장

사상 최대의 기술, 막판 벼락치기?!

The Wind of Ashurei

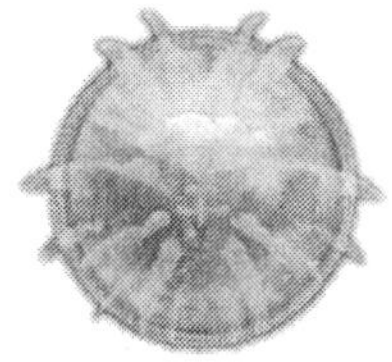

　"정말, 이놈의 바람의 나라인지 미메이라인지 거기 사는 지렁이든지 두고 보자."

　이 가는 소리가 으드득하고 악 다문 잇사이에서 흘러나온다.

　시안은 이제 책상 위에 단 2권의 책을 남기고 있다.

　"빌어먹을 영감탱이. 사람을 어떻게 보는 거야?"

　막 한 권의 요약 정리를 마친 시안은 자신의 머리통 두 배쯤 되는 책을 집어 들어 있는 힘껏 바닥으로 내동댕이쳤다.

　"좋아. 이제 남은 것은 두 권이군. 흥!!"

　의자 주위로는 지금까지 시안이 초인적인 인내와 대한민국의 고등학생이 아니면 할 수 없을 초강력 벼락치기를 근 2주일 넘게 내내 실시한 끝에 초토화되어 있는 책들이 가득했다.

　책상 위에는 밤낮을 가리지 않고 시안이 끄적인 빽빽이들이 거짓말을 보태지 않고 시안의 허리 높이로 몇 무더기나 쌓여 있었다.

"빌어먹을! 이렇게 공부하면 진짜로 서울대 가겠다. 으으윽!"

마지막으로 남은 책 2권을 보면서 시안은 한숨을 내쉬었다.

"잘하면 내일이면 끝이 나기는 나겠네. 그럼 대충 15일쯤 되는 건가? 아니면 16일쯤 되는 건가? 쳇. 여기는 달력이 잘 없어서 날짜가는 것을 알기도 힘들고. 요일 개념이 없지는 않던데. 에에, 어디 있더라. 책력을 요약해 둔 게……."

공부를 하다 말고 지친 시안은 꼼지락거리면서 산더미처럼 쌓아 놓은 종이 더미를 뒤적거렸다. 집이라면 달력이 방에 두세 개는 될 정도로 쌓여 있을 텐데 말이다.

"앗! 여기 있다. 아슈레이력이라. 역시 외우기는 외웠지만 벼락치기라서 좀 무리가 있기는 있구만. 이런 거 물어보면 안 되는데……."

손가락으로 짚어가면서 시안은 대략의 날짜를 어림짐작해 보았다.

그동안 그럭저럭 주워들은 것은 있어서 자신이 이 키리엔에 왔던 날짜가 여름이 시작되는 날에서 4일인가 5일 후였다는 것이 기억났다.

"흐음. 여름이 시작되는 달이면, 에쉬(불을 의미)의 달인가."

시안이 요약해 놓은 종이에는 발음하기도 귀찮은 달의 이름들이 줄줄이 사탕으로 늘어져 있다. 그것은 현재 미메이라에서 쓰는 말이 아니라 오래전부터 전해져 내려온 고어로 만들어져 있다고 하는데, 그래서 모든 달에는 이름이 붙어 있고 그 이름에는 그 고유의 뜻이 있었다.

"여름이니까 불이라. 뭐 말 되네. 우리나라의 여름처럼 후덥덥하
지는 않겠지? 그래도 명색이 바람의 나라니까."

시안은 기지개를 켜고 나서 책상 위에 남아 있는 두 권의 책에
눈길을 돌렸다.

남아 있는 책은 지금까지 봤던 그 어떤 책보다 훨씬 두꺼운 책이
다. 그중 한 권은 이곳에 처음 공부라는 것을 하러 왔을 때 카류가
내민 그 문제의 바람술인지 뭔지 하는 것이 적혀 있는 책이고, 다른
한 권은 지난번에 레이죠 장로로부터 머리를 잘랐다는 이유로 온갖
잔소리를 듣다가 마지막에 받은 책으로 역시 카류가 준 책과 비슷
한 바람술을 다룬 책이었다.

뜻한 것은 아니었지만 어떻게 하다 보니 바람술서만 두 권이 남
은 것이다.

그 두 권을 뚫어져라 쳐다보는 시안의 머리 속에서는 레이죠 장
로의 얼굴이 떠올랐다.

"정말 자네 마음은 십분 이해하네."

"이해를 했으면 머리는 그냥 둬야 할 것 아니에요. 아저씨 때문에
도대체가."

시안은 바람의 술에 의해 꽁꽁 묶여 있는 동안 도로 복귀가 되어
버린 머리카락을 이리저리 후려치면서 대답했다.

"이것 좀 보라구요, 이거."

"자네 마음은 이해하네만, 그만큼 내 마음도 이해해 줬으면 하네.
말로 해서 못 알아들을 상대라면 이렇게 붙들고 말할 필요도 없을
테니까 말이네."

"……."

겉으로는 대답을 하지 않았지만 시안은 속으로는 '내가 왜?'라고 생각하며 콧방귀를 뀌었다.

"나로서는 자네의 모습을 보는 것 자체가 고통이지."

'그럼 안 보면 될 거 아냐? 왜 보러 와가지고서는'이라고 생각하는 시안. 하지만 시안이 무슨 생각을 하든 레이죠 장로에게는 별로 상관이 없었다.

"자네를 보면 시안이 생각나네. 정말 한 치의 의심도 없이 자신이 미메이라의 수장이 될 것이라고 굳게 믿고 있었지. 나도 의심치 않았고 심지어는 카류도 의심치 않았어."

"그래서요?"

"하지만 결과는 이렇게 되었네. 나는 19년 동안이나 그애를 고생시켜 놓고 결국은 그애의 결심을 말리지도 못했네."

"말리지 못한 순간에 끝난 거 아닌가요?"

"……"

차갑게 말하는 시안의 얼굴을 보면서 레이죠 장로는 작게 한숨을 내쉬었다.

딸과 똑같은 얼굴을 가졌지만 앞에 있는 사람은 딸과는 전혀 다른 영혼을 가진 사람이다.

같은 얼굴을 가지고 다른 말을 하는 사람. 그래서 더욱 자신의 딸이 아니라는 사실이 레이죠 장로의 심장을 흔들었다.

"그래. 그런 거겠지."

"내가 살던 나라에서는……."

우울해져 있는 레이죠 장로를 향해 시안은 조금 안되었다는 생각이 들었다.

"자식 이기는 부모는 없다, 라는 말이 있어요."

“…….”

“아무리 자기가 키운 자식이라고 해도 결국에는 그애들이 원하는 대로 부모가 따른다는 거죠. 옛날 어른들 말은 하나도 안 틀리다고 저희 엄마랑 아빠도 말씀하시더라구요. 무슨 소리인지 저는 감이 잘 안 오기는 하지만 말이죠. 그러니까 그렇게 속상해하실 필요 없어요. 여하튼 그 시안이라는 사람이 원한 대로 제가 이곳에 있는 거 아닌가요? 그거면 됐잖아요. 만일, 정말 만일이지만 그 이계 소환술인지 뭔지가 실패라도 했다고 생각해 보세요. 그럼 말짱 헛거에 도루묵이었을 텐데, 대신관 할아버지 말로는 더할 나위 없는 확실한 성공이었다던데요?”

“그랬지.”

“그럼 이제 그만 궁상 떠시고 가서 아저씨 일 보세요. 나는 이거 마저 외워야 하니까.”

“그래. 그러니 자네도 좀 더 열심히 해주었으면 하는 거네. 머리카락 같은 것으로 우리를 너무 놀리거나 괴롭히지 말고 말이야.”

“일은 일이고 머리카락은 머리카락이에요. 여자가 된 것도 짜증나 죽을 지경인데.”

“자네가 그렇게 말하면 우리도 마찬가지로 고생이네.”

“…….”

같은 말을 반복하고 있는 레이죠 장로에게 시안은 슬슬 짜증이 나기 시작했다.

“이봐요, 아저씨. 말 안 해도 알아요. 그 시안인지 뭔지 하는 여자 생각하는 것도 알겠고. 그래서 나더러 좀 더 조심해 달라고 하는 것도 아는데. 그래도 나도 나름대로 생각이 있고, 저딴에는 최선을 다해서 노력을 하고 있다는 것도 좀 아셨으면 좋겠네요.”

"그래도 좀 더……."

"이봐요, 아저씨."

시안은 속으로 하나, 둘, 셋 하면서 수를 세었다. 화가 난 상태에서 그냥 말을 하다가는 무슨 소리를 지껄일지 모른다고 생각했기 때문이다. 적어도 어른한테는 버릇없는 녀석으로는 보이고 싶지 않다는 방어 기제가 작용했을지도 모른다.

"나도 참고 있다고 이야기했죠. 내 뜻도 아닌데 이런 데로 불려 온 것도 참고 있고 여자가 된 것도 참고 있고 대입이랑은 아무 상관도 없는 이놈의 궁내 규약이니 미메이라의 1년 계획이니 같은 것도 외우고 있다구요. 저한테 아무리 그 시안이라는 여자가 이랬고 저랬고 그랬으니 너도 좀 그래봐라, 라고 해봐야 아무 소용도 없어요."

잠시 숨을 쉬고 시안은 마지막 말을 내뱉었다.

"시안이라는 여자가 날 불러오기 위해서 목숨까지 버렸다는 것은 알고 있지만 자꾸 그걸 상기시켜 보았자 제 화만 돋우는 일이니까 이제 그만 하시라구요. 아시겠어요?"

"……."

차갑게 떨어지는 시안의 말 뒤로 두 사람은 입을 다물어 버렸다.

그렇게 한참을 있다가 레이죠 장로는 조용하게 일어났다.

시안은 레이죠 장로가 화가 나서 가나 보다 하고 신경도 쓰지 않았다. 하지만 레이죠 장로는 잠시 후 지하 서고 한곳을 뒤져 책을 한 권 가져왔다.

"뭐예요, 그건?"

"도움이 될 만한 책일세."

"두고 가세요."

"꼭, 반드시 읽어두게. 이곳에 있는 한은 이 책에 적힌 것들이 반드시 필요하게 될 테니까."

그렇게 두고 간 책이 바로 지금 시안이 뚫어져라 바라보고 있는 바람술서다.

무슨 책인가 싶어서 궁금해하기는 했지만 그 책은 카류가 골라주고 간 책과 비슷한 두께에 비슷한 크기의 책.

"화는 나겠지만 내가 실패하면 그 아저씨도 입장이 서지 않겠지. 에잇. 박경하가 인간이 되어가는구나, 아니, 지금은 시안인지 뭔지 하는 계집애 나부랭이지만."

남은 책들을 오늘 할까 잠을 좀 자고 내일 할까 하고 시안은 잠시 고민했다.

"으음. 일단은 그래도 빨리 끝내는 것이 좋을 테니까."

시안은 굳게 결심을 하고 먼저 카류가 놓고 간 책을 집어 들었다. 기초부터 나온다고 했으니 그쪽이 좀 더 쉬울 것이라고 생각했기 때문이다.

"우웅. 1장. 엘의 운용. 엘-루하……."

끄적끄적— 깃털 펜이 움직인다.

"엘-루하. 흐르는 공기에 엘을 흘려보낸다. 흐르는 공기는 술사의 엘을 받아들이면 투명하면서도 반짝이는 선으로 살아난다. 그 선에 정신을 집중하여 온몸을 돌아가도록 조정하는 것이 엘의 기본 운영법이며 엘-루하라 일컫는다. 그럼 이것도 엘-루하로 만들어진 건가?"

종이 위에 엘-루하라는 글자를 적어 넣고서 눈앞을 지나가는 바람의 한 자락을 잡아 들었다. 손가락에 잡힌 바람을 시안은 있는 힘껏 노려보았다.

"움직여라~ 움직여라~"

손가락에 잡혔던 바람의 가닥이 살아 있는 것처럼 꿈틀거리다가 살짝 방향을 뒤틀어 손가락을 감쌌다.

"되기는 되는데? 호호호호. 쉽잖아."

손가락을 감쌌던 바람을 끌어 올려 팔을 타고 기어 올라가게 한다.

혼자서 음침하게 후후훗~ 하면서 엘의 바람을 움직이는 시안. 하지만 시안은 방금 전에 자신이 한 것은 기본적인 엘-루하가 아니라 엘-세지의 단계에 들어간 사람들만이 할 수 있는 엘-루하스라는 것은 모르고 있었다.

다른 사람의 엘이 이미 실려 있는 바람을 움직이는 것은 절대로 쉬운 일이 아니다.

"엘-루하를 기본으로 모든 바람술이 시작된다. 기본이 되니까 다른 것도 되겠지 뭐. 그럼, 주문이나 정리해 볼까나."

시안은 자신의 목에 감겨 있던 엘의 바람을 집어 들어 원래의 자리로 돌려보냈다.

"주문의 시작. 엘-조하 아슈레이는 엘의 기원을 부르는 의미. 주로 엘-세지의 단계에서 사용되는 주문들은 아슈레이에 기원하여 바람의 신 미메이라의 힘을 빌어 사용하는 것이며 자신의 힘으로 시작하는 주문은 자신의 엘을 기반으로 사용하는 것이다."

끄적이는 소리와 함께 빽빽이가 한 장 두 장씩 늘어가기 시작한다.

시안은 근 2주에 걸친 초강력 벼락치기의 막바지에 들어서고 있었다.

*   *   *

"그렇다면 레이죠 장로님께서도 대신관님의 의중을 모르시겠다는 것입니까?"

침묵의 와중에 한 사람이 입을 열었다.

어두운 내실.

연하게 반짝이는 빛의 구(球)가 반짝이고 있다.

"나이트 기엘이 계승로에 참여한다고 하던데."

"이대로라면 그 가짜 시안님께서 그대로 수장위에 오르시게 될지도 모르지 않습니까. 불가항력의 일이라고 아무리 생각한다고 해도 전통있는 미메이라의 수장위를 그런 정체도 모를 이계인에게 맡긴다는 것은 어불성설 아닙니까."

"맞습니다. 일단 어쩔 수 없이 모든 장로들의 만장일치로 결정된 일이라고 해도 그분을 그대로 수장위에 오르게 할 수는 없습니다."

사람들이 모여 있는 이곳은 키리엔의 외곽에 세워져 있는 일종의 관사였다. 사리스라고 불리는 이곳은 궁의 전반적인 일을 맡아 하는 장로들이 사용하는 관사의 맨 위층. 이른바 로열 스테이지라고 불리는 그곳은 신국 방위사장인 하라스다인 장로의 내실이다.

그 내실에는 지금 5명의 장로들이 모여 머리를 맞대고 있었다. 그 중심에 있는 것이 이 내실의 주인인 하라스다인 장로, 그리고 그 옆에는 전 수장이었던 레이죠 장로가 입을 꾹 다문 채 앉아 있었다.

"일단 계승로가 남아 있지 않습니까. 적어도 6개월은 걸릴 여정입니다. 그동안 무슨 일이 일어날지는 아무도 모르는 일이지요.”

“아직 엘의 운용에 손톱만한 조예도 없는 수장 계승자입니다.”

“하지만 나이트 기엘과 프리스트 로운이 함께하고 있지 않습니까. 수장 계승 자격에는 미달이라 하더라도 두 사람의 힘을 무시할 수는 없는 노릇입니다.”

“기엘에 관해서는 걱정하지 않으셔도 좋습니다.”

입을 다물고 있던 하라스다인이 기엘의 이야기가 나오자 손을 들고 의견을 표했다.

“일단 로크레슈의 장남에게 기대할 수는 없습니다만 적어도 제 아들은 최고의 로열 나이트입니다. 자신의 본분을 잊지는 않을 것입니다. 제가 알기로는 이전에도 이런 일이 있었지만 일을 마치고 나서 그 대리인이 가졌던 모든 힘을 다른 사람에게 이전하여 수장으로 추대했다는 기록이 있습니다. 그것이 다시 일어난다고 해도 무리는 없지 않겠습니까?”

하라스다인의 말에 모두들 숨을 들이켰다.

“하지만 그렇게 하려면…….”

“기본적으로 수장 결정권은 신전에 있습니다만 아무리 대신관이 힘을 쓴다고 해도 그것은 이 키리엔이나 미메이라의 안에서만입니다. 일단 가이칸이나 호로스의 영토로 접어들면 그 정도는 손쉽게 처리될 것입니다. 그리고 이미 손을 쓰기 시작했으니 여러분들께서는 그저 마음의 준비를 하고 계시면 됩니다.”

“정말 카류는 무슨 생각을 하고 있는 것인지.”

둘러앉아 있던 사람 중 한 명이 불만스러운 목소리로 말했다.

“대신관께서 어떻게 생각하시든 한 사람의 의견보다는 여러 사람의 의견이 더 더욱 중요한 법입니다. 그것이 진리이든, 진리가 아니든."

어두운 사리스. 그곳에 모인 사람들은 저마다 다른 생각을 하고 있다.

"아마도 에테르의 달이 되기 전에 계승로가 시작될 것입니다."

그때까지 입을 다물고 있던 레이죠 장로가 말을 꺼내자 서로 담소를 나누고 있었던 사람들의 시선이 순식간에 레이죠에게 모아졌다.

"아니! 그렇게 빨리 말입니까? 적어도 한 달 이상 걸릴 것이라고들 말해 왔지 않습니까? 교육이 그렇게 쉽게 끝날 일입니까? 이게 도대체."

"생각하시는 것처럼 시안님은 그리 호락호락한 상대가 아닙니다."

"레이죠 장로님, 그게 무슨 말씀이신지?"

"시안님을 교육하는 역할을 제가 담당하기로 했던 것 기억하십니까?"

레이죠의 어두운 얼굴에 쓴웃음이 떠올랐다.

"하지만 지금 시안님은 홀로 모든 것을 습득하고 계신 상태입니다."

"세상에, 어떻게 그런 일이……."

"세상에는 모를 일들이 얼마든지 생깁니다. 충분히 그럴 수 있는 사람이 있는 법이지요. 그리고 아마도 며칠 내로 소식을 들으실 수 있을 것입니다."

"소식이라뇨? 어떤?"

"어떤 소식이든 간에 말입니다."

확정하듯 말하는 레이죠 장로의 얼굴.

그 얼굴을 사람들은 나름대로의 기준에 따라 판단하면서 바라보았다.

“자! 맘대로 물어봐요.”

“……”

“뭘 그렇게 멍청하게 쳐다봐요?”

“정말 그걸 다 외운 거냐, 너?”

로운은 기가 막히다는 얼굴로 시안을 쳐다보았다. 그리고 나서 주루룩 쌓여져 있는 책들 쪽으로 눈을 돌렸다.

미메이라에 대한 모든 것. 사회, 경제, 문화 전반에 관한 책들이 로운의 눈에 들어왔다.

기막혀하고 있는 것은 로운뿐만이 아니었다. 또 한 명의 관계자라고 할 수 있는 기엘 역시 정말 말도 안 된다는 얼굴을 하고 시안이 며칠 밤낮을 새며 쌓아 올린 일명 빽빽이를 읽고 있었다.

“정말 다 적으셨네요.”

“외울 때는 빽빽이가 짱이라니까요. 그러면 다시 한 번 볼 때도 문제가 없고. 그러니까 내가 대한민국 고등학생을 우습게 보지 말라고 했잖아요.”

“하! 그래도 그렇지…….”

“그래서 준비는 되셨습니까, 시안님?”

“아, 물론. 준비 만빵 OK. 언제든지. 움하하하핫!”

시안은 의기양양하게 허리에 손을 얹고 웃어버렸다.

모여 있는 모든 사람들이 어리둥절해하고 있는 와중에 오직 한 사람, 시안만이 여유로운 표정을 하고 있다.

“그럼, 레이죠 장로님 먼저 시작하시죠.”

“예, 알겠습니다. 아, 그전에 먼저. 시안님?”

“네?”

“제가 드린 책도 모두 보셨습니까?”

“아아, 그거는 그냥 참고로 보라면서요. 보니까 바람술서에 대한 건데 그런 것도 오늘의 테스트 범위가 되는 건가요? 그건 나중에 보려고 보다 말았는데.”

“무슨 다른 책을 시안님께 드렸습니까?”

그때까지 아무 말 않고 있었던 카류가 레이죠에게 물었다.

“아니, 호기심이 있으신 것 같아서 바람술서를 하나 드렸을 뿐입니다.”

“아, 레이죠 장로님께서도 시안님의 자질을 파악하셨나 보군요. 저도 시안님께 하킨의 책을 드렸지요.”

“예에??”

“설마… 대신관님, 그 하킨의 책이라면.”

“하킨의 책이라니!”

모두들 경악하는 눈빛으로 카류를 바라보았다. 지금 카류가 언급한 책은 엘-세지의 단계 이상의 경지에 오른 술사들도 어렵게 여기는 책이다. 물론 거기에 서 있는 로운이나 기엘은 이미 하킨의 책을 본 적이 있었지만 그것은 아무에게나 주어서는 안 되는 책이었다. 하물며 기초의 기초도 모르는 문외한인 시안이라면 특히나 그 대상이 될 수 없는 것이다.

하킨의 책은 전설의 대바람술사라고 불리었던 약 300년 전의 미메이라의 수장이 남긴 최고의 바람술서 중의 하나다. 하지만 그 책이 최고 중의 최고가 되지 못한 것은 그 바람술서가 엘-세지의 단계에 이른 바람술사가 아니라면 시전조차 할 수 없는 주문들로 가득하기 때문이다.

엘-세지의 경지가 아닌 자가 그 책을 보다가 잘못 주문을 시전하는 날에는 술사 자신에게 막대한 피드백이 가해져서 잘못하면 두 번 다시 엘을 쓰지 못할 수도 있다.

"본다고 해서 그것을 다 쓸 수 있는 것은 아니지 않나. 참고로 하시라고 드린 것뿐이니 그런 얼굴 하지들 말게나."

"어어~ 나를 뭘로 보는 겁니까 이거!!"

모두들 경악해서 카류를 바라보자 시안은 순간 발끈했다.

자신이 저 책을 모두 봤다는 것을 믿기 어렵다는 분위기는 그럭저럭 이해해 줄 수 있었다. 왜냐면 시안 자신도 그 얼마 안 되는 동안 산더미처럼 쌓여 있던 저 책들을 모조리 읽어치웠다는 사실에 적잖게 놀라고 있었기 때문이다.

"뭐, 다 본 거는 아니지만 앞부분은 봤고, 그리고 쓸 줄 아는 바람술도 있다구욧!"

"그래? 뭔데? 흥. 기껏해야 산들바람밖에 못 일으키는 주제에."

로운의 빈정거림에 시안이 콧바람을 흥하고 일으키더니 오른팔을 앞으로 내밀었다.

"뭐가! 나도 엘-루하 정도는 할 수 있단 말이야! 이 아저씨 얼굴!"

"흥. 엘-루하는 하는 것으로 중요한 게 아니야. 얼마나 정교하게 하느냐가 중요한 것이라는 것도 모르는군. 애송이 녀석."

"시끄럿! 눈이 있으면 똑바로 뜨고 보란 말야!"

그리고 시안은 사람들이 보는 앞에서 모두가 경악할 만한 행동을 시작했다. 그것은 다름이 아니라 자신의 눈앞을 흘러가는 엘의 가닥을 잡아서 자신의 팔에 올려놓는 일이었다.

"……!!"

앉아 있는 모든 사람의 눈. 그중에서도 카류와 로운의 눈이 화등

잔만하게 커져서 시안의 행동을 지켜보았다.

엘의 가닥을 팔에 올려놓은 시안은 조용한 목소리로 주문 아닌 주문을 외웠다.

"엘. 루하."

사르륵— 하고 주위의 공기가 순식간에 시안의 주위로 모여들었다.

그러자 시안의 팔 위에 얌전하게 놓여 있던 엘의 가닥이 꿈틀거리면서 서서히 움직이기 시작했다. 모두들 숨을 죽이고 있는 와중에 시안의 팔 위에서 엘의 가닥이 바람이 되어 손가락 쪽으로 흘러가기 시작했다.

단 한 가닥의 엘이 마치 살아 있는 뱀처럼 시안의 손목을 타고 손가락으로 흘러갔다가 엄지손가락을 반지처럼 감았다. 그리고 감았던 것이 풀리더니 그 다음으로 다음 손가락을 감았다가 그 다음 손가락에서도 똑같은 동작을 반복했다.

새끼손가락까지 흘러갔던 엘의 가닥은 다시 팔을 타고 소용돌이 같은 움직임으로 올라와 시안의 목을 감고 그 머리 위까지 가서야 그 움직임을 멈추었다.

머리카락 위에서 하늘거리는 엘의 가닥을 시안이 손가락으로 잡아내서 다시 공기 사이로 돌려놓을 때까지 모여 있는 사람들은 입도 뻥긋하지 못한 채 시안이 하는 양을 지켜보고 있었다.

"봐요. 되죠?"

씨익— 하고 의기양양하게 웃으며 시안이 말하는 순간 좌중에서 경악의 신음 소리가 흘러나왔다.

"세상에! 저런!"

"허어… 너, 꼬마, 진짜 지금 한 게 엘-루하가 맞냐?"

"어? 트, 틀렸나?"

시안은 분위기가 이상하자 배시시 웃으면서 카류를 돌아보았다.

"저기 할아버지, 저 뭔가 잘못했나요?"

시안이 자신을 바라보면서 묻자 그때까지 숨을 참고 있던 카류가 갑자기 웃음을 터뜨렸다.

"하, 아하하하핫."

"대신관님."

"어어? 분명히 맞게 한 것 같은데 이상하다. 우우우웅."

시안은 잘난 척을 하려고 했다가 뭔가 조금 이상한 분위기가 되자 쥐구멍이라도 찾아서 들어가고 싶어졌다.

왜 하필이면 자신은 저 아저씨 얼굴이 있는 곳에서 그런 쓸모없는 잘난 척을 한 걸까?

'으윽. 이제 삼 일 밤낮으로 빈정댈 거야, 저 인간. 틀림없어.'

모두들 얼떨떨한 얼굴을 하고 있자 기엘이 한발 앞으로 나와서 시안에게 다가왔다.

"그게 그러니까, 지금 시안님이 하신 것은 엘-루하가 아니라 엘-루하스라고 하는 것이기 때문입니다."

"어? 그래요? 하지만 나는 시키는 대로 했는데."

머리를 벅벅 긁으면서 시안이 대답하자 기엘이 마치 어린 동생이라도 보는 듯한 눈빛으로 시안을 바라보았다.

"그 책에 뭐라고 쓰여 있었는지 기억나십니까?"

"뭔 책이요?"

"엘-루하에 대해서 쓰여져 있는 책이요."

"아아, 뭐 별말 없던데. 몸 안의 힘을 모아서 공기로 보내면 엘의 바람이 된다. 그것을 움직여라 정도?"

"잘 기억하시는군요. 하지만 지금 시안님이 하신 것은 본인이 만들어낸 엘의 가닥을 움직이신 게 아닙니다. 이렇게."

기엘은 바로 시안의 눈앞을 지나가는 바람의 가닥을 잡아서 자신의 손등 위에 놓았다. 흐름을 저지당한 가닥은 벌레처럼 기엘의 손등 위에서 꿈틀거렸다.

"이것은 시안님의 힘으로 된 엘의 바람이 아닙니다. 본래 엘-루하는 자신이 만들어낸 바람으로 하는 것이지요. 다른 사람의 바람을 잡아내는 것은 엘-루하스라고 하는 다른 이름이 있습니다."

"헤에. 하지만 나는 그 엘-루하스라고 하는 게 엘-루하보다 쉬워서 그렇게 했을 뿐인데 꼭 엘-루하로 연습해야 하는 건가요?"

"엘-루하스가 쉽다고 말씀하셨습니까?"

시안의 말에 기엘을 비롯 그때까지도 시안의 경이로운 발전에 넋을 잃고 있던 사람들이 다시 한 번 놀라움에 휩싸였다.

숙련된 바람술사도 엘-루하스는 자주 실패를 하고는 한다. 기본적으로는 어려운 것이 아니지만 단 한 가닥을 잡아서 그것도 자신의 힘을 기반으로 하는 것이 아닌 다른 사람의 힘을 자신의 마음대로 움직이게 하는 것은 많은 정신 능력이 필요하기 때문이다.

그런 것을 저 시안은 지금 엘-루하보다 엘-루하스가 쉽다고 말하고 있는 것이다.

"루하스가 쉽죠, 당근. 왜냐면 말이죠……."

시안은 배시시 웃어 보이면서 두 주먹을 불끈 쥐었다.

순간 부우웅— 하는 공기의 떨림과 함께 그곳에 모인 사람들이 깜짝 놀랄 만큼 투명하고 반짝이는 엘의 바람 수백 가닥이 시안을 중심으로 형성되기 시작했다.

"그러니까 내가 엘-루하를 하려고 바람을 만들면 죽었다 깨어나도 이렇게 동시 다발로 무지막지하게밖에 안 되거든요. 푸하하하하하핫."

"하, 하하하하핫! 맞습니다. 그렇게 많은 가닥을 모두 움직이려면 힘들지요. 그렇고말고요."

"정말 단번에 엘-루하스를 해내다니……."

"자, 이제는 제가 바람술을 쓸 수 있다는 것도 증명했으니까 빨리 물어봐요. 시간 없다면서요. 그리고 나도 빨리 여기를 나가고 싶으니까."

시안은 자신을 보고 있는 가지가지 표정을 보면서 의기양양하게 말했다. 자신을 바라보는 얼굴들은 모조리 제각각이다. 레이죠는 굳은 표정으로, 대신관은 놀랍다는 듯한 화통한 웃음과 함께, 로운과 기엘은 기가 막히다는 표정으로, 그리고 지난번에 신전에서 인사를 받았을 때 몇 번 보았던 다른 몇 명의 장로들은 눈이 숟가락보다도 더 커져 있다.

"그럼, 좋습니다. 시안님이 얼마나 노력하셨는지 저희가 가늠해 보도록 하지요. 먼저 미메이라력을 말씀해 보시겠습니까?"

"엣?"

시안은 처음 받은 질문이 하필이면 얼마 전에 잘 안 외워진다고 투덜거렸던 책력이라는 것에 순간 얼빵해졌다.

"왜, 외우지 못하시는 건가요?"

"아, 아니에요. 못 외우긴. 단지 혀가 깨물릴 것 같아서 그럴 뿐이랄까. 으음, 그러니까 첫 번째가 아데 빈나(지혜로운 자)의 달, 두 번째가 페실림(돌)의 달, 하르(식물)의 달, 미슈파트(바람)의 달, 에 또… 다섯 번째가 세샨(백합)의 달……."

시안은 머리 속에 꾹꾹 넣어놓았던 지식들을 천천히 읊었다.

사실 다른 것보다도 시안은 저런 뜻도 모를 단어들을 외우는 것이 가장 싫었다. 학교를 다닐 때 세계사 시간에도 마찬가지. 동양권의 나라 이름들은 길어야 일본 이름이 4자고 중국사는 3자 이름만 마스터하면 어느 정도까지 된다. 하지만 그리스 쪽으로 넘어가면 사정이 달라진다. 정말 말하다가 혀를 깨물어 버릴 것만 같은 이름들, 예를 들어서 프롤레마이오스라던가 페리클레스니 무슨 무슨 ~스로 끝나는 이름들이 가장 싫었다.

왜냐구? 아무리 외워도 당췌 무슨 소리를 하는 것인지 모르겠으니까.

"라맘(빛의 장소)의 달, 에쉬(불)의 달, 에테르(풍부함)의 달……"

시안의 맑은 목소리가 울리고 있는 도중에 레이죠 장로가 손을 들어서 시안을 멈추게 했다.

"미메이라력은 그 정도로 좋습니다. 기본이니까요. 그럼 다음으로는 키리엔의 기사단 제도에 대한 것을 말씀해 보시기 바랍니다."

지금 레이죠 장로가 시안에게 요구하는 것은 수장으로서 가지고 있어야 할 정말 기초적인 지식이었다.

물론 카류가 건네준 책들에는 미메이라의 오랜 역사에 관한 책들도 있었고, 각종 사회, 경제, 문화에 관한 전반적이고 전문적인 책들도 있었지만 무엇보다 중요한 것은 현재의 시안이 가짜라는 것을 다른 사람들이 알아채지 못하도록 하는 데 있다.

"키리엔의 궁정 기사단이라. 으음, 그러니까 로열 나이트들로 구성된 수장 직속의 사르트 루하가 있고 사르트 루하는 수장이 결정된 후 수장이 직접 구성하는 것으로 10명 이내, 최고의 로열 나이트로 구성되죠. 음… 그리고 나머지 로열 나이트는 궁정 기사단 세아트에 소속이 되는데 기본적으로 궁정 기사단장은 사르트 루하 중

한 명이 맡게 되어 있습니다."

시안이 말을 하다가 말고 맞는가 싶어서 레이죠 장로의 얼굴을 살피자 레이죠 장로가 또 한 가지 질문을 추가했다.

"그럼 현재 궁정 기사단장은?"

"사르트 루하 크로운."

"좋습니다. 계속하십시오."

"에에, 그러니까… 로열 나이트 밑으로는 로열 나이트 선발전에서는 떨어졌지만 수준급 이상의 실력을 가진 자로 구성되는 나이트 사아르가 있는데 이들이 그러니까 일종의 직업 군인. 그 아래로 문제가 생기면 군대가 조직된다… 가 맞는 건가?"

"맞습니다."

"그럼 현재 기엘이 맡고 있는 직위가 무엇인지 아십니까?"

"아, 기엘요?"

갑자기 자신의 이름이 호명되자 기엘이 긴장했다.

"기엘은 현재는 수련 지도관이고 궁정 기사단 세아트 소속."

"정확합니다."

기엘이 대답했다.

"그럼 다음으로는 프리스트들에 대한 것을 말씀해 보시죠."

시안이 기사들에 대한 것을 대충 알고 있다는 것을 확인하자마자 카류가 끼어들었다.

"미메이라의 신관들은 모두 키리엔에서 떨어져 있는 대신전에서 교육되고 그 등급은 프리스트 외에 견습 프리스트로만 분류되죠. 할아버지가 대신관이고 대신전의 모든 일을 관장하지만 국정에는 간섭할 수 없음. 단, 수장 계승에 관한 전권을 위임받고 있습니다. 저기 아저씨 얼굴이 거기서 하고 있는 일은 대신관 보좌역. 뭐 이쯤이면 된 건가요?"

시안은 자랑스럽게 대답했다.

'훗. 수탐이나 언어 쪽은 젬병이지만 사탐 과탐은 나를 따라올 자가 없지. 우하하하하핫.'

"좋습니다. 너무 자세하게 말할 필요는 없는 것이니까요. 저는 이 정도로 족합니다. 다른 장로님들께서 확인하시고 싶은 사항이 있으시면 물어보십시오."

줄줄이 질문들이 이어졌다.

오히려 제일 걱정했던 레이죠 장로나 카류의 질문 같은 것은 쉬운 축에 속했다. 그 둘보다는 입을 떡— 벌리고 넋을 놓고 앉아 있던 다른 장로들의 질문이 훨씬 어려웠고 난해했다.

하지만 시안은 그 어려운 질문들을 하나하나 가끔은 조금 고전을 할 때도 있었지만 무사히 클리어해 나갔다.

질문에 대답을 하는 시안은 자신이 난해한 질문의 대답을 무사히 마칠 때마다 놀라는 표정을 지어 보이는 장로들의 표정을 즐기고 있는 중이다.

외우면서도 '과연 이런 것은 어째서 외워야 하는 걸까?' 하고 고민을 했던 것을 꼭 찝어서 물어본 약간 심술맞게 생긴 장로의 질문에 대답했을 때는 등골에서부터 머리끝까지 황홀한 쾌감이 끓어오를 정도였다.

'대단하군요' 또는 '대단하십니다' 그것도 아니면 '아니, 이런 것까지 그 짧은 시간에!'라고 장로들이 말할 때마다 시안은 속으로 이렇게 대답했다.

'너무 대단하다고 하지 마세요~ 댁들은 벼락치기도 모르는감? 벼락치기는 효과는 짱이지만 대신 대답하는 순간부터 잊어버리는

것이라구요. 머리 속에 억지로 밀어넣은 것이라서 대답을 하면 마구마구 빠져나가거든. 움하하하하핫!'

혹시나 오늘 말고 한 이삼 일 지나서 물어보면 좀 곤란한데… 라고 생각하면서 시안은 속으로 쾌재를 부르고 있었다.

"자아, 좋습니다. 이만하면 시안님께서 수장 계승자로서 첫 번째로 배워야 할 모든 기본 지식을 습득하신 것으로 봐도 좋지 않겠습니까, 여러분?"

모여 있던 25명의 장로들을 향해 대신관 카류가 자랑스럽다는 듯이 말을 했다.

말은 그렇게 하고 있지만 카류 역시 속으로는 대단히 놀라고 또 경이로워하고 있었다. 아무리 시안이 그렇게 말했지만 정말로 2주 만에 그 많은 지식을 습득하리라고는 믿지 않았던 그였다.

그로서는 그 레이쬬 장로와 자신이 했던 첫 번째 질문 정도만 무난히 대답해 준다면 그것으로 족하다고 생각하고 있었기 때문이었다.

시안은 총 7층으로 이루어져 있는 백색궁 키리엔의 최상층에 위치한 알현의 방 중간에 서서 이제 히죽히죽 웃고 있었다.

드디어, 드디어 끝난 것이다.

지하 서고에서 연필로 허벅지를 찍어가면서 대입에 임하는 고3보다도 더 열심히 공부를 했던 결과가 눈앞에 드러난 것이다.

'대입 시험도 이렇게만 공부하면 짱일 텐데 말이야.'

사람은 급하면 뭐든지 하는 법이다.

시안은 팔짱을 끼고 건들건들거리면서 이런저런 의견을 나누고 있는 장로들을 돌아다보았다. 뭔가 무게감이 잔뜩 느껴지는 위치지만 이것도 이제 한두 번만 하면 끝이 날 것이라고 생각하니 감개가 무량했다.

"그동안 많은 시간이 흘렀습니다. 더 이상 시간을 지체할 수도 없는 일. 따라서 시안님께서 계승로에 오르는 날짜는 오는 에테르의 달이 시작되는 날로 결정을 짓고자 합니다. 여러 장로님들의 의견은 어떠신지요."

"……."

카류가 하는 말을 조용하게 듣고 있던 시안은 입술을 삐죽삐죽거리면서 속으로 약간의 불만을 토로했다. 시험만 통과하면 금방이라도 내보내 줄 줄 알았는데 금방이 아니라 다음 달이라고 했기 때문이다.

시안은 슬금슬금 뒷걸음을 쳐서 장로들이 앉아 있는 곳을 벗어나 끝 쪽에 앉아 있는 기엘과 로운에게 다가갔다.

"저기."

"예? 시안님."

시안이 다가와서 손으로 입을 가리고 소곤소곤 기엘에게 물었다.

"그 에테르의 달이 시작되는 날이 며칠 남은 거예요?"

"아아, 앞으로 8일이 남았습니다."

"조금 더 앞당길 수 없어요?"

"보통 달이 지나가는 날에는 출발을 한다거나 하는 일이 거의 없습니다. 모든 행사는 달이 시작하는 날에 이루어지죠."

"왜요?"

"달이 차오르는 것은 시작의 의미를 가지고 달이 지나가는 것은 끝을 의미하기 때문입니다. 이미 아시겠지만 모든 키리엔의 행사는 달이 시작되는 날에 이루어지죠. 그 때문입니다."

"그런가?"

"네, 그렇습니다."

"이봐, 기엘. 꼬마랑 소곤거리지 말아. 너희 아버님이 보고 계신 다."

시안과 소곤거리고 있던 기엘의 귀에 로운이 보내는 코로(소리의 강약을 조절하는 바람술)를 이용한 속삭임이 들려왔다. 필시 다른 사람 의 눈을 피하기 위해서일 것이다.

"알고 있어. 하지만 시안님이 궁금해하시는데 어쩔 수 없잖아."

기엘 역시 눈에 띄지 않게 대답하면서 시안을 바라보았다.

"일단 제자리로 돌아가십시오. 8일이라고 하지만 정말 얼마 남지 않았지 않습니까?"

"그건 그렇지만, 그래도 그렇지……."

아마도 저 시안님은 어마어마하게 이 키리엔이 싫은 모양이라고 기엘은 생각했다. 하기야 며칠 전에 일어났던 그 머리카락 사건만 을 보아도 궁에 갇혀 있는 것이 싫어질 만도 했다.

'하지만 계승로에서 돌아오시면 평생을 이곳에서 보내셔야 할 텐 데, 걱정이군.'

그 사실을 지금 삐딱한 걸음걸이로 제자리로 돌아가고 있는 시안 이 알고 있을지, 아니면 모르고 있을지 궁금했다.

"그럼 만장일치로 에테르의 달 첫 일에 시안님이 계승로에 오르 시게 됨을 선언합니다."

시안이 기엘과 속삭이는 동안 아마도 장로들의 논의는 끝이 난 모양이다.

"이 사실을 모든 신민들에게 선포함과 동시에 에테르의 달 첫 날 을 임시 휴일로 지정할 것을 선포합니다."

대신관 카류의 말에 모든 장로들이 자리에서 일어났다.

흔들리는 천 소리들과 함께 그들이 옷에 달고 있는 장신구들이 부딪히는 소리가 넓은 알현실에 가득 찬다.

"이것으로 오늘의 장로 회의를 마치겠습니다."

모든 장로들과 대신관을 따라왔던 몇몇 신관들까지 모두 동시에 중앙에 서 있는 시안에게 허리를 굽혔다.

시안은 그 모습을 보면서 자신도 맞절을 하는 것처럼 인사를 해야 하는 것인지 어디에선가 본 무슨 슈퍼 스타처럼 손이라도 흔들어주어야 하는 것인지 잠시 고민했다.

'으으, 정말 이거 몸이 꼬여서 서 있을 수 있나. 젠장할, 의자라도 좀 주지.'

시안은 중앙에서 몸둘 바를 모르고 서 있었다. 물론 다른 사람들은 시안이 그런 생각을 하고 있는 줄은 꿈에도 몰랐지만 말이다.

*   *   *

"시안님께서는 저와 레이죠 장로님을 따라와 주시기 바랍니다. 그리고 프리스트 로운과 나이트 기엘님도 마찬가지입니다."

장시간에 걸친 회의가 끝나고 나서 지친 걸음걸이로 자신의 내실로 돌아가려던 시안을 카류가 저지했다.

"에엑!! 또 뭘 하려구요! 다 끝났잖아요. 테스트도 완벽하게 끝났는데!"

시안이 불만을 터뜨렸다.

하지만 그도 그럴 것이 말이 테스트지 이것은 할아버지들이 가득 앉아 있는 가운데에 덩그러니 세워놓고 꼭 심문이라도 하는 것처럼 혹사를 시켜놓고 쉴 시간도 주지 않는 행위다.

"시험을 봤는데 오늘 하루쯤은 잠이라도 자게 해줘야 하는 것 아니에요? 젠장! 사람을 그렇게 혹사시켜 놓고 도대체 또 무슨 소리를 하고 싶어서 그런 겁니까?"

"그러니까 나중에 편히 쉬시도록 하기 위해서 미리 말씀을 드리려는 것 아닙니까. 오랜 시간이 걸리는 것은 아니니 부디……."

대신관 카류가 간곡하게 말했다. 그런 카류를 보면서 시안은 '도대체 이 할아버지는 뭐든 미리 알려주는 법이 없어!!'라고 생각하면서 대답했다.

"으이그. 알았어요, 알았어. 대신 빨리! 최대한 빨리 끝을 내주세요. 아!"

"예?"

"기왕이면 밥 먹으면서 하는 것이 어때요? 나 배고픈데."

그와 동시에 그런 시안의 의견을 지원하는 듯 시안의 배 속에서 꼬르륵 소리가 흘러나왔다.

"…정말 골고루 하는군."

뒤쪽에서 말없이 따라오던 로운이 빈정거렸다.

시안은 그 말에 발끈해서 뒤로 팩! 돌아서서 로운에게 따발총처럼 쏘아붙이기 시작했다.

"이봐! 아저씨 얼굴!! 댁도 아침부터 일어나서 외운 거 잊어먹지 않으려고 밥도 안 먹고 대기해 봐. 배가 고픈가 안 고픈가. 그리고 어떤 인간이든지 그런 심문을 받고 나면 배가 고픈 것이 진리라구, 진리! 댁은 밥 안 먹어?"

"시안님, 알겠습니다. 식사를 준비시키도록 하지요. 대신관님, 시안님의 의견을 따라주시는 것이 어떨까요? 정말 힘이 드시는 것 같은데……."

기엘이 끼어들었다. 이런 데서 로운이나 시안이 또 싸움을 벌여 보았자 그것이야말로 정말 시간을 지체하는 일밖에 되지 않는다.

"좋도록 하게, 기엘. 일단 레이죠 장로님의 내실로 갈 것이니 곧 따라오도록 하게."

"예, 알겠습니다."

"그래서 하실 말이 뭔데요?"

시안은 대뜸 레이죠 장로의 내실에 들어서자마자 대뜸 자리를 잡고 대뜸 주저앉았다.

"레이죠 장로님."

"아아."

레이죠 장로는 활달해 보이는 시안을 한번 쳐다보고는 조용히 입을 열었다.

"내달 첫 일에 출발하시게 될 계승로에 관한 일입니다."

레이죠 장로가 입을 열자 옆에서 카류가 거들었다.

"계승로에 관해서는 누구보다도 경험자인 레이죠 장로님께서 설명하시는 것이 가장 좋기 때문에 이리로 모신 것입니다. 일단 로운, 그쪽에 준비해 온 것을 펼쳐 주게."

"예."

로운은 옆으로 밀쳐져 있던 탁자를 당겨 가운데로 가져와 그 위에 갈색의 종이 한 장을 반듯하게 폈다.

그게 뭔가 해서 슬쩍 고개를 들고 쳐다본 시안은 그것이 아슈레이의 전도라는 것을 알고 이내 흥미를 잃었다. 무슨 특이한 것이라도 보여주는 줄 알았건만….

"지도잖아요, 뭐."

"그렇죠. 지도입니다."

"일단 계승로라는 것이 어떤 것인지 정확하게 말씀을 드리겠습니다. 먼저, 전에 이곳에 오시자마자 풍옥(風玉)이라는 것을 몸속에 받아들이셨죠?"

"풍옥?"

"오시자마자 제가 풍옥의 방에 모시고 가서 바로 풍옥을 시안님의 몸속으로 흡수시켜 드린 것을 기억하시죠? 풍옥을 흡수하시자마자 말이 통하게 되었구요."

"아, 그거!"

하도 오래전(?)의 일이라서 까마득하게 잊고 있던 시안은 그때 그 풍옥을 받아들일 때의 감각을 되살리면서 몸을 부르르르 떨었다.

"맞아. 그게 몸속에 있는지 없는지 모르겠지만 그거 받아들일 때 기분이 어땠는 줄 알아요? 정말이지 몸이 막 찢어지는 줄 알았다니까요."

"예, 그것입니다. 일단 풍옥은 계승자가 될 수 있는지 없는지를 판단하는 것이라고 생각하시면 됩니다. 그것만으로는 미메이라의 계승자가 될 수는 없죠. 그래서 이제 시안님께서는 아슈레이의 중간 지대, 즉 이곳."

그렇게 말하면서 레이죠는 4개의 신국으로 둘러싸인 곳을 손가락으로 짚었다.

"아, 그리고 보니 지도에도 그곳에 대한 설명은 별로 없던데요? 그 많은 책에……"

레이죠 장로는 잠시 틈을 두었다가 다시 입을 열었다.

"실제 일반 신민들이나 보통 사람들에게는 별로 알아보았자 소용이 없는 곳이기 때문입니다. 그곳에 들어갈 수 있는 사람들은 극히 제한되어 있죠."

"뭐, 거기 지키는 사람들이라도 있는 거예요? 아니면?"

이번에는 카류가 말을 받았다.

"꼭 그런 것은 아닙니다. 단지 일정 수준의 엘을 가지지 못한 사람은 들어갈 수 없기 때문입니다. 말하자면 이 둘레 4개의 신국의 백성이라고 해도 힘이 약한 사람이 들어가면 이곳 전체에 감돌고 있는 강력한 엘의 파장을 견딜 수 없기 때문입니다."

"흐으응."

"일단 계승로는 일종의 세상 경험을 쌓는 과정까지 포함됩니다. 아무리 많은 지식을 가지고 있다고 해도 실제로 보는 것은 다르지요."

"암, 암, 백문이 불여일견이죠."

"예?"

"아아, 그냥 하는 소리니까 넘어가세요, 넘어가."

그리고 이어진 레이죠 장로의 말을 정리하면 다음과 같았다.

일단 진짜 수장의 자격을 얻기 위해서는 아슈레이의 중간 지대로 가서 몸 안에 들어 있는 풍옥이 인도하는 대로 가면 그곳에서 신의 힘이라고 일컬어지는 풍환(風環)을 받아 와야 한다. 풍환은 바람의 힘 원형 그대로라고 일컬어지는 것으로 대대로 수장 계승자로서 풍옥을 받아들인 사람들에게만 전해지는 것이다.

"뭐, 그럼 간단하네요. 어디 보자. 그럼 여기 미메이라의 서쪽에 있는 이 산맥을 넘어가기는 그렇고 이쪽의 바라스와 미메이라 사이를 흐르는 이 강줄기를 따라서 들어가면 되는 거죠? 가깝네, 뭐."

"아니, 그렇지 않습니다."

"왜요?"

시안은 지도를 따라 손으로 일직선을 쭉— 그어 보이다가 손을 멈추었다.

"계승로는 그렇게 쉬운 것이 아닙니다. 그 정도로 끝나는 것이라면 그냥 단순하게 계승 의식 정도로 불리겠죠. 계승로로 가는 길은 그 길이 아니라 바로 이곳."

레이죠는 손가락으로 미메이라의 아래쪽, 즉 가이칸 제국과 셰비 통산 연합국을 포함한 원을 그려 보였다.

"미메이라와 불의 나라인 호로스는 아시다시피 상당히 친밀한 관계를 유지하고 있습니다. 일단 먼저 호로스에 가서서 호로스의 수장에게 미메이라의 수장이 바뀔 것을 알린 후에⋯⋯."

그러니까 다시 설명하면 일단 호로스에 가서 '미메이라의 수장은 내가 될 거야!'라고 알려준 후에 다시 남쪽으로 내려가서 가이칸 제국을 거의 반을 가로질러서 아슈레이 중간 지대에서부터 시작되는 대하인 나하르를 따라서 다시 북상을 하는 것이다.

이것이 오히려 계승로가 가지는 진짜 의미인 것이다. 넓은 세상과 많은 사람들을 직접 보고 느낌으로써 수장으로서의 마음가짐을 새롭게 하고 또한 시야를 넓히는 것이다.

"저기요."

"예?"

"어차피 저는 가짜인데 그냥 여기로 들어가서 풍환인지 뭔지 하는 것만 받아 오면 안 될까요?"

"안 됩니다."

"그것은 불가능합니다."

카류와 레이죠가 동시에 말했다.

시안은 두 사람을 도끼눈을 뜨고 쳐다보면서 불만을 토로했다.

"어차피 진짜도 아닌데 제가 대왕학이나 제왕학에 나올 시야를 넓히고 어쩌고를 배울 필요가 어디 있습니까? 안 그래요?"

뒤에서 세 사람의 대화를 듣고 있던 로운은 나름대로 속으로는 고개를 끄덕였다. 저렇게 버릇없는 녀석과 오래 여행을 하고 싶은 생각은 사실 손톱만큼도 없었다. 자신이 생각하기에도 저렇게나 싫어하는데 그냥 얼른얼른 아슈레이의 중간 지대로 들어가서 풍환을 받아 오는 쪽이 좋을 것이라는 생각도 들었기 때문이다.

"그렇게 간단한 것이 아닙니다. 풍환을 받아들이는 것은."

레이죠 장로는 아까 전과 조금도 다를 바 없는 표정으로 말했다. 어차피 세세히 설명을 하지 않으면 이 앞에 앉아 있는 소년(시안의 모습을 하고 있지만 일단 소년은 소년이다)은 제대로 들어주지도, 그리고 이해해 주지도 않을 것이라고 생각했다.

"풍환은 의식을 가진 힘입니다. 제 경험으로 비추어보았을 때, 그리고 역대 수장들의 기록을 봤을 때 아무리 거대한 엘의 힘을 가지고 태어난 자라고 해도 아슈레이의 최고신, 빛의 히오르와 어둠의 아타라세스로부터 기원하는 바람의 힘의 결정체 풍환의 힘은 호락호락하게 넘어오지 않습니다. 많은 시련을 거치고, 중간 지대에서 일어나는 그 이해할 수 없는 모든 현상과 상황을 넘어서야 비로소 풍환이 원하는 최고의 힘을 가지고 있으면서도 수장이 되어 많은 사람들 앞에 나설 수 있는 지도자가 될 수 있는 것이지요."

레이죠의 말에 방 안에 있던 사람들이 숙연해진다. 하지만 단 한 사람만큼은 숙연해지기는커녕 불끈 주먹을 쥐고 탁자를 치면서 일어났다.

"이봐요! 말이 다르잖아요, 말이!!"

시안은 방금 들은 사실 때문에 패닉 상태에 빠지고 있었다.

"말이 다르잖아요. 처음에 내가 이곳에 왔을 때는 그냥 풍옥을 받아들였으니까 그 아슈레인지 뭔지 하는 데 가서 풍환을 받아 오고 나면 다른 사람에게 그 힘을 이양하고 나서 돌려보내 준다고 해놓고 지금 무슨 소리하시는 겁니까!!"

왕이 되라고? 지도자의 자격? 그런 것이 도대체 자기에게 무슨 소용이 있는 것일까?

자신은 그저 이 익숙하지 않은 세상에서 다시 원래의 세상으로 돌아가면 그만이다. 물론 이곳에서 지금 나름대로 수장이니 계승자니 하는 위치가 맘에 들지 않는 것은 아니다. 가짜라고는 해도 몇 명이나 되는 사람들이 자신의 요구라면 무엇이든 들어주고 원하는 것은 어느 정도까지는 뭐든 해준다. 하지만 사람은 원래 있던 곳에서 사는 것이 가장 좋다고 시안은 그렇게 생각하고 있다.

별로 잘난 것도 아니고, 보통의 평범한 고등학교 학생이지만 그것으로 충분하다. 아니, 충분하다고 말하기에는 조금 어폐가 있을지 몰라도 자신은 현실의 사람이고 현실의 사람은 현실에서 아등바등 하면서 살아 나가는 쪽이 진리다.

"흥분하지 마십시오. 지금 시안님께 미메이라의 수장이 되셔서 이곳에서 살아달라는 뜻은 아니니까요."

카류가 흥분한 시안의 팔을 붙잡고 그를 진정시키려고 애를 썼다.

"레이죠 장로님은 그 정도의 인품과 경험을 쌓지 않고는 풍환의 힘을 받아들이실 수 없다는 말씀을 하셨을 뿐입니다. 물론 어려운 일이겠지만 이런 경험은 시안님이 설사 현실로 돌아가시더라도 시안님께 충분히 도움이 되는 일이지 않겠습니까? 이계에서는 겪을 수 없는 일들을 경험해 보시니 또 이런 기회가 어디 있겠습니까? 특별히 어려운 일을 하라는 것은 아닙니다. 그저 여행을 하시면서 사람들과 대화도 나누시고 구경도 하시고 그저 여러 가지를 보고 느끼시라는 것뿐입니다."

"……."

시안은 카류의 말을 듣고 그냥 입을 다물어 버렸다. 뭔가 자신의 생각과는 자꾸만 틀어져 이상한 방향으로 나아가는 것 같아서 기분이 굉장히 나빠져 버렸기 때문이다.

한참을 입을 다물고 뚱하게 앉아 있던 시안은 툭하고 레이죠 장로를 향해서 입을 열었다.

"그래서 그 계승론지 뭔지 하는 게 얼마나 걸리는 건가요?"

"때에 따라서 다릅니다. 저는 꼬박 1년이 걸렸지요."

"일 년?!!"

시안이 다시 자리에서 일어났다.

"누가 여기에 일 년이나 있겠대요? 내가 미쳤어요? …삼 개월!"

시안은 마음속으로 정해두었던 기간을 내세웠다.

"삼 개월이에요. 앞으로 삼 개월."

시안은 자리에서 벌떡 일어났다.

"여행이고 나발이고 다 필요없어요. 초단시간 내에 그 계승론지 뭔지를 주파해 줄 테니까. 나머지는 나 따라올 떨거지들한테나 설명하라구요. 알았어요? 삼 개월이에요, 삼 개월!!"

시안은 손가락 세 개를 세워 보이면서 앉아 있는 사람들에게 선언했다.

"삼 개월 후에는 나는 돌아갈 거예요. 반드시! 틀림없이!"

시안은 화를 버럭 내면서 문으로 바람처럼 달려가서 닫혀 있는

문을 벌컥 열었다.

"우, 우악!"

"꺄악!"

순간 시안의 머리에서 불꽃이 번쩍였다.

"우, 우우우욱. 머리야."

"죄, 죄송합니다. 죄송합니다, 시안님."

"아욱. 대갈통 빠개지겠네. 우씽."

시안은 머리를 부여잡고 잠시 머―엉하게 울리는 머리를 수습했다.

눈을 살짝 떠보니 앞에서 여관 서너 명이서 바닥에 흩어져 있는 그릇들과 음식들을 주워 담고 있었다.

바로 전에 시안과 부딪힌 여관은 식사를 가져왔다는 것을 알리려다가 불벼락을 맞은 것이었다.

"우욱. 이거 뭐에 부딪힌 거야."

시안은 아픈 머리를 연신 문지르면서 투덜댔다.

"죄송합니다, 시안님. 식사를 다시 가져다 드리겠습니다."

시안은 앞에서 자신과 같은 부위를 붙들고 눈물을 찔끔 흘리고 있는 여관을 보고 한숨을 푸욱 내쉬었다.

"나는 안 먹을 거니까 저 안에 앉아 있는 꼰대들이나 먹으라고 해요."

"하, 하지만 이 음식들은 전부 시안님의 입에 맞춘 것인데……."

"열받아서 먹고 싶은 생각도 없어져 버렸어요. 난 잠이나 잘 테니까 아침에 깨우러 오지 말라고 라헬한테 말해 둬요."

"예? 그, 그렇지만."

"라헬이 만약 아침에 날 깨우러 오면 고질라가 돼서 키리엔을 모조리 부셔 버리고 머리도 쏭당쏭당 잘라 버릴 것이라고 단단히 일러두라구요. 단단히!"

시안은 자신을 멍청하게 바라보는 여관들을 뒤로하고 여자라고 보기에는 절대로 불가능한 저벅저벅하는 걸음걸이로 자신의 내실로 걸어가기 시작했다.

"제길! 암튼 되는 일이 없다니까, 난."

여전히 그의 입에서는 불평 불만이 튀어나오고 있었다.

제7장

마웨트

The Wind of Ashurei

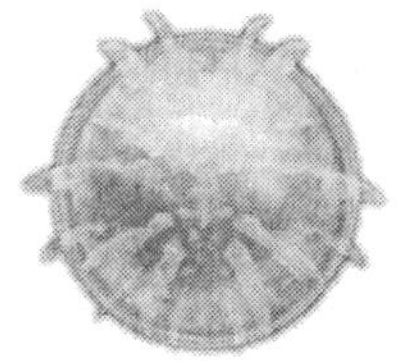

어슴푸레하게 빛나던 키리엔이 밝은 아침 햇살을 받아 반짝이기 시작할 무렵 우리의 주인공 시안은 침대에서 대굴대굴거리면서 주문들을 정리하고 있었다.

지금까지 정리한 주문들은 엘-다인, 엘-유린, 엘-사인, 엘-라사의 단계까지, 그리고 이제 시안은 마지막 단계인 엘-세지의 주문으로 접어들고 있다.

"이거 생각보다 재미있는 주문이 많구만. 역시 판타지 세계면 이런 게 나와야지. 이히힛."

주루룩—

머리카락이 흘러내린다. 하지만 그 머리카락이 흘러내리기가 무섭게 저절로 휘리릭— 하면서 다시 제자리로 돌아갔다.

"흐흐훗, 역시 재미있군. 머리카락 정리도 되고."

주문 공부를 하면서 시안은 가벼운 주문들을 그럭저럭 습득하고 있었다. 그중에서도 제일 재미있는 것이 바로 작은 바람을 일으켜서 흘러내리는 머리카락들을 뒤로 손을 안 대고 넘기는 것이었다.

시안은 침대에서 대굴거리다가 벌떡 일어나서 탁자 가득하게 쌓여 있는 음식물들 중에서 단단하게 구워진 빵 하나를 꺼냈다. 바게트 빵보다는 못하지만 여하튼 시안의 요구대로 설탕을 거의 뺀 후 구워진 요리관장 특제 빵이다.

빵을 우물거리면서 다시 침대에 뛰어든 시안은 적어두었던 바람술의 주문들을 훑어보았다.

삼 개월 선언을 하고서 잠이나 자겠다고 내실에 틀어박혔지만 이상하게 잠이 오지 않았다. 그리고 밥도 안 먹겠다고 선언했건만 내실에 들어가는 순간 다시 배가 요동치기 시작했던 것이다. 결국 시안은 자신의 방으로 있는 대로 먹을 것을 쌓아놓으라고 명령을 해놓고 지하 서고로 달려가서 읽다가 만 책 두 권을 들고 내실로 돌아왔던 것이다.

실제 시안이 쓸 수 있는 주문들은 거의 없었지만 다른 무엇보다 역시 판타지라고 하면 '마법'이라는 생각이 들어 주문들을 외우는 자체가 재미있었다. 그리고 거창한 바람술은 불가능하지만 자잘한 바람들을 일으키고 있는 자신이 신기하기도 했다.

그렇게 방 안에 틀어박힌 것이 오늘로 3일째.

물론 시안이 내실에 틀어박혀 있다고 사람들이 가만히 둘 리는 없었다. 중간중간 끊임없이 사람들이 드나들면서 이것은 어떻고 저것은 어떻고 오늘은 누구를 만나고 저녁은 누구와 함께하세요, 하는 주문들이 끊임없이 쏟아지고 있는 실정이었다.

하지만 시안은 앞으로 5일이면 이곳에서 벗어날 수 있다라는 단

하나의 희망을 가지고 있었기 때문에 짜증나는 면담 같은 것도 그럭저럭 해치울 수 있었다.

"그런데 이거 바람술사라고 하면서 하는 짓은 꼭 마법사 같구만."

두꺼운 책들을 찬찬히 살펴보던 시안은 나름대로 신기하다는 생각이 들었다. 아무리 생각해 봐도 바람술의 이미지는 '날아라, 바람아. 불어라, 폭풍아~' 같은 단순하게 바람을 일으키고 폭풍을 일으키는 정도다. 하지만 이곳 아슈레이에서 말하는 바람술이라는 것은 시안이 가지고 있는 그런 기본적인 고정관념을 완전히 깨버리는 것이었다.

"이래 봐야 말이 바람술사지, 거의 마법사구만. 도대체 뭐가 다른 건지 모르겠네."

카류와 레이죠 장로가 준 책들에는 수만 가지 바람술의 주문과 함께 그 설명이나 원리 같은 것이 적혀 있었다.

꼭 그 책에 적혀 있는 것 말고도 자신을 이곳으로 불러오는 데 사용되었던 이계 소환술이라든가 로운이 자신의 모습을 현재의 시안의 몸으로 만들었던 변환술. 그리고 자신이 머리를 잘랐을 때 다시 그 머리를 이어 붙이던 마법 같은 것을 생각해 보면 정말 바람술이라는 것은 다양하게 개발되어 있다는 생각밖에 들지 않는 것이다.

그중에서도 시안의 호기심을 제일 자극하는 것은 그 바람술사 최고의 단계라고 하는 엘-세지의 단계, 그것도 엘-세지의 바람술사 중에서도 특출난 능력을 가지고 있는 사람들을 일컫는 엘-사르트라는 단어였다.

엘-사르트의 단계까지 오른 사람들은 자신이 가지고 있는 힘이 바람의 신에게서 기원하든, 물의 신에게서 기원하든 간에 상관없이 거의 모든 주문을 구사할 수 있다. 그것은 바람술의 제일 기초적인 힘의 근원인 엘(EL)이라는 것이 결국에는 아슈레이의 신들인 빛의 신 히오르와 어둠의 신 아타라세스에서 기원하기 때문이다.

하지만 진정한 엘-사르트의 단계에 다다른 사람은 지금까지 이어 온 아슈레이의 역사를 통해 단 세 사람밖에 없었다고 한다.

"사르트 루하라는 게 기본적으로는 엘-사르트랑 통하는 건가, 그럼?"

책장을 넘기면서 시안이 중얼거렸다.

"앞으로 남은 것이 5일이니까 대충 주문들을 정리하는 데는 충분하겠구만."

미메이라의 역사나 아슈레이의 역사에는 도통 관심이 없는 시안이었지만 이 바람술서만큼은 시안의 마음에 꼭 들었다.

"그럼 일단 암기장을 만드는 것이 좋을 것 같은데. 우웅……."

지금 자신이 서울에 있다면 책상 서랍에 잔뜩 쌓아둔 암기용 수첩들 중 하나를 꺼내서 쓰면 간단하지만 지금 이곳은 서울이 아니다.

"할 수 없지, 뭐. 만드는 수밖에."

시안은 침대 옆에 있는 푸른색의 줄을 잡아당겼다.

밖에서 대기하고 있는 여관들이 필요할 때는 이렇게 부르면 간단하다.

나름대로 이 키리엔이라는 곳도 편한 곳이라고 생각하면서 시안은 라헬이 오기를 기다렸다.

"부르셨습니까, 시안님. 뭐 필요하신 것이라도 있으신지요."

"아, 저기 종이랑 펜이랑 가위나 칼 같은 것 좀 가져다 주세요."

"가위나 칼이요?"

라헬은 뜬금없는 시안의 주문을 듣다가 가위와 칼이라는 단어가 나오자 화들짝 놀라서 되물었다.

"걱정하지 말아요. 키리엔에 있는 동안은 머리 자르겠다고 더 이상 난리치지는 않을 테니까."

"……."

하지만 라헬은 못 믿겠다는 듯한 얼굴로 시안을 바라본다. 그도 그럴 것이 지금은 어떻게 되었는지는 모르지만 시안의 머리카락이 허리 가에서 찰랑대고 있다. 그러나 그녀는 자신이 며칠 전에 목격했던 그 끔찍한 장면을 잊지 못하고 있었다.

레이죠 장로의 단단한 주의 덕에 입 밖으로는 못 내고 있지만 말이다.

"하지만 그래도 가위나 칼은……."

"에이씨. 거참, 사람 말 되게 못 믿네. 그렇게 믿기 싫으면 내가 시키는 대로 종이나 잘라 와요. 그럼 되죠?"

"아, 예, 시안님."

시안은 짜증이 났지만 한 발자국 양보하기로 했다. 사실 시안은 자신이 머리를 자르는 것으로 라헬이 기절까지 할 줄은 정말 몰랐었다. 그 일 이후로 라헬의 얼굴이 반쪽이 되어버린 것은 아무래도 자신의 잘못이라는 생각에 조금 켕겨하고 있기도 했다.

"그러니까 손바닥 안에 딱 들어갈 만한 크기로 잘라다 주세요. 네모 반듯하게 한 100장 정도."

"예. 그런데 무엇에 쓰려고 그러시는지요."

"그런 것은 귀찮으니까 묻지 마요. 설마 그런 것 하나하나까지 물어봐야 한다는 법이 있는 것은 아니죠?"

"무, 물론입니다."

라헬은 시안의 말에 황급히 고개를 숙이면서 대답했다. 실제 여관이라고 하는 것은 시키는 일을 그대로 하면 되는 것이다. 지금 자신의 발언은 쓸데없는 참견에 월권 행위나 다름이 없다.

"그럼 가서 잘라다 주세요. 되도록 빨리."

"달리 필요한 것은 없으신지요."

"아, 없어요."

그리고 시안은 빨리 나가라는 듯이 손으로 나가라는 시늉을 했다.

라헬은 시안이 보든 말든 인사를 올리고 조용히 내실에서 물러났다.

"에잇! 이러니까 범죄자가 갱생하고 사회에 나와서도 또 어쩔 수 없이 범죄를 저지르게 되는 거라구. 쳇! 또 머리카락 자르고 싶어졌잖아."

이제는 투덜투덜 혼자서 중얼거리는 것이 버릇이 되어버린 시안.

시안은 혼자서 공시랑공시랑 연신 투덜대면서 남아 있는 바람술서의 페이지로 눈을 돌렸다.

＊　　　　＊　　　　＊

"자, 이 정도면 대충 된 건가."

기엘 디 하라스다인. 궁정 기사단 세아트 소속 로열 나이트. 그리고 궁정 기사단 후보생 수련 지도관.

기엘은 머리 속으로 지난 일들을 생각하면서 자신의 방 안을 둘러보았다.

지도관이기는 하지만 훈련생들과 별다를 바 없이 비슷한 공간에

서 자고 같은 음식을 먹고 같은 시간에 일어나고 같은 시간에 잠드는 생활을 벌써 몇 년이나 해왔었다.

이제는 키리엔에서 멀리 떨어져 있는 그의 저택에 있는 사실보다도 이 작은 수련원의 숙소에 더 더욱 애착이 들어가고 있었는데 이제는 이곳을 떠나야 한다.

"뭔가 기분이 좀 삼삼하군."

"저는 굉장히 섭섭합니다, 기엘님."

"아, 로엔."

"정말 불공평합니다, 이건. 이제 자리를 잡기 시작한 수련원은 어떻게 하라고."

로엔은 딱딱하게 굳은 얼굴로 기엘에게 말했다.

"로엔."

기엘은 정색을 하고 로엔을 불렀다. 그런 기엘을 보자 로엔 역시 조금 전과는 전혀 다른 표정으로 기엘을 쳐다보았다.

"나는 그렇게 생각하네. 뭐랄까, 사람이 자리를 만들어가는 법도 있지만 때로는 자리가 사람을 만든다고 말이야."

기엘은 조용조용하게 로엔에게 자신의 생각을 이야기했다.

"자네는 모르겠지만 내가 여기 처음 부임했을 때, 나는 그렇게 생각했었지. 수련 지도관이 뭐가 어려울까. 그냥 애들에게 기사도를 가르치고 검술을 가르치고 바람술을 가르치면 되지라고 말이야."

기엘은 정리되어 있는 침대에 앉으면서 로엔에게도 앉으라는 손짓을 했다.

"이거 뭐, 술이라도 한잔하면서 말하면 좋을 분위기군."

"아, 그럼 제가……."

기엘의 말에 자리에 앉으려던 로엔이 벌떡 일어서려는 것을 기엘이 말렸다.

"아니야. 말이 그렇다는 거지. 그냥 앉아."

"……."

"그렇게 생각했는데 말이야, 와보니 그게 아니더라구. 나는 나름대로 검술에는 꽤나 자신만만했거든? 그런데 그게 배우는 것과 내가 알고 있는 것을 가르치는 것 사이에는 상당한 차이가 있었지. 아, 혹시 나이트 가데스 기억나나?"

"나이트 가데스라면 사아르 나이트 가데스님을 말씀하시는 겁니까?"

"응, 그 친구. 지금은 어엿한 사아르 나이트지만 당시에는 정말 미칠 것 같았어. 아무리 가르쳐도 당최 늘어야 말이지. 나는 검이라는 것을 어릴 때부터 자연스럽게 배워왔어. 검을 들고 하루나 이틀쯤 마구 휘둘러대는 것 정도는 대수로 여기면서 자랐지. 그리고 내가 훈련생으로 있을 때는, 알고 있겠지만 우리 기수 때는 이상하게 검술에 뛰어난 녀석들이 많았거든."

"그랬었지요. 나이트 로크레슈님도 계셨고."

"맞아. 우리 기수 대부분이 로열 나이트가 되었으니까. 아무튼 내 생각에는 적어도 훈련원에 들어온 사람들이라면 어느 정도는 다들 검을 다룰 수 있다고 좀 착각을 하고 있었단 말이야. 하하하하."

'웃을 일이 아니지 않습니까'라고 말하고 싶었지만 로엔은 애써 그 말을 목구멍으로 삼켰다. 자신의 상관인 이 나이트 기엘은 가끔 좀… 뭐랄까? 일반 사람들과는 다른 가치 기준을 가지고 있다는 것을 종종 느끼고 있었기 때문이다.

"턱— 하고 일단 수련 지도관이 된 것까지는 좋은데 말이야. 들어와 보니까 그게 아니더라구. 이건 무슨 검을 곡괭이로 알고 휘두르

는 놈부터 시작해서 검만 들었다 하면 무조건 바람술을 쓰면서 무
슨 대단한 검술사인 양 날뛰는 사람도 있었고."

기엘은 과거를 되살리면서 피식 웃어버렸다. 당시의 자신이 얼마
나 얼뜬 상관이었는지 상상이 갔기 때문이다.

"배우는 것보다 배로 어려운 것이 가르치는 것이라는 것을 정말
절실히 깨달았지. 나이트 가데스에게 검은 곡괭이가 아니라는 것을
가르치는 데만도 한 달이 넘게 걸렸어. 덕택에 가데스가 수련원을
졸업하고 나이트 사아르가 되던 날에는 정말 감동의 눈물이 흐르더
라구."

창가로부터 들어오던 저녁 햇살이 사라지기 시작하자 기엘이 손
을 들어 라이트 주문을 외워 작은 빛의 구를 만들어 올렸다.

"나이트가 되기 위한 필요 충분 조건들은 모두 여기 수련원에서
배웠어. 훈련생일 때는 검술과 바람술을, 그리고 지도관이 되어서는
사람들을 가르치는 법, 그들을 통솔하는 법, 그리고 무엇보다
도……."

기엘은 로엔을 바라보았다.

"자네 같은 좋은 부관을 만났지. 제일 중요한 것은 역시 사람이
야. 좋은 사람을 많이 만나서 그들과 관계를 엮어 나가는 것이랄
까?"

어슴푸레하게 작은 방을 비추고 있는 라이트. 그 빛에 마치 폭탄
을 맞은 것처럼 잔뜩 어지러져 있는 방 안 전경이 한눈에 들어왔다.

"하지만 역시 방 정리하는 것은 못 배우신 모양입니다. 제가 처음
부임했을 때와 전혀 달라진 것이 없는 것을 보면 말입니다."

"하하하. 그건 다 로운 때문이야. 그 녀석이 나랑 한방을 쓰면서
나를 이렇게 길들였거든. 원래도 정리하는 데는 소질이 없지만 로

운은 나랑 전혀 달랐거든. 수건 하나 떨어져 있는 것을 본 적이 없으니까."

기엘은 거기까지 이야기하다가 슬슬 일어나야겠다고 생각했다.

"뭐 어차피 다시 로운과 한팀이 될 것 같으니까 다행이라면 다행이겠지. 자, 자네도 이만 나가보라구. 여기 정리야 어떻게든 되지 않겠어?"

"안 되면 돌풍이라도 불게 해서 모조리 날려 버릴 요량이시죠?"

"어? 어떻게 알았어? 하하하핫."

"뭐 그 정도는 얼마든지 상상할 수 있습니다. 지난번에 수련장 청소를 하라고 하시고는 귀찮다면서 모조리 날려 버린 것. 저 잊지 않고 기억하고 있습니다."

"푸하하하. 그런 것은 잊어버리라구, 제발. 그렇지 않아도 그것 때문에 얼마나 깨졌는데."

로엔은 이 반듯하면서도 어딘가 엉뚱한 면이 있는 상관의 얼굴을 똑똑히 머리 속에 담았다.

아마도 기엘이 계승로에서 돌아오면 틀림없이 사르트 루하가 되어 두 번 다시 이 수련원에는 돌아오지 못할 사람이 될 것이다. 그리고 그는 사르트 루하가 될 자격이 충분히 있다고 생각하고 있기에 로엔의 마음은 편하지가 않았다.

"저택으로 돌아가십니까?"

"응. 일단 그래야지. 어머님도 오래 보지 못했고. 형님이야 가끔 뵙지만. 일단은 떠나기 전에 며칠이라도 어머님께 효도를 해야 하지 않겠어?"

"제가 모시겠습니다."

"아니, 됐어. 한두 살 먹은 어린애도 아니고 날 집도 못 찾아가는 바보로 아는 거야?"

"아닙니다. 그럴 리가 있겠습니까? 하지만 분명 혼자 가시면 가시다가 말고 귀찮다고 길가에 짐을 던져 버리고 가실 겁니다. 제가 모시고 가겠습니다."

"어이, 이봐. 자네 상관을 뭘로 보는 거야?"

"뭐, 기엘님이야 기엘님이죠. 뭐 다른 것이라도 있습니까?"

"하이고. 여하튼 말로는 못 당한다니까."

"감사합니다."

로엔은 기엘이 울퉁불퉁하게 꾸려놓은 짐을 집어 들었다. 속마음이야 이 울퉁불퉁한 짐을 풀어서 제대로 꾸려주고 싶지만 차마 그렇게까지는 못하는 로엔이었다.

"그럼, 가실까요?"

"어, 그거 무거워. 내가 들건데."

"아니, 괜찮습니다. 이 정도는 제가 들어드려야죠."

로엔이 너털웃음을 지으면서 자신의 상관을 바라본다.

"그래. 가자구, 가. 날 빨리 보내지 못해서 안달인 모양이니."

"하하하하."

기엘은 남아 있는 짐을 들고 자신이 이곳에 온 순간부터 써온 방 안을 한번 돌아다보았다. 언제나 제대로 정리를 하지 못해서 어수선했던 방. 하지만 많은 추억이 있는 방이다.

'뭐, 언젠가 다시 한 번…….'

기엘은 떠오르는 생각의 자락을 애써 지워 버린다.

"라이트 오프(Light off)."

피식 소리를 내면서 떠올라 있던 빛의 구체가 순식간에 꺼졌다.

그렇게 기엘은 자신이 몇 년 동안 지내왔던 이 수련원을 떠나갔다.

"짐은 이것뿐입니까? 프리스트 로운?"

"아, 뭐. 그 정도면 되지 뭐."

사실 신관에게는 특별한 사생활이라는 것이 없다.

모든 신관은 똑같은 시간에 일어나서 똑같은 스케줄로 하루를 보낸다. 기본적으로 개인 시간을 가질 수 있는 신관은 거의 없다.

특히 로운의 경우 신전에 들어올 때 모든 것을 버리고 거의 홀홀단신으로 입고 있던 옷 한 벌만을 가지고 들어왔기 때문에 특별히 자기 것이라고 할 만한 물건도 이렇다 하게 없는 편이었다.

사실 미메이라의 미메이라 신전은 다른 신전과는 달라서 어느 정도는 개인 사물을 지참하고 신전에 들어올 수 있었다. 신관이 되더라도 특별히 본가와의 관계를 완전히 끊도록 강요하지도 않는다. 하지만 로운의 경우 집안의 극심한 반대를 무릅쓰며 들어왔기 때문에 다른 신관들과는 상당히 경우가 달랐다.

특히 로운이 다른 신관과 다른 점은 일반적으로 견습 신관들이 약관 10세 정도의 나이로 신전에 들어오는 것과는 달리 이미 로열 나이트로서 봉직하다가 신관이 되었기 때문이다.

보통 견습 신관이 되기 위해서는 기본적으로 신의 사랑을 받고 태어난 자. 즉 일정 이상의 엘을 가지고 있는 사람들이다. 그중에서도 바람의 땅에서 태어났음에도 불구하고 바람술 이외에 생명술이나 기타 다른 능력, 즉 수(水)계나 지(地)계, 화(火)계 등의 능력을 가지고 있는 자들이 주로 신관의 길을 걷게 된다. 그 이유는 바람의 신을 섬기는 신관이지만 기본적으로 그들의 신학이 모든 사람들을 위해 가지고 있는 모든 능력을 다하여 섬긴다라는 것이기 때문이다. 그들은 그것을 곧 자신들의 신인 미메이라의 영광이 되는 일이라고 생각하고 있다.

　로운이 로열 나이트였으면서 만일 바람술만을 쓸 수 있는 사람이었다면 설사 그가 강력하게 신관이 되기를 바랐다고 해도 신관이 될 수 없었다. 하지만 그는 로열 나이트 중에서도 차대 사르트 루하가 될 수 있는 소질을 가지고 있었기 때문에 특례로 입관이 허락되었던 것이었다.

　"사실 짐이랄 것도 없잖아? 옷가지 몇 개 챙겨가는 것뿐이니까."

　로운의 사실을 정리해 주기 위해서 들어온 견습 신관에게 로운은 조금은 삐딱한 듯한 목소리로 말했다.

　"나머지 필요한 것은 키리엔에서 따로 준비를 해줄 테니까."

　"자택으로는 돌아가지 않으십니까? 그래도 먼 길을 떠나는 것인데……."

　"뭐 별로 그런 것을 신경 쓸 사람도 없어. 떠나는 사람은 조용하게 떠나는 게 제일 좋은 법이지."

　사실 로운은 딱히 계승로에 동참하고 싶은 생각은 특별히 없었다.

　그것은 이미 자신이 세속과는 관계를 끊은 신관이라고 생각하고 있기 때문이기도 했고, 설사 지금은 깨끗하게 정리했다고 해도 자신의 약혼녀였던 시안과 다시 만나고 싶은 생각도 없었기 때문이다.

　실제 자신이 공식 행사 때문에 키리엔에 가기만 하면 아버지가 기다리고 있다가 다시 환속하라고 압력을 넣기도 했던 까닭도 있다.

　하지만 결국 자신의 뜻이 어쨌든 간에 그는 시안과(가짜지만) 함께 여행을 떠나야 하는 운명에 처해 버린 것이다.

　그것에는 다분히 아버지의 압력을 받은 카류의 어쩔 수 없는 선택이었을지도 모른다는 생각이 안 드는 것도 아니다. 아무리 자신이 신관이 되었다고는 하나 그가 가진 배경은 그가 평범한 신관으로 머물게 해주지 않았기 때문이다. 그가 견습 신관의 신분이었을 때 이례적으로 대신관 카류가 자신의 교육 담당이 되었을 때부터 그것은 이미 눈치를 채고 있었다.

로운이 잠시 감상에 빠져 있던 그때 견습 신관 하나가 로운의 사실로 급하게 뛰어왔다.

"로운 신관님, 대신관님께서 부르십니다. 여장을 꾸려서 급히 오시라는 전갈입니다."

"응? 도대체 이 밤중에 무슨 일이지?"

헐떡이며 뛰어온 견습 신관을 볼 때 분명 엄청나게 중요한 일임에는 틀림이 없다. 하지만 지금 여장을 꾸리고 있는 이 시점에서 아무리 머리를 돌려봐도 도대체 무슨 사건이 일어났는지 알 수가 없었다.

'설마 이 꼬마 녀석 날짜도 얼마 안 남았는데 또 머리라도 자르겠다고 설치는 거 아니야?'

"서둘러 주십시오. 궁에서 사람이 왔습니다."

"뭐?"

로운은 자신이 농담처럼 생각했던 일이 설마 현실로 일어난 것인가 싶어서 깜짝 놀랐다.

"대신관님은 어디 계시지?"

"이미 밖으로 나가셨습니다."

로운은 급하게 외투를 걸치고 간단하게 꾸려놓은 짐을 집어 들었다.

"나참, 이 밤중에 또 무슨 소란이람."

"이쪽입니다."

로운은 견습 신관의 뒤를 따라서 황급하게 뛰어갔다.

*   *   *

"화염계 주문이라. 바람술서에 웬 화염계 주문이람. 정말 웃기는 책이야."

시안은 손을 앞으로 내밀고 검지와 중지를 꼬았다.

화염계 주문 중 제일 간단한 것 중의 하나가 바로 라이트(Light)라는 것으로 어둠을 밝히는 데 사용되는 주문이다.

"될까 모르겠네."

시안은 입맛을 다시면서 정신을 집중했다. 숙련된 바람술사라면 간단한 시동어 정도로 라이트를 쓸 수 있지만 시안의 경우는 그 기본이라는 것을 아직 잘 모르기 때문에 쓰여 있는 그대로 따라 할 수밖에 없다.

"시안 리에 디 하로이옌 미메이라. 에잇. 이름도 더럽게 기네…. 그리고 에 또… 호로스의 불길이여, 눈앞에 모습을 드러내라. 라이트."

주문을 마치며 시안은 꼬았던 손가락을 튕겼다.

하지만 그 손가락에는 라이트는커녕 불꽃조차 튀지 않는다.

"엑~ 안 되네. 이상하다. 아! 그렇지 주문을 외우면서는 딴소리 하면 안 되지. 시안 리에 디 하로이옌 미메이라. 호로스의 불길이여, 눈앞에 모습을 드러내라. 라이트!"

시안이 멋지게 손가락을 튕겼다. 그 손끝에서 화악하고 불길이 일어났다가 다시 사그라들더니 그 손가락 끝에 야구공만한 빛의 구체가 떠올랐다.

"오호, 되는군. 으흐흐흐. 역시 난 멋지다니까."

하지만 그 빛의 구체는 지금 시안의 방 천장 한구석에서 빛나고 있는 라이트에 비하면 농구공과 탁구공의 차이다.

"으음. 다시! 시안 리에 디 하로이옌 미메이라. 호로스의 불길이여, 눈앞에 모습을 드러내라. 라이트!"

서너 차례 주문이 반복되고 그때마다 빛의 구체가 생겨났다. 이제 시안의 방은 서치 라이트라도 비춘 것처럼 환해졌다. 하지만 역시 시안이 만들어낸 라이트는 아직도 야구공만한 수준.

"쉽지 않은데 이거. 우웅. 이건 또 어떻게 끄는 건가."

시안은 책을 보았다. 시동어는 꽤 길지만 끄는 것은 간단.

"호오, 이건 쉽군. 좋아, 간다. 박경하표 라이트 *끄기*. 라이트 오프 (Light off)."

순간 피리릭 소리를 내면서 일제히 빛의 구가 사라졌다.

주위가 캄캄해졌다.

"어. 어라?"

시안의 라이트 오프 주문이 시안의 방을 밝히고 있던 제일 큰 라이트까지 꺼버린 것이다.

"으윽. 제기랄, 이 바보 라이트. 너까지 꺼지면 어떻게 하냐?"

시안이 투덜거리면서 다시 주문을 외우려고 하는 순간 시안의 머리 속에 기발한 아이디어가 생각났다.

그것은 바로 조금 전 박경하표 운운하며 했던 라이트 끄기 권법 (?)에서 착안한 것이다.

"흐음. 내 이름으로도 될려나? 이거 원래 자신의 힘으로 하는 거라고 했으니까."

뭔가 재미있어진다는 생각에 시안은 방금 생각난 걸로 시도했다.

"박경하. 호로스의 불길이여, 눈앞에 모습을 드러내라. 라이트!"

주문이 끝나기가 무섭게 시안의 앞에 화르륵하는 불꽃이 치솟았다.

"우, 우악! 이, 이게 뭐얏!"

시안은 놀라서 후다다닥 창가로 도망을 갔다.

화르륵하고 천장까지 닿을 것처럼 솟아오른 불꽃은 이내 사그라들고 그 자리에는 아까 천장에 떠 있던 것의 두 배에 가까운 빛의 구체가 둥실거리고 있었다.

"어, 어라. 이거 너무 크잖아."

시도까지는 좋았지만 아무래도 조금은 무리가 있었던 모양이었다.

"어떻게 하나 이걸……."

시안은 다시 아까처럼 시안이라는 이름으로 다시 라이트를 만들어보았다. 하지만 그쪽은 역시 야구공 수준. 결국 시안은 포기하고 아직까지도 중간에 둥실둥실 떠 있는 라이트를 보면서 한숨을 쉬었다.

"역시 나는 되는 일이 없다니까. 참나."

조금 전에 암기용 종이를 가져다 준 라헬이 한소리했었다. 내실에서 바람술을 쓰지 말라고 말이다. 그 이유는 시안이 이것저것 작은 주문들을 연습하다가 그만 내실을 완벽하게 한바탕 뒤집어놓았기 때문이었다. 만일 이 둥실둥실한 거대한 라이트를 발견하면 분명 '침대에서는 불장난하지 말라고 했죠!' 라고 엄마처럼 잔소리를 할 것이 틀림없다.

"이봐, 라이트 양반. 너 좀 작아질 수 없어? 이대로라면 들킨단 말야."

의기소침해진 시안은 둥실거리고 있는 라이트를 향해 말을 걸어
본다.

"……."

하지만 커다란 달덩이처럼 빛나고 있는 라이트는 그저 제자리를
지킬 뿐.

결국 시안은 그 달덩이에게 '위로 올라가 버렷!'이라고 소리를
지르고 다시 침대로 기어 올라갔다.

"에이, 주문이나 정리하자."

'위로 올라가 버렷!'이라는 건방지기 짝이 없는 명령을 들은 구
체는, 명령을 내린 시안은 거들떠보지도 않는 가운데 슬금슬금 떠
올라서 천장 한구석에 자리 잡았다. 그리고 그 구체는 조금 전에 시
안이 애원하듯 부탁한 대로 조금씩 작아지기 시작해서 원래의 라이
트만한 크기가 되더니 수축을 멈추었다.

물론, 시안은 주문을 정리하느라 눈치 채지 못했지만 말이다.

"시안님, 잠자리에 드실 시간입니다."

"아, 벌써 시간이 그렇게 된 건가?"

몇 명의 여관들이 들어와서 시안이 어질러 놓은, 음식물이 가득
쌓아 올려져 있는 식탁을 치우기 시작했다.

"거기. 과일이랑 물병은 좀 놓고 가요. 밤에 배고프면 먹게."

그 말을 들은 여관들이 자신을 힐끔 쳐다보든지 말든지 시안은
종이 쪽지에 주문을 옮겨 적느라 여념이 없다.

여관들은 '시안님이 좀 살찌신 것 같지 않아?' 라던가 '이상하게
많이 드시는 것 같아' 등등을 소곤소곤 떠들면서 남은 음식물들을

들고 나갔다.

"우웅. 그럼 이 주문은… 로. 조하. 아슈레이. 미메이라 바람의 시작과 끝. 아타라세스와 암흑의… 어? 뭔가 좀 이상하네?"

시안은 주문을 받아 적던 손을 멈추었다.

뭔가 이상한 것을 눈치 챘기 때문이다.

일반적으로 지금까지 옮겨 적었던 주문들은 반드시라고 할 만큼 '로. 조하. 아슈레이.'라는 단어가 들어갔다. 미메이라 바람의 시작과 끝이라는 단어도 80% 정도의 비율로 등장. 하지만 아타라세스라는 어둠의 신의 이름이 들어가는 주문은 처음이었다.

이름하여 정화술이라는 이름이 붙은 주문. 그 주문은 보통 주문의 배가 넘는 길이로 길게 적혀져 있다.

"에라, 모르겠다. 일단 적어두면 도움이 되겠지. 로. 조하. 아슈레이. 미메이라 바람의 시작과 끝. 아타라세스와 암흑의 힘. 그 심연의 어둠으로부터 시작하여 끝까지 다다르니 아타라세스에게서 파라이네시스의… 제길, 졸나 기네. 파라이네시스의 영광을 따르라. 마웨트."

마지막 시동어를 적는 시안에게 라헬이 물었다.

"시안님, 지금 뭐라고 말씀하셨나요?"

"아니, 별거 아닌데요. 그냥 주문을 좀 정리하고 있는 중인데 무슨 일… 어?"

순간 시안의 손에 들려 있던 깃털 펜이 잉크 방울을 흩날리면서 바닥으로 떨어졌다.

"시안님?"

시안은 시야가 뿌옇게 되는 것을 느꼈다. 동시에 손가락에서부터 온몸의 힘이 빠져나가기 시작했다.

“어. 라, 라헬, 나 좀 뭔가 이상하……”

“시, 시안님!!”

스르륵하고 침대 가에 길게 누워 있던 시안의 몸이 바닥으로 떨어졌다.

“꺄아아아아아아악!!”

찢어질 듯한 비명 소리가 내실을 가로질렀다.

“시안님!! 시안님!!”

“시안님!!”

음식을 내가던 여관들이 쟁반을 떨어뜨리고 시안에게 달려왔다.

쓰러진 시안의 몸에서 식은땀이 송송 배어 나왔다.

라헬은 기절하듯 쓰러진 시안의 몸을 부둥켜안고 그녀를 깨우기 위해 온갖 힘을 다했다.

“시안님. 제발! 시안님, 눈을 뜨세요. 시안님!”

시안의 플로티나 블론드가 사방으로 흩어졌다. 아무런 의미도 없는 장면이었지만, 정말 머리카락이 흩어지는 것은 자연스러운 일이었지만 그 순간 라헬은 뭔가 이상하다는 것을 깨달았다.

‘뭔가, 무엇인가가 달라.’

“시안님. 시안님, 정신 차리세요.”

다른 여관이 다가와서 시안의 몸에 손을 댔다.

“조용. 조용히 해!!”

“여, 여관장님.”

“다들 입 다물고 조용히 해!”

서슬이 퍼런 라헬의 말에 옆쪽에 앉아 있던 여관이 급하게 숨을 멈추었다. 그리고 뒤이어 그녀에게서 딸꾹거리는 소리가 흘러나왔다.

“숨을 멈춰.”

라헬은 손을 들어 모두 미동도 하지 말라는 시늉을 했다.

라헬에게는 그리 커다란 능력이 있는 것은 아니다. 단지 여관장이 될 만큼의 능력이 있을 뿐. 하지만 그 능력은 시안의 몸에 무엇인가 문제가 있다는 것을 순식간에 알아낼 수 있을 정도는 되었다. 오랜 시간 동안 여관 일을 해오며 발달된 미묘한 감각이 지금 눈을 뜬 것이었다.

그녀는 눈을 감고 신경을 집중했다. 아무것도 느껴지지 않았다.

“없어.”

“예?”

“흐름이 멈추었어. 파장도. 아무것도 없어.”

정말 아무것도 느껴지지 않았다. 하지만 라헬은 그제서야 시안이 침대에서 굴러 떨어지는 그 순간부터 느꼈던 그 묘한 이질감이 무엇인지 깨달았다.

언제나 시안의 내실로 들어서면 방 안 가득하게 그녀의 파장이 차 있었다. 때문에, 시안은 느끼지 못했지만 약간이라도 엘의 파장을 느낄 수 있는 여관들은 조금은 부담스럽게 그녀의 내실을 드나들었던 것이다. 시안이 수행식에서 돌아온 날부터 어느 정도의 엘을 가지지 못한 여관은 아예 시안의 내실에 발도 디디지 못했던 것이다. 그러던 것이 조금 전 그 쓰러지던 시점을 기점으로 깨끗하게 사라진 것이다.

“라헬님, 도대체 뭐가 없다는 말씀이신지요.”

“느끼고도 몰라? 넌 언제나 시안님의 내실에 들어오면 가슴이 답답하다고 했었잖아. 봐! 지금은 어떤가.”

“어, 정말. 뭔가……”

라헬은 입술을 깨물었다.

그렇게나 방 안 가득히, 아니, 궁 저 멀리에서도 느낄 수 있을 만큼의 강력한 엘을 가지고 있던 사람이 이런 상태라면 절대로 무사할 리가 없다.

"안 돼. 그럴 수는 없어. 로. 조하. 아슈레이. 미메이라 바람의 시작에서 끝. 메 하니다(정결케 하는 바람)."

부웅— 하고 라헬의 손에서 희미한 빛과 함께 바람이 쏟아져 나왔다. 여관장들이 필수 불가결하게 익히는 생명의 술 중 한 가지.

하지만 시안은 라헬의 생명의 술도 소용없이 점점 체온을 잃어가고 있었다.

"안 돼, 내 힘으로는. 어서 가서 의관들과 대신관님을 청해. 생명의 정화술을 쓰실 수 있는 분은 그분밖에 없어."

"시안님."

"빨리!"

"예, 알겠습니다."

라헬은 심장이 두근거리면서 커다란 북소리가 되어 울리고 있는 것을 느끼고 있었다. 일 초 일 초가 너무나도 긴 시간.

자신의 짐작이 틀림없다면 시안은 지금 주문에 의해서든 아니면 불의의 사고이든 간에 온몸을 중심으로 흐르던 엘의 흐름이 완전히 막혀 있는 상태다. 그리고 흐름뿐만이 아니라 살아 있는 모든 생명이라면 당연히 내야 할 엘의 파장까지 완벽하게 끊어져 있는 상태.

"시안님, 제발 정신 차리세요. 제발."

라헬은 싸늘하게 식어가는 시안의 몸을 감싸 안았다.

대신관 카류가 로운과 함께 도착했다.

그들이 도착하자마자 본 것은 시안을 담당하는 여관들이 사색이
되어 시안의 내실 앞에서 울고 있는 모습이었다.

"대체 이게 무슨 일인가."

카류는 황급히 안으로 들어섰다.

안에서는 서너 명의 의관들이 시안의 옆에 붙어 앉아 있다가 황
급하게 일어섰다.

"그게 글쎄 저희도 영문을 모르겠습니다. 단지."

의관들은 모두 신관에서 교육받은 자들이기에 카류와 로운이 들
어서자 자리를 비켰다.

"여관장의 말에 의하면 이곳에서 주문을 정리하시다가 갑자
기……."

"됐네."

카류는 의관들의 말을 듣기도 전에 시안의 상태를 알아차렸다.

라헬과 마찬가지로 시안의 내실로 들어오는 순간 시안의 변화를
이미 깨닫고 있었기 때문이었다.

"주문 정리를 하시다가… 라면."

로운이 재빨리 옆에 흩어져 있는 바람술서를 집어 들었다.

펼쳐져 있는 페이지에는 바람의 정화술들이 적혀 있는 페이지.
하지만 아무리 살펴보아도 시안이 혼수 상태에 빠질 만큼 문제가
되는 주문은 없었다.

흐르는 엘의 파장을 끊어 파장까지 봉쇄해 버리는 주문이 적혀
있을 만한 페이지가 아니었다.

"여관장……."

"네, 프리스트 로운."

"실신하시기 전에 뭔가 들은 것이나 본 것은?"

“그제 저녁부터 내내 바람술서들을 보고 계셨습니다. 그리고 계속 바람술을 시험해 보셨던 것은 알고 있습니다만.”

“그리고?”

“제게 종이를 잘라 달라고 하시고는 그 종이에 계속 주문을 옮겨 적으셨을 뿐입니다. 그것이 다입니다.”

카류는 이제는 새파랗게 질리다 못해 거의 혈색을 잃고 있는 시안의 얼굴 위에 손을 대었다.

손가락 사이로 실처럼 가늘게 시안의 숨이 느껴진다.

카류가 눈을 감고 시안에게 신경을 집중하는 동안 로운은 바닥과 침대 여기저기에 흩어져 있던 종잇조각들을 모았다.

종잇조각들에는 여러 가지 주문이 차례대로 적혀 있었고 어떤 주문인지에 대한 간단한 설명이 적혀 있을 뿐이다. 대부분의 주문은 아직은 시안이 쓰기에는 무리인 주문들이었다.

“모두 물러나게. 로운은 남고.”

한참 동안 시안의 상태를 살피던 카류가 말하자 마치 물이라도 빠지는 것처럼 의관들과 여관들이 자리를 떴다.

로운은 사람들이 나가기를 기다렸다가 카류에게 말했다.

“상태는요?”

“누군가 손을 쓴 거야.”

“예?”

“뭐 찾은 것은 없나?”

카류는 로운이 들고 있는 종이 쪽지로 시선을 옮겼다.

“여러 가지 있습니다만 이건 주문을 잘못 시전한 경우와는 틀립니다. 이런 주문들이 잘못 시전되는 경우엔 엘의 파장이 뒤틀려 버릴 수는 있습니다만 이렇게 완벽하게 흐름을 차단할 정도의 주문은 없습니다.”

말을 마친 로운이 남아 있는 몇 개의 종잇조각들을 살펴보다가 순간 숨을 들이마셨다.

“이, 이건.”

“뭔가.”

로운은 황급히 자신이 들고 있던 종잇조각을 카류에게 건넸다.

그 종이 쪽지를 본 카류의 눈이 번쩍하고 뜨였다.

“자동 발동 주문?”

종이 쪽지를 들은 카류의 손이 눈에 보일 정도로 떨렸다.

“어떻게 마웨트계의 주문이……”

마웨트계의 주문은 말하자면 일종의 실전용의 주문으로 구분된다. 물론 실전용이 아닌 주문은 없겠지만 특히 이 마웨트계의 주문들은 기본적으로 인명 살상용의 의미에서 실전용 주문으로 분류되고 있는 것이다.

마웨트는 아슈레이의 고대어로 의미는 ‘죽음’. 그래서 마웨트로 끝나는 주문들은 대부분 죽음으로 이어지는 주문들이 대부분이다.

하지만 지금 종이 쪽지에 적혀 있는 주문은 특별한 주문이다.

“이런 주문을 어떻게 시안님께서……”

일반적으로 주문이라는 것은 그것을 시전하는 자가 있고 그리고 그것을 받는 피시전자가 있다. 하지만 문제의 그 주문은 시전하는 자를 고의로 노리고 만들어진 것이다. 말하자면 주문을 모르는 자가 이 주문을 소리내어 읽게 되면 자동으로 주문이 발동되면서 시전자의 생명을 앗아가는 일종의 암살용 주문이었던 것이다.

“하지만 이 주문 때문이라면 벌써 이전에 숨이 끊어져야 당연한 것 아닙니까. 게다가 이 주문은 신력을 가진 사람들에게만 발동하도록 조작되어 있는 겁니다."

"돌아가시지 않은 것은 나름대로의 이유가 있기 때문일 것이야. 그것이 모두 미메이라의 뜻일 수도 있는 것이고. 일단 이 상태로 방치할 수는 없어."

카류는 차가워진 시안의 손을 잡았다.

신의 축복을 받고 태어난 자. 즉 신력인 엘을 가진 자가 엘을 잃게 되면 머지않아 죽음에 이르게 된다. 설사 지금 살아 있다고 해도……

그것은 보통 사람은 받지 않는 특별한 신의 축복의 단 하나뿐인 대가인 것이다.

"범인이 누구인지는 나중 일일세. 신전으로 연락해서 생명의 술에 능한 신관들을 골라서 보내도록 하게."

"예, 알겠습니다."

로운은 카류의 명령이 떨어지자마자 굳게 닫혀 있던 시안의 내실 창문을 열었다.

"로운 디 로크레슈. 바람의 이름 미메이라 시작에서 끝. 아샨."

로운의 말이 끝나기가 무섭게 흐르던 공기가 한자리로 모여들어 희미한 모양으로 뭉쳐지기 시작한다. 모여진 공기는 어느새 한 마리의 새 모양으로 화하여 로운의 앞에서 작게 날갯짓을 시작했다.

"프리스트 로운의 명령이다. 생명의 술에 능한 신관들을 속히 키리엔으로."

전할 말을 마친 로운은 손가락을 들어 새의 머리를 가볍게 치면서 시동어를 외웠다.

"오로프(연락의 새)."

작은 몸짓이 순간 커다란 날갯짓으로 변하더니 이내 그 바람의 새는 로운의 앞에서 사라졌다.

"곧 답신이 올 것입니다, 대신관님."

몸을 돌리며 말을 하다가 말고 로운은 그 자리에 멈추어 섰다.

강력한 엘의 파장이 자신의 얼굴 바로 앞까지 가시화되어 있었다.

'헉! 이, 이런.'

마치 번개가 미친 듯이 치고 있는 구름의 한가운데에 있는 것처럼 카류는 자신의 엘을 순수한 형태로 가시화시켰다.

웅웅거리는 바람 소리가 카류의 귀를 마비시키는 것만 같았다.

방사형으로 흩어진 엘은 서서히 중심으로 모여들었다. 그것이 자신의 손아귀에 들어갈 정도로 수축했을 때 카류는 그 강력한 힘의 구체를 시안의 심장께에 올리고 소리쳤다.

"엘-마케트!!"

슈욱― 하는 소리를 내면서 구체는 시안의 몸속으로 빨려 들어갔다. 곧 이어 마치 전기 충격이라도 받은 것처럼 시안의 신체가 요동하기 시작했다.

방금 카류가 쓴 주문은 죽음에 다다른 자에게 자신의 엘을 주입하여 생명을 연장하게 하는 주문.

하지만 그 주문은 카류의 노고에도 불구하고 소용이 없었다.

잠시 요동치던 시안의 신체는 조금 전과 다를 바 없이 차갑게 식은 채 변하지 않았기 때문이다.

"조금이라도. 조금이라도 틈을 만들어내야 해."

"하지만 그런 주문은……."

"시안님께 해가 될지도 모르지만 지금은 어쩔 수 없지 않은가. 마웨트의 주문에 걸린 사람을 실제로 본 기억도 까마득할 정도야."

살상용의 주문들은 사실 전쟁이라도 일어나지 않는 이상은 거의 쓰일 수가 없다. 가끔 변방에서 아슈레이의 중간 지대로부터 흘러 나온 듯한 마물이 나타났을 때나 쓰일까 말까.

"이대로 물러설 수는 없어. 어떻게 여기까지 시안님을 이끌어왔 는데."

단 한 번의 시전만으로도 카류는 식은땀을 흘리고 있었다. 그 만 큼 엘-마케트는 시전자에게도 무리가 가는 주문이다.

"제가 해보겠습니다."

로운은 자신이 알고 있던 모든 기억을 되살려 필사적으로 주문을 찾았다.

흐름이 막혀 있는 엘을 다시 발동시킬 수 있을 만한 주문이 과연 무엇이 있을까?

엘이라는 것은 기본적으로 흐르는 것이다. 신의 축복을 가진 자 의 몸속에서 끊임없이 움직이고 끊임없이 흐르는 것이 바로 엘.

'막힌 흐름을 다시 흐르게 한다라…'

로운은 두 주먹을 굳게 쥐었다. 여기서 포기한다면 지금까지 해 온 그 모든 수고가 헛수고가 되는 것이다. 그것은 아마 이미 세상을 떠난 시안도 바라지 않는 일일 것이다.

'혹시 그것이라면 통하지 않을까?'

"잠시 물러나 계십시오."

마음을 굳게 먹은 로운이 카류에게 말했다. 카류는 잠시 로운을 바라보다가 선선히 로운에게 자리를 내주었다.

"막혀 있는 것이라면 외부에서 강력하게 흐름을 유도한다면 그 흐름에 따라갈지도 모릅니다. 기본적으로 엘은 움직이는 것이니까 요."

로운이 생각한 방법은 단순했다.

움직이지 않는 것을 움직이는 법은 외부에서 힘을 가해서 그것을 억지로라도 움직이게 하는 것뿐.

"하아."

가볍게 심호흡을 한 로운은 두 팔을 올렸다.

가장 순수한 힘. 그것은 바로 엘의 흐름이 가져오는 힘이다.

"로. 조하. 아슈레이. 미메이라의 영광. 그 바람의 시작과 끝."

모든 주문을 시작하는 기본적인 주문.

그것은 시전자의 엘을 몸속에서 끌어내는 주문이다.

파라락─ 소리가 나면서 로운의 옷깃이 바람에 흔들렸다. 이어 쉐에엑─ 하는 파공성과 함께 로운의 몸에서 그가 가진 모든 엘의 힘이 폭발적으로 쏟아져 나왔다.

생명의 흐름. 신의 축복. 신의 축복을 받은 자들의 생명.

신의 힘. 미슈파트.

투명한 백색의 흐름이 로운의 몸에서 흘러나와 시안의 몸을 감쌌다. 그리고 마치 생명을 가진 것처럼 로운이 개방한 엘의 파장 안에서 미친 듯이 요동친다.

거센 바람이 벽 쪽으로 물러나 있는 카류에게 밀려왔다. 카류는 그 거센 바람을 견디며 로운을 바라보고 있었다. 아니, 정확하게는 로운이 개방한 그 순수한 엘의 바람 속에 있는 시안을 바라보았다.

그의 눈에는 로운의 생명이 시안의 몸속으로 흘러 들어가는 것처럼 보였다.

방 안에 있던 물건들이 로운이 만들어낸 바람의 힘에 마치 소용돌이처럼 휩쓸려 공중을 떠돌기 시작했다.

콰직─

바람에 휩쓸려 떠돌던 의자가 문에 부딪히면서 박살이 났다.

덜컹하는 소리와 함께 부서진 문이 날아가 버리고 로운이 열어놓았던 창문도 바람에 휩쓸려 떨어져 어디론가 사라졌다.

그러기를 얼마가 지났을까?

강력하게 불어 닥치던 바람에 질끈 눈을 감고 있던 카류가 문득 바람이 멈춘 것을 깨닫고 눈을 떴다.

"로운?"

조용한 방 안 한가운데, 시안의 침대가 놓여 있는 바로 그 옆에 로운이 고개를 떨군 채 서 있었다. 그의 옷은 자신이 일으킨 바람 덕에 갈기갈기 찢어져 거의 누더기가 되어 있었다. 그것은 시안의 침대에 달려 있던 휘장도 마찬가지였다.

카류는 가까이 다가가서 로운을 다시 불렀다.

"괜찮은가, 로운?"

주문을 써서 엘을 쓰는 것보다 조금 전처럼 자신의 힘을 그대로 개방하는 쪽이 몇 배나 힘이 든다.

카류가 로운에게 다가가는 와중에 몇몇 신관들이 안으로 들어섰다.

"저희들 도착했습니다, 대신관님."

순간 꼿꼿하게 서 있던 로운의 몸이 무너져 내렸다.

"로운 신관님!!"

문 가에 달려왔던 몇몇 의관들이 난장판이 되어 있는 시안의 내실로 뛰어들어 쓰러진 로운을 부축했다.

"아니, 괜찮습니다."

간신히 눈을 뜬 로운은 자신을 부축하는 손을 거부하고 천천히 일어섰다.

“시안님은?”

모두의 시선이 침대에 누워 있는 시안에게 향했다.

의관 하나가 황급하게 달려가 시안을 살폈다.

“괜찮습니다. 많이 좋아지셨어요.”

순수한 엘의 힘을 받은 시안은 조금 전보다는 훨씬 상태가 좋아져 있었다. 차갑게 식어가던 손발이 다시 따스해지고 얼굴에도 혈색이 조금 돌아와 있었다.

“어떻게 하신 겁니까?”

“로운이 힘을 개방했네.”

“예?”

“순수한 엘의 힘을 그대로 사용한 거지. 수고했네, 로운.”

“아닙니다.”

대답을 마친 로운은 눈앞이 흐릿해지는 것을 느꼈다.

“탈진 상태일 거야. 쉬도록 해주게.”

“예, 알겠습니다.”

“신전에서 사람들이 도착하면 모두 이리로 데려오고. 그리고 라콧.”

“예.”

“이쪽으로 와보게.”

쓰러진 로운이 사람들에 의해 실려 나가고 여관들은 흐트러진 방을 치우기 시작했다.

“아니, 다 치우지는 말고 흩어진 물건들만 골라서 들고 나가게. 앞으로 얼마 동안은 치워야 소용이 없을 테니까.”

“예? 아, 아니, 알겠습니다. 대신관님.”

카류는 한숨을 파악 내쉬고는 다시 시안에게로 돌아왔다.

고르게 숨을 내쉬고 있는 시안의 안색은 혈색이 많이 돌아왔다고
는 해도 아직까지는 파리해 보인다.

시안의 목숨을 노릴 만한 사람은 과연 누구일까?

지금, 그것도 계승로의 날짜를 5일밖에 남겨 놓지 않은 이 시점에
서 시안이 죽었을 때 이익을 얻을 수 있는 사람.

아무리 생각해 보아도 카류의 머리 속에서는 적당한 해답이 떠오
르지 않는다. 시안이 신의 축복을 받아 풍환을 받아 온 상태라면 이
야기는 다르다. 그때라면 어느 누구든 시안의 목숨을 노릴 수가 있
다. 아니, 정확하게는 시안의 힘을 노릴 수 있다.

하지만 지금 시안이 죽어보았자, 그것도 엘을 완벽하게 봉인당한
채 죽는다고 했을 때는 어느 누구도 이익을 얻을 수 있는 사람이
없다. 오히려 시안이 지금 저 상태로 그대로 죽어버린다면 미메이
라는 더할 나위 없는 혼란에 빠져 버린다.

"이 책은."

카류는 생각을 멈추고 시안의 옆에 떨어진, 그 엘의 폭풍에도 끄
떡없이 말짱한 상태를 유지하고 있는 두 권의 바람술서를 집어 들
었다. 하나는 자신이 준 것이고 또 하나는…….

'설마 레이죠 장로님께서?'

자동 발동 주문은 한 번 사용되고 나면 그 자취를 감추어 버린다.
소리내어 읽는 것으로 글자의 형태로 남아 있던 주문은 공기 중의
엘로 돌아가 버리는 것이다.

남아 있는 증거라고는 시안이 남긴 종이 쪽지뿐.

'카류는 자신이 시안에게 건넸던 책을 펼쳤다. 페이지를 넘기던
그는 중간 정도에서 멈추었다. 그곳에는 자신이 적어둔 주문이 있
었다.

'때로는 같은 생각을 다른 방법으로도 할 수 있는 법이겠지.'

카류는 작은 소리로 주문을 외워 페이지 위에 덧씌웠던 주문을 지워 버렸다. 검은색의 글자가 사라지고 그 자리에는 원래의 주문들이 적혀 있는 페이지가 드러났다.

카류가 조금 전 지운 주문은 마웨트계의 주문은 아니지만 일단 발동하면 오랜 시간에 걸쳐 피시술자의 육체를 갉아먹도록 하는 강력한 주문 중의 하나였다.

시안이 그것을 읽든 읽지 않든 그것은 모두 신의 뜻이라고 생각하면서 적어둔 주문이었다.

'때가 되면 또 다른 방법으로, 또 다른 상황이 벌어질 수 있겠지. 그럼 그때는 그에 맞는 방법이 생겨날 것이야. 그것이 또한 신의 뜻이려니……'

그리고.

시안이 깨어난 것은 에테르의 달이 시작되기 하루 전, 에쉬의 달 마지막 날 저녁이었다.

제8장

예언의 현자 마샤

The Wind of Ashurei

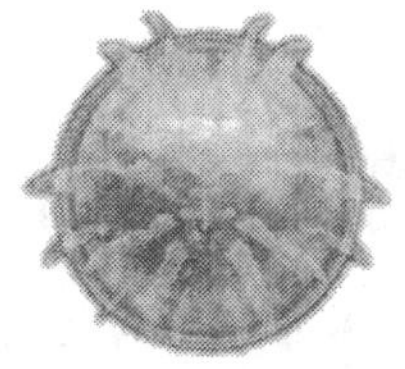

"뭐? 지금 뭐라고 했나."

"마샤님께서 환송식에 나오시겠다고 연락을 하라고 하셨습니다."

"마샤님께서?"

"예."

카류는 방금 들은 소식에 당황함을 감추지 못했다.

예언의 현자 마샤.

그는 대신전에 머무는 신관의 한 사람이지만 정확하게 말하면 신관은 아니다.

몇백 년에 한 번, 예언의 신 미제모르의 축복을 받고 태어나는 아이가 있다. 미제모르의 축복을 받고 태어나는 아이는 선천적으로 신체의 축복은 받지 못한 채 태어난다.

미제모르의 아이들은 태어나 그 능력이 밝혀지면 모두 신전으로 보내지고 그곳에서 평생을 살아간다. 듣지도 보지도 못하는 그들은 평생을 신과 대화하면서 명상에 잠겨서 살아가는 것이다.

그들이 가진 것은 다른 사람들은 볼 수 없는 다른 그 무엇인가를 보는 신의 눈. 그 눈을 뜰 때 그들은 신의 영역에서 보고 들은 것을 사람들에게 이야기한다.

예언의 현자 마샤는 미메이라에서 4백 년 만에 발견된 예언의 현자로 지금까지 그 모습을 대중 앞에 드러낸 것은 겨우 수차례에 지나지 않은 존재였다. 그런 존재가 시안의 일행이 떠나기 하루 전, 그들을 만나겠다고 하고 있는 것이다.

예언의 현자가 말하는 것은 언제 어느 시대에서나 반드시 이루어 져야 한다.

"그렇군. 마샤님께서도 때를 받은 것인가……."

카류는 이내 평정심을 되찾고 소식을 알리려 온 견습 신관에게 말했다.

"마샤님께서 원하시는 것은 모두 따르고 부족한 것이 없도록 잘 모시도록 하게."

"네. 알겠습니다, 대신관님."

마샤가 환송식에 참석한다는 소식이 전해지면 아마도 구름같이 사람들이 몰려들 것이 틀림없다.

모습을 잘 드러내지 않는 예언의 현자는 신의 축복 속에서 신과 함께 살아 나가는 절대적인 존재. 그의 모습을 일생에 단 한 번 보는 것만으로도 신의 축복을 나누어 가질 수 있다고 생각하는 것이 미메이라의 사람들이다.

"내일은 대단한 하루가 되겠군."

＊　　　　　＊　　　　　＊

"아, 여기 과유랑 산슈의 특제 빵하고 과일하고 또… 으음, 여하
튼 알아서 더 가져와요."
"네, 시안님."
시안은 배가 고팠다.
이유는 모르겠지만 아마도 자신에게 뭔가 일이 일어나서 근 나흘
을 잠들어 있었던 모양이었다.
신나게 잤다고 생각하고 눈을 떴을 때 그의 눈앞에는 라헬과 함
께 처음 보는 사람들이 몇 명이나 둘러앉아 있었다.
그리고 자신이 일어나서 라헬의 이름을 불렀을 때 라헬은 그 큰
눈에서 눈물을 주룩주룩 흘려가면서 '감사합니다'를 연발했었다.
도대체 무슨 일인지 궁금했지만 자신이 일어나자마자 앉아 있던
사람들이 쾌재를 부르며 모조리 몽땅 사라지는 바람에 시안은 어리
둥절해하고 있던 형편이었다.
그러던 외중에 식사와 함께 로운과 기엘이 들어오자 시안은 반색
을 하면서 그들을 반겼다.
며칠 만에 일어난 시안을 위해 준비된 회복식을 단번에 해치우고
나서 시안은 먹을 것을 더 달라고 요청했다. 정말 이상하리만치 배
가 고팠다.
"그만 좀 먹을 수 없냐?"
"배고픈데 어떻게 하라구. 나는 배고플 때는 먹어야 해."
많이 먹는다고 타박을 하는 로운을 향해 혀를 쭉— 내밀어 보이

고는 시안은 기엘에게로 시선을 돌렸다.

"그건 그렇고 이제는 대답해 주는 거예요?"

"너는 어째서 여전히 나한테는 반말이고 기엘에게는 존대를 하는 거야?"

"……."

"응?"

"내가 그러고 싶으니까. 쳇."

"이게!"

"로운, 그만. 시안님은 몸이 안 좋으신 상태니까 적당히 하는 게 좋아."

"아, 나 몸 괜찮아요. 멀쩡해. 한 삼박 사일은 자고 난 기분인걸?"

기껏 기엘이 중재를 했건만 시안은 눈치도 없이(?) 대꾸해 버린다.

"실제 그렇게 잤지. 네가 그렇게 퍼질러 자는 동안 사람들이 얼마나 고생을 한 줄 아냐?"

"몰라. 그러니까 물어보잖아. 도대체 무슨 일인지. 왜 라헬이 저렇게 고분고분해졌는지 이유를 물었더니 밥 먹고 대답해 준다며. 빨랑 대답해."

로운은 시안의 건방진 말대답에 발끈하려다가 관두었다. 화를 내보았자 왠지 자신만 손해라는 생각이 들었기 때문이다.

"로운이 제일 큰 수고를 했었습니다, 시안님. 로운을 너무 그렇게 나무라지 마십시오."

"에? 정말?"

"예, 시안님께서 나흘 전에 갑자기 혼수 상태에 빠지셨습니다. 아마도 주문을 외우시다가 몸에 무리가 오신 듯했습니다."

“에에, 그런가?”

실상은 조금 틀렸지만 시안에게는 그렇게만 이야기해 두라고 카류가 일러두었던 것이다.

“앗! 그렇다! 내 암기장!”

“암기장이요?”

“주문을 주루룩 적어둔 종이 쪽지.”

배가 부르고, 그리고 자신이 잠들었던(실제는 혼수 상태였지만) 이유를 듣고 나자 생각난 것이 암기장이었다. 역시 이유는 모르겠지만 일어나 보니 자신의 방이 이전과는 전혀 다르게 싹 바뀌어져 있었기 때문이었다.

그도 그럴 것이 총 6명의 신관과 2명의 의관과 로운까지 가세해서 시안을 고치느라 일으킨 바람 때문에 방은 초토화 그 자체였기 때문이다. 그래서 시안이 잠들어 있는 동안 준비한 다른 방으로 시안의 내실을 옮겼다.

“저기 있습니다. 시안님의 책과 함께요.”

기엘이 손가락으로 가리킨 곳은 이른바 시안의 화장대.

그 위에는 바람 때문에 좀 손상이 가기는 했지만 로운이 나름대로 모아둔 종잇조각들과 하킨의 책, 그리고 또 하나의 바람술서가 얌전하게 놓여 있었다.

“아, 다행이다. 라헬이 챙겨두었나 보군요.”

“아니, 로운이 정리해 두었습니다.”

방긋하고 기엘이 웃어 보였다.

“……”

이유는 모르겠지만 왠지 늘 티격태격하는 두 사람이 이번 기회로 조금 친해지지(?) 않을까 하는 기엘의 마음.

"고맙다고 하셔도 됩니다, 시안님. 로운이 그 아수라장 속에서도 고이고이 정리해 둔 것인걸요."

기엘은 머뭇머뭇하고 있는 시안을 향해 쐐기를 박듯이 말했다.

"……워."

"뭐라고 말씀하셨습니까?"

시안은 자신을 향해 배실배실 웃고 있는 기엘의 얼굴이 왠지 상당히 밉살스러워 보였다.

사람 좋게 생겼지만 사실은 항상 무표정의 인간인 아저씨 얼굴보다 더 못된 성격을 가진 사람이 아닐까 하는 생각이 시안의 머리 속에 떠올랐다.

"고마워."

툭하고 내팽기치듯이 시안이 말했다.

"고마워해 줘서 이쪽이 고맙군. 하지만 그전에 약속을 해줘야겠어."

"뭘?"

시안은 입에다가 마지막 남은 빵 조각을 던져 넣으면서 말했다.

"앞으로는 절대로 혼자서 바람술을 시험해 보지 말 것. 뭐든 연습을 하고 싶으면 나나 기엘이 보는 앞에서 할 것."

"……"

시안은 뚱한 표정이 되어버렸다. 나름대로 혼자서 연습을 해서 로운을 골탕 먹일 생각을 하고 있었기 때문이다.

먼젓번에 시안이 머리를 자르는 소동을 벌였을 때 로운으로부터 무지막지하게 당했던 것이 아직도 기억에 생생하다.

시안이 대답을 하지 않자 기엘이 먼저 설명을 했다.

"바람술이라는 것이 쉽게 생각되실지 모르지만 실제로는 그렇게 간단한 것이 아닙니다. 물론 숙달되고 나면 간단하게 사용하실 수 있겠지만 그것은 어디까지나 철저한 훈련을 거쳤을 때의 일입니다. 간단한 술이라고 해도 실패를 하면 언제 이번과 같은 일이 벌어질지 모르니까요."

"내가 그렇게 심했어요? 지금은 멀쩡한데."

"그것은 충분할 정도로 치료를 받으셨기 때문입니다. 시안님을 고치느라고 여기 로운은 힘을 쓴 뒤 꼬박 하루를 고생해야 했거든요."

"이봐, 기엘. 쓸데없는 말하지 마."

기엘의 말에 시안은 뜻밖이라는 듯이 로운의 얼굴을 바라보았다.

'헤에. 저 아저씨 얼굴이 나를?'

하지만 이내 시안은 고개를 저었다. 로운이 보고 있는 것은 자신이 아니라 시안의 얼굴을 하고 있는 자기 자신이면서도 다른 사람일 뿐이다.

"시안님께서 가진 엘은 보통의 술법사를 훨씬 능가하는 것입니다. 열심히 연습하시면 누구보다도 강한 바람술을 사용하실 수 있으시겠지만 까딱 실수를 하면 다른 어느 누구보다 강한 피드백을 받으시게 되지요. 명심하셨으면 좋겠습니다. 아시겠습니까?"

"아아, 알았어요."

"약속하시는 겁니다."

"약속한다니까요. 됐죠?"

"예, 좋습니다."

어느새 기엘은 궁정 기사단 수련원에서 초보 훈련생을 가르치는 듯한 어조가 되어 있었다.

꼭이라고 하기에는 그렇지만 항상 수련원에서는 비슷한 사고가 일어나곤 했다. 자신의 능력에 걸맞지 않는 거창한 바람술들을 쓰고 싶어하는 훈련생은 얼마든지 있었기 때문이다.

하지만 지금 기엘과 로운이 시안에게 바람술을 혼자 연습하는 것을 금지한 것은 다른 이유에서였다.

범인은 밝혀지지 않았지만 누군가 시안의 목숨을 노리고 있다는 것이 이번 사건을 통해 명백하게 밝혀졌기 때문이다.

실제적으로 마웨트의 주문을 사용할 수 있는 사람은 그리 많지 않다. 키리엔에 상주하고 있는 장로들, 나이트 사르트 루하, 그리고 로열 나이트 중에서도 몇 명 되지 않는다.

하지만 그 주문이 사용되었다고 해서 혐의자를 모두 모아서 조사하기에는 그들의 능력과 지위와 권력이라는 방패막이 너무나 크기에 불가능했다. 결국 이 사건은 로운과 기엘, 그리고 카류 세 사람만이 알고 있는 것으로 결정이 났다.

하지만 언제 또 이런 비슷한 일이 일어날지 모르기에 기엘과 로운은 시안이 혼자서 바람술을 연습하는 것을 금지시킨 것이다. 적어도 기엘이나 로운이 지켜보고 있는 중이라면 사전에 사고를 예방할 수 있을 것이라는 생각에서였다.

"아참. 그리고 좋은 소식이 하나 있습니다, 시안님."

"좋은 소식?"

"예, 내일 환송식 때 예언의 현자님께서 나오신다는군요."

"……."

기쁘게 말하는 기엘의 표정과는 달리 시안은 '그게 무슨 자다가 봉창 두들기는 소리?'라는 표정을 하고 있다.

그도 그럴 것이 다른 사람들은 예언의 현자라고 하면 자다가도 벌떡 일어나겠지만 시안은 예언의 현자의 '현' 자도 들어본 일이 없기 때문.

설명을 요구하는 듯한 애처로운(?) 표정의 시안에게 기엘이 웃으면서 대답을 해주었다.

"예언의 현자님은 글자 그대로 예언을 해주시는 분입니다. 마샤님께서 하시는 예언은 신의 축복이라고도 하지요. 좀처럼 모습을 드러내는 분이 아니신데 내일 시안님께서 계승로에 오르신다고 하니까 아마도 시안님께 예언의 말씀을 해주실 예정인 것 같습니다."

"예언을 받으면 뭐 좋은 일이라도 생겨요?"

"글쎄요. 사실 저도 마샤님의 예언의 말씀을 받아본 일이 없으니 뭐라고 말씀드릴 수는 없습니다만, 그래도 드문 일이고 시안님께는 분명히 좋은 일일 것 같아서 말씀드리는 것입니다."

"헤에."

"이봐, 이 녀석이 마샤님이 어떤 존재인지 알 리가 없잖아. 그 정도로 해둬."

"뭐, 덤으로 저희까지 예언을 받을 수 있다면 저희로서는 영광이지요."

기엘이 그렇다면 그런 거겠지라고 시안은 생각했다.

어차피 자신은 그냥 할 일만 하면 된다고 생각하고 있으니 내일 떠날 때 전 수장이 나오든 대신관이 나오든 온 미메이라의 신민들이 나와서 환송을 하든 시안은 별로 상관이 없었다. 그것이 저 예언의 현자 마샤인지 마부인지 하는 사람이라고 해도 말이다.

"그런데 왜 라헬은 먹을 거를 더 안 가져다 주는 거지?"

"아, 사람을 부를까요?"

"아니, 뭐 때 되면 알아서 해주겠지. 그리고 뭐 더 할 말 있어요?"

뭔가 기엘이나 로운에게는 시안의 이런 반응이 조금은 마음에 들

지 않는다. 하지만 그렇다고 해서 '내일 이러저러하고 요러저러하
니 좀 기뻐해 봐!'라고 할 수도 없는 노릇. 그런 것은 이미 애저녁
에 포기해야 할 사항인지도 모른다.

"내일은 아침부터 일찍 서두르셔야 할 겁니다. 오늘은 일찍 잠자
리에 드시는 것이 좋을 것 같습니다."

"혹시 뭐 꼭 가져가고 싶은 것이라도 있나?"

어울리지 않게 꼼꼼한 성격을 가지고 있는 로운은 역시 그답게
시안을 챙긴다.

시안은 로운의 말을 듣고 이것저것 곰곰이 생각하고서 대답했다.
어차피 필요한 것은 알아서 챙길 텐데라는 생각도 있지만 역시 그
것만큼은 꼭 가져가고 싶었다.

"주문을 적어둔 내 암기장. 그리고……."

시안의 시선이 화장대로 향한다. 그러자 로운과 기엘의 시선도
시안의 시선을 따라갔다.

"역시 저건 무릴까요? 저것도 가져가고 싶은데."

"바람술서를 말씀하시는 건가요?"

기엘이 대답했다.

"네. 아직 다 적지도 못했는데."

일단 가져가고는 싶지만 시안에게도 상식이라는 것이 있다. 먼
길(?)을 가는 건데 옷도 아니고 생필품도 아닌 책을 들고 가겠다는
것은 사실 말이 되지 않기 때문이다.

"대신관님하고 그 레이죠 장로님이 주신 책인데 아직 반도 못 봤
거든요. 아까워서……."

기엘은 로운의 얼굴을 쳐다보았다. 로운은 '왜 날 쳐다봐?'라는
얼굴로 답을 대신한다. 가뜩이나 짐도 많은데 애써 책을 가져갈 필

요는 없지 않을까, 하는 시선을 포함해서 말이다.

"글쎄, 둘 중 하나 정도는 어떻게 되지 않을까 싶습니다만··· 일단 대신관님이나 레이죠 장로님께 여쭈어보아야 할 문제라고 생각합니다. 특히 하킨의 책 같은 경우는 뭐 기밀까지는 아니지만 아직 궁 밖으로 유출된 적이 없는 책이거든요."

"안 된다면 할 수 없지만 되도록이면 저 두 권 모두 가져가고 싶은데요."

시안은 입맛을 쩝쩝 다시면서 아쉬운 듯이 말했다. 아직 저 책들에 쓰여져 있는 바람술들을 제대로 쓸 줄은 모르지만 저 책이 뭔가 대단한 책이라는 것을 조금은 느끼고 있다.

뭐, 거기 써 있는 주문들이 대단하다라기보다는 왠지 그 책을 대하는 사람들의 시선이나 그들의 반응 때문이긴 하지만 말이다.

인간이라는 것은 언제나 뭔가 비밀스러운 것, 또는 아무나 손을 못 대는 것에 호기심을 갖게 되기 마련이다. 기회라는 것은 쉽게 주어지는 것도 아니다. 기회는 왔을 때 잡는 것이 역시 제격. 말하자면 '기회는 빤스다!!' 라는 것이 시안의 생각이었다.

"자, 그럼 오늘은 편히 쉬세요, 시안님. 내일부터는 아마도 꽤나 험한 일정이 시작될 테니까요."

"알았어요, 알았어. 밥만 먹고 잘 테니까 일들 있으면 가봐요. 아 참!"

시안은 문득 생각났다는 듯이 일어서는 두 사람을 다시 붙들어 세웠다.

"예?"

"왜 불러?"

하지만 두 사람의 반응은 극과 극.

"정말 기엘님하고 아저씨 얼굴하고만 떠나는 건가요?"

"그렇습니다."

"당연."

"…으음."

"정해진 규칙이다. 계승로에 오르는 수장 계승자는 본인이 선택한 신관 한 명, 기사 한 명과 함께 떠나는 거야."

"나는 내가 선택한 것이 아닌데?"

"그럼 네가 나와 기엘 말고 아는 다른 신관이나 기사가 있어?"

"……."

시안은 밉살스럽게 말하는 로운의 얼굴을 있는 대로 째려보았다.

하기사 자신이 아는 기사라고 해봐야 저 기엘뿐이고 신관 역시 대신관 할아버지를 제외하면 할 줄 아는 것이라고는 자신이 말하는 것을 일일이 꼬투리를 잡아서 따지고 드는 저 아저씨 얼굴밖에 없다.

"알았어, 알았다구. 제길, 무슨 말을 못해."

"하하하! 시안님, 그럼 편히 주무십시오."

기엘은 토라진 시안이 생각보다는 귀엽다(?)라고 생각했다.

기엘과 로운은 시안의 내실에서 나와서 각자에게 배정된 숙소로 돌아갔다.

그 돌아가는 도중에 기엘은 로운에게 불쑥 말을 걸었다.

"혹시 느꼈어?"

"뭘?"

"시안님, 아직 정상이 아닌 것 같은데."

"정상은 아니지."

기운을 차리고 혼수 상태에서 벗어나는 데까지 걸린 시간이 자그마치 사흘이다.

혼수 상태의 사람이고 또한 어쩔 수 없는 상황이기에 받은 극약처방이라고 해도 다른 사람의 엘을 직접 몸으로 받아낸 시안은 기운을 차리고 겉으로 보기에는 말짱했지만 그녀(?)가 내뿜고 있는 엘의 파장은 정상이 아니었던 것이다.

"무리하는 거 아닌가 싶은 생각이 들어. 저런 상태라면 조금 떠나는 날을 연장해도 좋지 않을까?"

"글쎄, 문제가 발생할 만하겠다 싶었으면 대신관님께서 이미 손을 쓰셨을 거야. 조금… 파장이 불안정하기는 하지만 몸을 못 움직일 정도는 아니잖아."

로운 역시 말은 조금이라고 하고 있지만 사실은 걱정이 많이 되었다.

로운이 느끼고 있는 시안의 파장은 원래의 것과는 사뭇 다른 느낌이었기 때문이다. 처음 시안이 아슈레이로 소환되어 곧바로 풍옥을 계승했을 때의 파장은 뭔가 막혀 있는 듯하지만 그 안에 강력한 엘이 자리 잡고 있다는 것을 금방 알 수 있을 정도로 강한 것이었다.

하지만 지금의 시안은 뭐랄까. 시안의 엘인 것은 분명한데 왠지 두 사람의 파장이 섞여서 흘러나오고 있는 듯한 느낌이었다. 그것은 마치 겉으로는 하나로 보이지만 두 개의 선이 포개져 하나를 이룬 듯한 파장으로, 정말로 섬세한 신경을 가지지 못한 사람이라면 알아채지도 못할 만큼 교묘하게 흐르고 있었다.

"일단은 원래 이쪽 사람이 아니라 이계의 사람이니까 기본적으로는 차이가 있을 거야. 너무 걱정하지 마."

"그래, 뭐, 나보다는 네 쪽이 훨씬 그쪽으로는 민감하니까 네가 괜찮다면 괜찮은 거겠지."

기엘은 툭툭 로운의 어깨를 쳤다.

자신보다는 머리 반 정도가 큰 키의 로운. 거기다가 체격도 다르다.

예전에 훈련생 시절에는 둘이서 나란히 걸어가면 형과 동생이 아니냐는 소리를 들었던 기억도 있다.

"잘해보자구. 로운 디 로크레슈."

"물론. 로열 나이트 기엘 디 하라스다인."

주먹을 쥔 두 사람의 손이 공기 위에서 부딪친다.

환송식의 전날 밤. 이제 내일부터는 이 키리엔을 떠나서 여행을 하게 된다.

"으음. 그냥 자기는 좀 그렇고."

"그렇지?"

왠지 서로 느낌이 통하는 것 같다.

"어디 나가서 간만에 술이라도 할까?"

"그게 신관의 입에서 나올 소리야?"

"뭐 이 제복만 벗어버리면 누가 날 신관으로 보겠어?"

"푸하핫. 그건 그래. 그럼 나도."

기엘은 어깨를 덥고 있던 겉옷을 벗어 허리에 차고 있던 길고 긴 라이트를 감싸서 적당히 등에 메었다.

"나, 어때?"

"…어디서 굴러먹다 온 떠돌이 검사 흉내를 내려다 실패한 로열 나이트 같다, 임마."

"하하, 그 정도라도 되면 성공이지 뭐. 본판이 어디 가겠어? 어디

보자. 어디로 갈까? 혹시 거기 기억나? 우리 훈련생 시절에 매일같
이 쥐구멍으로 빠져나가던 그 선술집.”

“물론 기억나지. 베티 아줌마 아직 건재하실까?”

“하하, 당연히 건재하시겠지. 그 아주머니는 아마도 100살이 넘어
도 선술집을 운영하고 있을 거라고.”

두 사람은 나란히 발을 맞추어 걸어가면서 새록새록 두 사람이
공유하고 있던 기억을 되살려 가기 시작했다.

“하기사 그 아줌마, 훈련생들이라면 이를 갈았었지. 매일같이 와
서 외상만 잔뜩 올려놓고 간다고.”

“그래. 그리고 우리들은 그놈의 로열 나이트~ 로열 나이트를 내
세우면서 끝까지 외상으로 먹었잖아.”

“혹시 나 이전에 잊어먹고 안 갚은 외상값이 남아 있는지 모르겠
는데?”

이어지는 말의 꼬리들.

그 말의 꼬리들은 키리엔에 불어 나가는 시원한 바람에 휩쓸려
밤하늘로 사라져 갔다.

*   *   *

사르륵— 하는 소리가 들려온다.

그 소리는 마치 귓가에 누군가가 부드러운 숨결을 불어넣는 듯한
느낌.

포근히 잠들어 있을 때 머리를 쓰다듬어 주는 부드러운 어머니의
손길.

하지만 그 부드러운 느낌은 이내 이유를 알 수 없는 짜증스러운

고통으로 변한다.

'으으, 제길 잠 좀 자자, 잠 좀.'

시안은 자신도 모르게 속으로 투정을 했다.

"시안님."

"……."

"시안님? 다 끝났습니다."

누군가가 자신을 부른다.

'좀 자자니까. 넌 잠도 안 자냐.'

"시안님?"

툭, 하고 누군가가 어깨를 쳤다.

"으, 으응?"

퍼득 눈을 떠보니 거울에 화려하게 차려입고 있는, 눈이 돌아갈 정도의 미녀가 한 명 앉아 있다.

'오오, 간만에 꿈을 꾸니 이런 꿈도 꾸는구만.'

그는 눈을 번쩍 뜨고 앞에 앉아 있는 미녀의 얼굴을 샅샅이 뜯어본다.

물기를 머금은 듯한 연한 색의 눈동자. 아니, 다시 보면 뭔가 회색빛이 감도는 것 같기도 하다.

'앗! 눈을 깜빡이네. 오예~'

인형 같은 얼굴로 앉아 있던 미녀도 살짝 미소를 지었다. 그 미소는 모나리자를 능가하는 천상의 미소.

그녀의 머리카락은 지금 은빛으로 반짝이고 있다. 그것은 한 올 한 올 살아 숨 쉬고 있어 그녀의 머리를 장식하고 있는 화려한 보석 장식보다도 훨씬 아름답게 하늘거리고 있었다.

'죽여주게 미인이네. 게다가 칼라 꿈이야, 이건.'

온몸을 순수한 백색으로 감싸고 다소곳이 앉아 있는 아름다운 미녀를 마음껏 감상하면서 그는 제발 꿈이라면 깨지 말고 앞으로 3시간만 버티라고 마음속으로 빌었다.

"시안님, 이제 출발하실 시간입니다."

"아, 으으응. 알았… 에엥??"

자신을 부르는 소리에 그는 반사적으로 대답했다. 하지만 그 순간….

눈앞의 미녀가 화들짝 놀라서 벌떡 일어서는 것이 아닌가!

"우, 우욱……."

"시안님, 어디 불편하신 데라도 있으신가요?"

'그, 그럼 이게 꿈이 아니라.'

시안은 레이스로 뒤덮힌 손을 들어서 자신의 뺨을 철썩하고 때려 보았다.

순간 눈에서 불꽃이 튀었다.

물론 눈앞의 미녀 역시 잔뜩 인상을 찌푸리고 자신을 바라본다.

"누, 누가 여기다 거울을 가져다 놓으라고 했어!"

"예? 이 거울은 원래부터 여기에 있었습니다만?"

시중을 들어주고 있던 라헬이 어리둥절해서 대답했다.

그러자 조금 전에 자신을 불렀던 목소리가 이번에는 한껏 빈정대는 목소리로 바뀌어 시안의 신경을 긁는다.

"이제는 앉아서까지 조냐?"

"누, 누가!!"

시안은 너무나 쪽이 팔려 얼굴을 붉히고 그 빈정댄 사내에게 대들었다.

쥐구멍에 들어가고 싶을 정도로 쪽팔리지만 달리 방법도 없다.

말하자면 시안은 머리 치장을 하고 화장을 하기 위해서 앉아 있다가 그 자세로 그만 졸아버린 것이다. 그뿐만 아니라 잠에서 덜 깨어서 눈앞에 있는 전신 거울에 비친 자신의 모습을 멍하게 바라보았던 것이다.

'어휴. 저놈의 거울을 부서 버려, 말어? 으으. 주먹이 운다, 울어.'

꼭두새벽부터 잠에서 깨어나 여관장들이 시키는 대로 목욕을 하고 옷을 입고 몸치장을 하는 등의 법석을 떠는 바람에 상당히 피곤했던 모양이었다.

사람이라는 것은 머리카락을 만져 주면 왠지 잠이 사르르 오는 법이다. 물론 그렇지 않은 사람도 있겠지만.

"모두 시안님만을 기다리고 계십니다. 이제 나가셔야죠."

"그런데 말이야, 라헬."

"예, 시안님."

"어째서 여행을 떠나는데 이렇게 치렁치렁 장식을 해야 하는 거야?"

"글쎄요. 하지만 저로서는 오랜만에 이렇게 치장을 하신 시안님을 뵈니 감개무량한걸요. 그것으로 안 될까요?"

한없는 존경과 경외의 눈빛이 담겨 있는 라헬의 눈이 시안을 향해 반짝이고 있다.

시안은 그런 라헬에게 뭔가 말을 하려다 말고 이내 입을 다물었다. 어차피 잠시 후면 두 번 다시 보지 않아도 될 사람인데 괜한 소리를 해서 신경을 긁어놓을 필요는 없다.

"아니, 됐어. 라헬이 좋다는데 뭐."

얼마 안 되는 기간이지만 이 라헬이라는 여자에게는 어느 정도

친근한 마음이 생겨 있는 중이다. 물론 시안을 담당해서 매일 수십 번씩 얼굴을 마주 대었기 때문일지도 모르지만 다른 어떤 여관들보다 친근하게 시안을 대해준 것은 사실이다. 실제 시안이 키리엔에 돌아왔을(?) 때 어딘가 모르게 과거의 시안과는 틀린 모습을 보여주는 그녀를 왠지 어려워하며 대했던 여관들이 많았던 탓도 있다.

"나이트 기엘님이 오셨습니다. 이제 베일을 쓰시죠."

눈앞으로 투명한 천이 흘러내린다.

"아, 그래? 어디?"

"이쪽으로……."

시안은 라헬이 이끄는 대로 긴 치맛자락을 한 손에 들고 나름대로는 꽤나 사뿐사뿐한 걸음걸이로 걸어갔다.

그녀의 앞에 시안 못지 않게 꽤나 차려입은 기엘의 모습이 보였다.

"헤에."

기엘은 평소와는 달리 머리끝부터 발끝까지 완벽하게 로열 나이트의 갑옷으로 무장하고 있었다. 시안의 눈에 긴 장검, 라이트가 반짝였다.

"오늘은 꽤나 힘쓰셨네요?"

"오늘은 특별히 아름다우시군요."

기엘이 한 손을 내밀면서 칭찬의 말을 하는 순간 시안은 속에서 무엇인가가 울컥하고 치솟아오르는 것을 느꼈다.

'우욱. 제길, 앞으로 삼박 사일은 떠오르겠군.'

조금 전 비몽사몽 간에 자신의 모습을 보면서 얼이 빠져 있었다는 사실은 어느 누구한테도 말하지 못했다. 아니, 죽을 때까지 절대로 입 밖으로 낼 생각이 없다.

'어째서 왕이니 왕자니 공주니 하는 것들은 하나같이 미인에 미

남이어야 하냐구. 때로는 못생긴 왕자에 못생긴 공주도 좀 있어야 하는 것 아냐?’

생각해 보면 초등학교 때쯤에 누나들의 협박으로 억지로 읽었던 동화책에 나오는 주인공들, 즉 왕자나 공주들은 언제나 미남 아니면 미녀였다. 주인공은 미남 미녀여야 한다는 진리 아닌 진리는 나이 들어서 접하게 된 애니메이션이나 만화책이나 게임에서도 어김없이 드러났었다. 악당들은 언제나 흉측하게 생기고 주인공은 언제나 잘났다. 특이한 점이라면 악당 중에서도 좀 잘난 녀석, 즉 주인공의 철천지 원수 또는 최고 보스는 주인공 뺨치는 미모(?)를 가지고 있어야 하는 법.

‘하기사 기왕이면 다홍치마라구 주인공이 미남 미녀면 눈길은 좀 더 끌 수 있겠지.’

기엘이 이끄는 대로 걸어가면서 시안은 멍하게 딴생각을 했다.

“시안님, 계단을 조심하십시오.”

“아, 으응.”

계단을 따라 내려가서 시안은 이제 탁 트인 키리엔의 넓은 정원으로 들어섰다.

시안이 정원에 한 발자국 디디는 순간 모여 있던 기사들이 라이트를 높이 들면서 환호성을 질렀다.

그것을 시작으로 끊임없이 모여 있는 사람들도 함께 환호성을 질러댔다.

귀가 막힐 것만 같이 우렁차게 울려오는 그 환호성 소리는 시안과 대신관 이외 몇 명이 높이 마련되어 있는 연단에 올라가서야 간신히 멈추었다.

눈이 부시도록 빛나는 키리엔을 배경으로 모두 약속이라도 한 듯

흰색의 물결이 넘실거린다.

아찔하게 높은 연단 맨 꼭대기에 서서 시안은 주위를 둘러보았다.

어느 사람이나 모두 눈을 크게 뜨고 자신을 바라보고 있다.

'아직도 꿈을 꾸는 것 같아.'

길고 긴 치마를 입은 여자들이 키리엔의 성문까지 흰색의 천으로 길을 만들어 나가는 것도, 그리고 예복을 차려입은 전 수장 레이죠 장로와 대신관이 차례대로 축하의 연설을 하는 것도 마치 입체 영화를 보는 듯한 기분이 들 뿐이다.

시안이 한 손을 들면 마치 스위치라도 누른 것처럼 모든 사람들이 열광하며 자신의 이름을 부르며 환호한다.

그리고 손을 내리면 스위치 오프.

'이것이 현실이 아니라면 좋을 텐데.'

문득 시안의 머리 속에 '이것은 현실이다'라는 생각이 떠올랐다.

'현실이 아니라면, 내가 단지 꿈을 꾸고 있는 것이라면 좋겠어.'

사람들의 환호 위로 시안의, 아니, 경하의 식구들 얼굴이 흘러간다. 아버지와 어머니 그리고 형과 누나들.

'죽을 때 되면 주마등처럼 사람들 얼굴이 스쳐 간다는데. 하기사 나 일주일 이상 그 괴물딱지 형하고 떨어져 본 일이 없었구나.'

옆에 전 수장인 레이죠 장로, 다시 말해서 이 세계에서 시안의 아버지인 사람이 다가와 그녀의 손을 잡는다.

따스한 온기가 얇은 옷감 너머로 전해져 왔다.

순간 울컥하면서 목구멍으로 무엇인가가 솟아올랐다.

레이죠 장로는 시안의 얼굴을 덮고 있던 베일을 걷어 올렸다.

시안은 아무 말도 하지 않고 그저 저 멀리 길게 늘어져 있는 백색의 길만을 뚫어지게 바라보고 있었다.

"이것도 운명이라고 생각합니다. 눈물은 돌아가실 때 감격의 눈물로 족할 겁니다, 시안님."

자신의 손을 꼬옥 잡고 레이죠 장로가 말했다.

시안은 그제서야 자신의 눈에서 눈물이 흘러내리고 있다는 것을 깨달았다.

'제길, 고등학생이 돼서는 단 한 번도 운 적이 없었는데……'

"어려운 일이지만, 무사히 마쳐 주시기 바랍니다. 생각해 보면 당신에게도 부모와 형제가 있을 텐데 그것을 미처 생각하지 못했군요."

메마른 듯한, 하지만 어딘가 아픔이 서려 있는 목소리.

시안은 그 목소리를 들으면서 속으로 다짐하고 또 다짐했다.

'반드시. 돌아가겠어. 반드시. 절대로. 이따위 계승론지 뭔지 정도 가볍게 통과해 주겠다고.'

"그래도 당신에게는 미메이라의 축복에 미제모르의 축복까지 더해지는군요. 내 딸 시안은 마샤님의 얼굴조차 보지 못했는데 말입니다."

"그래봤자 그 축복은 내가 아니라 원래 아저씨 딸한테 내려지는 것 아닌가요?"

시안의 말에 레이죠가 놀라 그녀의 얼굴을 바라본다.

"죽은 사람에게 이러니저러니하고 싶지 않아서 잠자코 있지만 아저씨가 그렇게 자꾸 그 여자 이름을 부르면 마음 편하게 저 세상에 못 간다구요. 저희 할머님이 언제나 하시던 소리죠."

사람들의 환호성 소리가 점차 가라앉고 있다. 그리고 시안은 그 속에서 조금 목소리를 올려 말하고 있다.

"떠난 사람에 대해서는 좋은 기억만 하면 되는 거예요. 아주 좋았던 기억만 남겨서 그것만 간직하는 거죠."

"…시안님."

"딸한테 님 자 붙여서 말하면 사람들이 눈치 채요. 날 그렇게 고생시켜 놓고 이제 와서 왕창 파토낼 심사는 아니죠? 조금 있다가 떠날 때는 그럴싸하게 절 안고 이마에 키스라도 해주세요. 그 순간만큼은 가짜 시안이 아니라 진짜 시안이 돼줄 테니까. 아저씨 딸은 아직 진짜로 죽은 게 아니에요. 내가 여기 있는 한은."

레이죠 장로는 할 말을 잃었다.

건조한 목소리. 하지만 축축하게 물기가 묻어 있는 시안의 말에 지금까지 딸을 잃고도 아무 말도 할 수 없었던 그의 마음이 위로를 받는다.

"그렇지요. 그렇게 하겠습니다."

레이죠 장로는 한 손을 들어 눈물이 흘러나오기 시작한 눈을 가렸다.

그의 딸은 죽었지만 그래도 아직은 살아 있다는 생각이 들었다.

바로 지금 그의 옆에.

레이죠 장로는 꼭 붙들고 있던 시안이 손을 하늘 높이 들어 올렸다.

"진정한 미메이라의 계승자, 시안. 시안 리에 디 하로이엔 미메이라, 그대에게 미메이라의 축복을……."

"축복을!!"

"축복을!"

그의 선창에 따라 모여 있는 사람들의 마음이 하나가 되어 시안에게 축복의 말을 외쳤다.

"나의 딸, 사랑스런 내 딸 시안에게 축복을."

그리고 레이죠 장로는 마음속으로 한마디를 더 덧붙였다.

'또한 영원한 미메이라의 안식을……'

＊　　　　＊　　　　＊

길고 긴 베일, 그리고 치맛자락.

"마샤님의 앞에 가시면 가볍게 목례 정도만 하시면 됩니다. 예언의 현자라고 하지만 기본적으로 마샤님 역시 신관이시니까 목례를 하시고 나면 마샤님께서 시안님께 예를 올릴 겁니다. 그 후로는 마샤님의 예언의 축복을 받으시면 되구요."

장시간 길고 긴 옷과 묵직한 머리 장식에 시달린 시안은 이제 기진맥진해 가고 있었다.

'역시 여기 와서 맨날 먹고 자고 공부만 해서 체력이 떨어진 거야. 이전에는 이틀 내내 산을 오르락내리락해도 멀쩡했었는데… 으윽, 무거워.'

"그거면 되는 거예요?"

"예, 예언의 축복을 받을 때는 다른 사람이 옆에서 시안님의 시중을 들지 못하게 되어 있습니다. 예언의 축복은 단 한 사람에게만 주어지는 것이니까요. 일단 기엘님과 로운님께서 먼저 받고 내려오시고 나서 잠시 기다리셨다가 올라가시면 됩니다."

키리엔의 대정원에서 이루어지는 환송식은 이제 막바지에 다다라 있었다.

길고 긴 대신관의 축사와 자질구레한 행사들이 모두 막을 내리고 마지막으로 3년 만에 모습을 드러내는 예언의 현자 마샤의 축복을 받는 일만이 남아 있었다.

시안은 로운과 기엘의 인도에 따라 연단에서 내려와 정원 한쪽에 마련된 이상하게 생긴 정자 같은 곳 앞에 서 있는 중이다.

"자, 로운님께서 먼저."

로운은 자세를 반듯하게 하고 심호흡을 했다.

"그럼 먼저……."

일단 시안에게 예를 올렸다.

바람의 신 미메이라의 신관인 로운이 예언의 신의 축복을 받는다는 것은 이상할지 모르지만 그것은 이 미메이라에서는 일종의 신들의 축복으로 여겨지기 때문에 가능한 일이다.

"미메이라의 신관 로운 디 로크레슈입니다."

로운은 무릎을 세우고 한 손을 가슴에 대고 예를 올렸다.

고개를 숙이는 것은 최고의 예.

로운이 미메이라의 신관이기에 그는 마샤에게 최고의 예까지는 올리지 않는다.

"미메이라의 축복을 받은 자. 이리 가까이 오십시오."

머리 속에서부터 나직한 목소리가 들려온다.

로운이 일어나자 정좌를 하고 앉아 있는 예언의 현자는 그 단아한 얼굴을 들어 마치 눈이라도 보이는 사람처럼 로운의 얼굴 쪽을 향했다.

"손을…"

로운 역시 마샤와는 직접 만나본 적은 있지만 그가 예언을 하는 장면은 본 적이 없었다.

로운이 손을 내밀자 가느다란 선으로 이루어진 흰 손이 그의 손 위에 얹어졌다.

따스한 온기가 마샤의 손에서부터 로운에게로 흘러내리는 느낌이었다.

"그대는 원하는 것이 없군요."

순간 로운은 손을 움찔했다.

"하지만 동시에 원하는 것이 너무 많습니다. 가장 원하는 것. 단 하나만을 바라십시오. 원하는 것이 하나가 될 때, 당신이 바라는 그 시간이 당신에게 주어질 것입니다."

로운의 손에 올려진 마샤의 손이 다시 옷깃 사이로 사라졌다.

다시 한 번 마샤에게 예를 올리고 로운이 뒤로 돌아 나가려는 순간 다시 그의 머리 속에 마샤의 목소리가 들려왔다.

"그대에게는 언제나 미메이라가 함께합니다. 하지만 그것에 너무 의존하지는 마십시오. 그러나 그렇다고 해서 자신만을 믿어서도 안 됩니다."

"감사합니다. 예언의 현자 마샤님."

로운은 얇게 드리워진 휘장을 지나 다시 밖으로 나왔다.

눈이 부셨다.

"다음은 나이트 기엘님."

기엘은 로운에게 살짝 눈짓을 하고 안으로 들어섰다.

"로열 나이트 기엘 디 하라스다인입니다."

그리고 기엘이 무릎을 꿇으려는 순간 마샤의 손이 올라갔다.

"아니, 예는 필요하지 않습니다, 나이트 기엘."

"아, 저……."

"그대는 기사입니다. 기사는 자신의 군주에게만 예를 표하면 됩니다. 이리로 오세요."

기엘 역시 로운과 마찬가지로 가까이 다가가 마샤가 시키는 대로 손을 내밀었다. 잠시 그의 손을 잡고 있던 마샤는 곧 손을 놓고 고개를 숙였다.

그가 무슨 말을 할까 싶어 기엘은 초조하게 기다렸다.

"나이트 기엘, 당신의 군주는 누구입니까?"

"예? 무, 물론 시안님이십니다."

웬 뜬금없는 질문인가 싶어서 기엘은 고개를 갸우뚱했다. 예언의 현자께서 하시는 말씀이니 허술한 질문은 아닐 것이라고 생각은 하고 있지만 예언 대신 자신에게 질문을 하는 마샤에게 그는 의문을 품었다.

"당신의 주인은 누구죠? 로열 나이트 기엘 디 하라스다인?"

예언의 현자가 다시 질문을 했다.

기엘은 순간 이 예언의 현자가 자신에게 단순하게 질문을 하고 있는 것이 아니라는 것을 곧 깨달을 수 있었다.

그는 머리를 들고 잠시 자신의 머리 속을 정리했다.

시안이라고 대답했지만 그것은 어떻게 보면 정확한 답변이 아니다. 물론 자신은 기사이고 기사는 국가에 충성을 하고 또한 그들이 군주, 즉 수장에게 충성을 맹세한다.

하지만 지금 예언의 현자는 자신에게 그것을 묻는 것이 아니다. 그는 지금 군주라는 말 대신에 주인이라는 단어를 쓰고 있다.

"그대의 목숨을 걸고, 명예를 걸고 모든 생의 시간을 바쳐 지켜야 할 그대의 주인은 누구입니까?"

"아직, 저는 저의 주인을 결정하지 못했습니다."

기엘은 솔직하게 대답했다. 그냥 대답을 하자면 수장 계승자인 시안님이라고 대답을 하는 것이 당연하지만 지금의 시안은 원래의 시안이 아니다. 하지만 그렇다고 해서 지금의 시안이 원래의 시안만큼 중요하지 않은 것도 아니기에 그는 솔직하게 대답했다.

"기사는 주인의 것입니다. 그대가 그대의 명예를, 신에게 받은 모든 축복을, 그리고 목숨을 바쳐 지킬 주인을 찾을 때 그대는 모든 것을 이룰 수 있습니다."

"감사합니다."

"로열 나이트라는 이름에 얽매이지 마십시오. 로열 나이트는 로열 나이트일 뿐, 그대는 로열 나이트이기 전에 기사라는 것을 명심하세요. 그리고 기사이기 이전에 한 사람의 인간임을 잊으시면 안 됩니다."

그 말을 끝으로 기엘의 귀에는 더 이상 아무것도 들려오지 않았다.

기엘은 뭔가 홀가분한 기분과 함께 휘장을 지나 밖으로 나올 수 있었다. 물론 정확하게 마샤의 말, 예언을 이해한 것은 아니다. 그러나 뭔가 그는 개운함 같은 것을 느끼고 있었다.

밖으로 나오자 시안이 그의 시야에 들어왔다.

그녀는 그가 밖으로 나오자마자 쪼르르 걸어와서 소곤거리는 소리로 물었다.

"뭐라고 그래요? 그 예언자 아저씨가?"

"글쎄요?"

"에에. 아저씨 얼굴하고 똑같은 대답을 하네."

"예언의 축복을 받으면 그것을 다른 사람에게는 말하지 않으셔야 합니다."

"왜요?"

"다른 이에게 말하는 순간, 그것은 예언의 힘을 잃기 때문이죠."

"정말요?"

“그렇다고 합니다.”

“흐응.”

기엘은 자신의 앞에서 심각하게 고민에 빠져드는 듯한 얼굴을 하고 있는 시안을 바라본다.

시안이면서도 시안이 아닌, 이계의 소년.

'시안님의 원래 얼굴을 보고 싶다는 생각이 드는군….'

기엘은 엉뚱한 생각을 떠올리곤 피식하고 웃어버렸다.

“이번에는 시안님의 차례입니다. 올라가세요.”

“아아, 알았어요, 알았어. 이거 무슨 수정 구슬 놓고 미래 예언 점집 어서 옵쇼~ 같은 분위기는 아니지만 뭐.”

시안은 씩씩하게 휘장을 향해 걸어갔다.

어차피 현실하고는 전혀 다른 마치 옛날 이야기에서나 나올 법한 이상한 일들이 가득한 곳이다. 예언의 현자라고 해봤자 어차피 자신과는 크게 상관이 없는 사람.

'좋아, 좋아. 가볍게 들어주지 뭐. 시시껄렁한 것만 이야기해 봐라. 확— 다 불어버릴 테니까.'

“그건 곤란한데요. 그러면 누가 예언의 말을 들으러 오겠습니까?”

혼자서 궁시렁거리면서 휘장 안으로 막 들어가던 시안의 머리 속에 굵직한 남자의 목소리가 들려왔다.

“우, 우앗!!”

순간 시안은 자신의 긴 옷자락을 밟고 앞으로 철푸덕 넘어져 버렸다.

“으으윽… 노, 놀랬다.”

시안은 흘러내린 베일을 걷고 눈앞에 앉아 있는 사람을 보았다.

“어라? 예언의 현자라고 해서 파파 할아버지인 줄 알았는데……”

"생각보다 젊어서 실망하셨습니까?"

"아, 아니, 그런 것은 아니지만 좀 의외는 의외네요. 그런데 이거 텔레파시?"

"텔레파시가 뭔지 설명해 주실 수 있습니까?"

눈을 감고 있던 사람의 입술이 살짝 벌어진다. 웃고 있는 것이다.

"아아, 말해 봤자 모를 테니까 그만두죠. 그냥 머리 속의 생각만으로 대화하는 법 정도로……."

"비슷하군요."

"앗! 그렇다. 들어오면 인사부터 하라고 했는데."

"괜찮습니다. 이계에서 오신 분. 그대는 타닌의 후예 세나케인의 생명을 받은 자. 제게 예를 표하실 필요가 없습니다."

그 말과 동시에 마샤가 자리에서 일어나 시안에게 예를 올렸다.

멍청하게 주저앉은 채로 그 인사를 받으면서 시안은 조금 전에 마샤가 한 말을 곰곰이 되씹어보았다.

'이계 소환술에 의해서 이곳에 온 사실은 비밀이라고 해놓고, 영판 모르는 인간까지 알고 있는 것은 또 무슨…….'

"그런데 세나케인이라는 것은 누구?"

"곧 아시게 될 것입니다."

"그거 예언이에요?"

"그렇다고 해두지요. 하하"

시안은 다른 사람이 보면 놀라 기절초풍할 듯한 건방진 태도로 마샤와 이야기를 나누고 있었다. 하지만 그것은 마샤도 마찬가지로 그는 나름대로 이 이계에서 온 소년과의 대화를 즐기고 있었다.

"그거 말고는 없어요? 예언의 축복인지 뭔지를 해준다던데……."

마샤는 시안의 말을 듣고 다시 한 번 미소를 지었다.

"이리 가까이 오셔서 그대의 손을 주십시오."

"아, 손을 잡아야 하는 건가요? 여기."

시안은 그때까지 철퍼덕 주저앉아 있던 곳에서 벌떡 일어나서 마샤에게 다가가 불쑥 주먹을 내밀었다.

마샤는 그 손을 잡고 잠시 있다가 그때까지 한 번도 열리지 않았던 그의 눈을 열었다.

아무것도 보이지 않는 암흑의 세계.

하지만 그는 그 저편의 무엇인가를 뚫어지게 바라보는 것처럼 눈을 크게 떴다.

"어, 그 눈 보이는 거예요? 라헬의 말로는 예언의 현자는 아무것도……."

"당신이 보는 것은 보지 못합니다. 하지만 저는 다른 이가 보지 못하는 다른 것을 보지요."

"흐응."

"당신은 다른 이의 생명을 받은 존재입니다. 그 사실을 알고 계십니까?"

"아아, 그 시안이라는 여자?"

"아니, 시안님도 그렇습니다만 그분뿐만이 아닙니다."

"그럼?"

"앞으로 그대에게 많은 사람들의 생명이 더해질 것입니다. 그것을 이겨내실 각오가 되어 있으십니까?"

마샤의 말을 듣는 순간 시안의 표정이 싹 달라졌다.

그때까지 그저 단순하게 점집 정도로 생각하면서 껄렁껄렁대고 있었던 시안은 섬칫한 차가움이 마샤의 손에서 전해져 오는 듯한 느낌을 받았던 것이다.

"재수 똥 튀기는 소리가 하고 싶은 거면 여기서 그만두죠. 나 때문에 누가 죽었다느니 하는 소리는 한 번이면 족하니까."

장난스러웠던 분위기가 사라졌다.

시안은 정색을 하고 말했다. 정말이지 다른 것은 뭐든지, 심지어는 이 치렁치렁한 머리까지 참아줄 수 있다. 하지만 그것만은, 누구의 희생 운운하는 소리는 절대로 듣고 싶지 않다.

"기분이 상하셨다면 죄송합니다."

"사과를 해야 할 정도라면 아예 입도 뻥긋하지 마셨으면 좋겠네요. 다 끝났나요?"

불쾌함이 마샤가 잡고 있는 손끝에 모두 몰려가는 것 같다.

당장이라도 그 손을 내팽기치고 뛰어나가고 싶을 만큼.

"제가 말을 잘못 고른 것 같군요. 이계에서 오신 분."

어딘지 모르게 쓴웃음이라도 짓고 있는 듯한 목소리. 텔레파시 같은 정신적인 대화이다 보니까 상대방의 감정까지도 그저 보이는 것이 아니라 직접적으로 마치 살갗이라도 대고 있는 듯한 생생한 느낌으로 전해져 온다.

"생명은 모든 것입니다. 지금 당신의 몸에 가득 차 있는 엘(EL)도, 당신이 살고 있는 이 시간도 모두 생명이지요. 당신의 앞길에 있는 것은 글자 그대로 다른 사람의 목숨일 수도 있고, 그들의 노력일 수도 있고, 그들의 재치일 수도 있고, 그리고 그들의 명예일 수도 있습니다. 그들은 자신의 모든 것으로 당신을 지키고 보호하고 또 인도해 나갈 것입니다. 다른 사람의 생명으로 살아 나가는 것이지요."

잠자코 마샤가 설명하는 것을 듣고 있던 시안은 결국 그 소리인가 하는 생각에 한숨을 파악 내쉬었다.

"이봐요, 예언의 현자인지 현인인지 모르겠지만 그딴 소리는 안 해도 무슨 소리인 줄 안다구요. 그리고 좀 착각을 하고 있는데, 나는 내가 여기 오겠다고 해서 온 게 아니에요. 어디까지나 댁들이 날 불러서 끌려온 거라구요. 힘들여 끌어온 인간, 당신들이 알아서 챙겨서 먹이고 보호해서 안전하게 약속대로 돌려보내야 하는 것 아닌가요? 나 역시 댁들이 원하는 것을 그대로 해주고 있으니까."

시안은 자신의 손 위에 있던 마샤의 손을 탁하고 쳐내 버렸다.

들어올 때의 기분과는 정반대의 기분.

"더 할 말 없는 거죠?"

이 이상 마샤의 말을 듣다가는 왠지 폭발해 버릴 것 같은 생각이 들었다. 가뜩이나 짜증도 나고 힘도 드는데 마샤의 말은 한마디 한마디가 폭발 스위치를 눌러 버릴 것만 같았다.

"로운과 기엘. 그 두 사람을 잘 부탁드립니다."

"부탁드려 봤자 내가 그 녀석들한테 도움받는 쪽이라 내가 그쪽들 봐줄 필요 없어요. 그럼 잘 있으슈. 젠장! 돈 주고 본 점이면 돈 빼앗아 나오고 싶은 심정이야."

시안은 잔뜩 불쾌해진 마음이 얼굴에 드러나지 않도록 조심하면서 휘장 쪽으로 걸어갔다. 인사는커녕 뒤도 돌아보지 않는 시안의 뒤에서 마샤는 마지막 예언의 축복을 전했다.

"기억하세요. 주인은 당신입니다. 나이트와 프리스트, 그리고 타닌의 후예 세나케인 역시."

＊　　　　　＊　　　　　＊

"이제 그냥 가면 되는 거죠?"

“예?”

“그리고 묻겠는데. 이놈의 치렁치렁한 옷하고 이 머리 장식은 언제까지 하고 있어야 하는 겁니까?”

대신관은 뭔가 기분이 잔뜩 상해 있는 듯한 시안의 얼굴색을 살핀다.

“이대로 수도에서 가이칸 제국과의 국경 정도까지로 생각하시면 됩니다.”

“이대로? 그게 며칠이나 걸리는데요?”

“앞으로 이틀 정도의 여정입니다.”

“이틀이나요? 그냥 여기서 대충 편한 옷으로 갈아입고 살짝 나가면 안 되겠어요? 어차피 여행을 하는 것이라면 미메이라도 좀 둘러보고 싶은데.”

“미메이라를 둘러보고 싶으시다면 돌아오는 길에 천천히 둘러보셔도 됩니다.”

시안은 조금 전에 마샤로부터 들은 예언 아닌 예언 때문에 상당히 기분이 나빠져 있었다. 아니, 기분이 나빠졌다기보다는 지금까지 조금은 장난 비슷하게 생각하고 있다가 자신도 모르게 뒤통수를 맞은 기분이 들었기 때문이다.

하지만 화가 나는 것은 아니었다. 오히려 기분이 가라앉고 있었다.

“마차가 준비되었습니다, 시안님.”

“국경 근처까지는 가시는 여정에 있는 모든 마을에서 시안님을 환송하는 무리가 줄을 이을 것입니다. 그때까지는 미메이라의 계승자로서 위엄을 지키셔야 합니다.”

‘쳇. 무슨 올림픽 금메달 리스트도 아니고, 아니, 요즘은 금메달 리스트도 카퍼레이드는 안 하는데 말이야.’

시안이 떠날 시간. 준비된 마차 주변에는 지난 한 달 동안 얼굴을 마주 대고 지내왔던 모든 사람들이 나와 있었다.

시안은 그쪽으로 걸어가다가 레이죠 장로를 발견하고 그의 앞에 섰다.

대신관 이하 그와 함께 떠날 기엘과 로운도 그녀의 뒤를 따랐다.

기분이 가라앉자 지금까지 단순하게 구경만 하고 있던 기분은 어디론가 사라지고, 흐릿하던 머리까지 깔끔하게 정리되는 듯한 느낌.

시안은 조용하게 레이죠 장로의 앞에 서서 그의 짙은 회색 빛의 눈을 정면으로 바라보았다.

'나는 시안이다. 시안 리에 디 하로이엔 미메이라. 적어도 이곳, 이 현실 속에서는…….'

처음 이곳에 왔을 때, 그리고 수행식인지 뭔지를 할 때만 해도 시안에게는 이 미메이라라는 곳이 단순한 판타지, 그리고 환상의 세계로밖에 여겨지지 않았다.

하지만 이렇게 무거운 치장을 하고 많은 사람들 앞에 다시 서게 되자 지금까지 현실로 생각하지 않았던 그 모든 것들이 머리 위에 얹힌 무거운 장식들만큼이나 무겁게 느껴지기 시작했다.

고요한 가운데 레이죠 장로가 입을 열었다.

"잘 다녀오십시오. 부디 무사하게 미메이라의 축복을, 풍환을 얻어 돌아오시길 기원합니다. 그대의 긴 여정에 미메이라께서 언제나 함께하시길."

천천히 그의 몸이 숙여진다.

그와 동시에 시안을 마중 나온 모든 사람들이, 그리고 아직까지 궁안 뜰 앞에 모여 있던 모든 사람들이 몸을 숙인다.

조용하고 고요한 시간.

오직 흐르는 공기만이, 미메이라의 바람만이 그들의 위를 스치고
지나간다.

"다녀오겠습니다, 아버님."

"…시안님."

무릎을 끓었던 레이죠 장로가 자신의 앞에 묵묵하게 서 있는 시
안의 몸을 끌어당겨 그의 품에 안았다.

레이죠 장로의 팔에 힘이 들어갔다.

시안은 레이죠 장로의 귀에 속삭인다.

"나는 별로 대단한 사람은 아닙니다. 혹여, 원하시는 대로 뜻을 이
루지 못할지도 몰라요. 하지만, 그렇다고 해서 최선을 다하지 않겠다
는 소리는 아닙니다. 그… 아저씨의 딸을 만나본 적은 없지만, 그녀
의 희생이 헛되지 않도록 최선을 다하겠다는 약속은 해드릴게요."

'그 이상의 희생 따위 절대 필요없게.'

"시안."

까칠한 입술이 시안의 이마에 닿았다가 떨어진다.

"이 정도면 충분하겠죠?"

시안은 레이죠 장로의 품에서 벗어나자마자 그대로 고개 한 번
돌리지 않고 열려져 있는 마차에 올라탔다.

고개를 꼿꼿하게 세우고 정면을 바라보고 있는 시안의 모습을 바
라보던 기엘과 로운은 뒤늦게 묘하게 가라앉아 있는 시안의 파장을
느끼고 서로의 얼굴을 돌아보았다.

둘은 시선이 마주치자 서로를 향해 싱긋하고 웃어 보였다.

"생각보다는 진지한 것 같지?"

"그런 것 같아."

"다행이라고 해줘야 하나 이거."

"적어도 나쁜 쪽은 아니라 생각해. 저런 마음가짐을 하고 계시는 것이라면."

"그렇겠지. 그럼 우리도 갈까?"

기엘과 로운은 각기 길게 늘어서 있는 장로들에게 차례로 예를 올리고 마차 옆에 준비되어 있는 각자의 말에 올랐다.

기엘과 로운이 앞장을 서고 시안의 마차가 그 뒤를 이어 천천히 움직이기 시작했다.

구름같이 몰려 있던 사람들이 시안의 마차가 지나갈 백색의 길 양 옆으로 두 무리로 갈라져 그들의 여행을 축복하며 환송의 함성을 질러대기 시작했다.

'이틀이라고? 웃기고 있네. 이틀씩이나 이런 꼴로 앉아 있는 것은 절대 질색이야.'

시안은 마차 안에 앉아서 양 옆에서 굴러 들어오는 꽃송이들을 물끄러미 바라보고 있다.

'아깝게시리 왜 꽃 같은 것을 던지는지 몰라. 암튼 여기나 내가 살던 곳이나 사람들이 너무 생각이 없단 말이야.'

엉뚱한 생각을 하고 있는 시안은 그들을 환송하고 있는 사람들과는 전혀 다른 생각을 하면서 천천히 궁을 벗어났다.

수도에 들어올 때는 밖으로 얼굴도 못 내밀게 해서 단 한 번도 본 적이 없는 수도의 정경이 마차의 창문을 통해 보였다.

온통 흰색 일색의 건물들과 흰색의 옷을 입고 있는 사람들의 얼굴이 스쳐 지나갔다.

'이틀이라고 해도 분명히 일박 정도는 생각하고 잡은 일정일 테니까.'

시안은 계산을 해보았다. 이틀이라고 들었을 때는 상당히 오래 걸린다고 생각을 했었지만 중간에 식사를 하는 시간과 잠을 자는 시간까지 포함하면 그렇게 오래 걸리는 것은 아니다. 생각보다 이미에이라라는 나라는 그리 크지 않다는 결론.

그렇다면 먹는 것도 마차에서, 자는 것도 마차에서 해결하면 하루 정도면 국경까지 다다를 수도 있다는 생각이 들었다.

시안은 고개를 내밀어 조금 전 자신이 떠나온 성, 키리엔을 바라보았다.

"좋아. 일단 수도만 벗어나면 그때부터는 내 세상이다!"

그때부터는 이런저런 핑계를 대서 빨리빨리 가자고 하면 그만이다.

그 생각을 하자 지금까지 착 가라앉았던 기분이 다시 좋아졌다.

시안은 얼굴 만면에 미소를 가득 띠고 환송 인파에게 화려한 미소를 뿌린다.

"그래, 수도만 벗어나면 그것으로 쫑~ 빠이빠이~ 끝이라구."

하지만 시안은 그 수도만 벗어나면 그것으로 쫑, 빠이빠이가 얼마나 힘든 일이 될지는 전혀 짐작하지 못하고 있었다.

＊　　　＊　　　＊

"기엘~ 기에~ 엘~"

시안은 달리는 마차의 창문으로 윗몸을 쭈욱 빼고 앞서 달려가고 있는 기엘을 불렀다.

새까만 하늘에는 실 같은 달이 정말 간신히 떠 있다.

쉬지도 않고 마차를 달린 그들은 1개의 소도시와 몇 개인지 모를 마을을 지나 이제 이름 모를 작은 잡목림을 지나고 있었다.

"어이~ 기엘!"

앞뒤로, 때로는 양 옆으로 끊임없이, 쉴 새 없이 흔들리는 마차.

고개를 쭈욱 내밀고 있는 시안의 머리카락 위에 얹어진 머리 장식들도 그 흔들림에 맞추어 끊임없이 짤랑짤랑 소리를 내고 있다.

"아직도 멀었어요?"

"피곤하신가요? 역시 쉬는 쪽이 좋을 것 같습니다만."

"아, 아니, 피곤하긴~ 여긴 푹신푹신한 쿠션들이 있어서 그럭저럭 견딜 만한걸요. 그건 그렇고 도대체 왜 가도 가도 끝이 안 나는 겁니까?"

기엘은 말로는 피곤하지 않다고 하고 있지만 얼굴 전체에 '나 힘들어', '나 피곤해'라는 증거가 가득 드러나 있는 시안을 안쓰럽게 쳐다보았다.

사실 원래의 계획대로라면 일단 오늘 밤은 저녁 시간이 되기 조금 전에 통과한 소도시 카얀에서 하룻밤을 머물 생각이었다. 하지만 그 계획은 지금 저기서 '정말 죽을 것 같아'의 얼굴을 하고 있는 시안의 방해로 완벽하게 틀어져 버렸다.

시안의 방해는 다른 것이 아니었다. 딱 하나.

'최대한 빨리. 밥도 마차에서 먹고, 잠도 마차에서 잘 테니 최대한의 속도로 마차를 달려서 이틀로 내정되어 있는 미메이라의 여행 예정을 하루로 줄일 것'이었다.

초반에 이런 시안의 말도 안 되는 요구는 당연히 로운에 의해서 '안 돼'라는 한마디로 어떻게 수습되는 것처럼 보였었다. 하지만 그런 한마디로 참아버릴 시안이 아니었다.

시안은 천천히 달리고 있는 마차에서 '그럼 나 혼자 갈 거야!'

라고 소리를 지르고 그대로 뛰어내리는 엄청난 '만행!'을 저지른 다음 긴 치맛자락을 들고 두다다다— 하고 마차와 말을 앞서 달려가는 엉뚱한 사고를 저질러 버리고 말았던 것이다.

기가 막혀서 말을 달려 시안을 좇아가 그녀를 안아 올린 로운은 '뭐 이런 녀석이 다 있어'라고 말하면서도 결국 시안의 요구를 들어주고 말았다.

덕택에 그들 일행은 원래의 계획과 일정을 초과 달성하고 있었다.

"응? 얼마나 남은 거예요, 정말."

"아마도 새벽녘에는 가이칸 제국과의 경계선이 되는 하마란 강을 보실 수 있을 것입니다. 많이 힘드시면 주무십시오. 아니면 다음으로 도착하는 마을에서 하룻밤……."

"절대! 절대! 싫어!"

"예?"

"절대로 쉬지 말고 가라구요. 절대로! 마구 마차가 뭉개질 때까지 달려도 좋으니까 일 분이라도 빨리 가줘요."

"알겠습니다, 시안님. 그럼."

기엘은 알게 모르게 안타까운 얼굴을 잠시 했다가 곧 시안에게서 떠나 일행의 선두 쪽으로 말을 몰았다.

따각거리는 소리와 함께 기엘이 다가오자 로운이 그의 얼굴을 슬쩍 바라보고는 물었다.

"왜? 또 무슨 말도 안 되는 소리라도 하고 있는 거야?"

"아니, 그냥 쉬지 말고 가라고."

"그런데 얼굴이 왜 그 모양인 거야?"

"응? 내 얼굴이 어디가 어때서?"

기엘은 손을 들어서 자신의 얼굴을 툭툭 쳐봤다.

두꺼운 가죽 장갑을 끼고 있어서인지 피부를 느낄 수는 없지만 일단은 이상은 없어 보인다.

"표정 말이야, 표정."

"아, 아아아~"

기엘은 그제서야 이해했다는 듯이 쓴웃음을 지어 보였다.

"시안님의 심정이 이해가 안 되는 것은 아니지만 아무래도 좀 섭섭해서 말이야. 저분께는 한시라도 빨리 떠나고 싶은 곳이겠지만 나나 너한테는 그렇지 않잖아. 적어도 앞으로 몇 개월은 못 보게 될 텐데 조금쯤은 천천히 좀 바보 같은 감상에라도 빠져 줄 정도의 여유를 가질 수는 없는 건가 해서."

"못 보던 사이에 너 많이 애들 같아졌구나."

"아, 하하하하. 뭐, 그렇다면 그렇다고 해두지."

기엘의 심정은 로운도 어느 정도는 이해를 하고 있었다. 단지 로운은 조금 생각하는 방식이 다를 뿐이다.

섭섭하기는 마찬가지. 그다지 많은 애착은 가지고 있지 않다고 해도 어쨌든 간에 자신이 태어난 나라이고 언제이든 간에 돌아올 곳이라는 생각을 가지고 있는 곳이다.

애국심과는 조금 다른, 그런 감정.

"아무튼 앞으로 조심해야겠어. 저 녀석 원하는 것을 다 들어주다가는 몸이 남아나질 않을 것 같아. 참나, 마차랑 머리 장식이랑 옷이 싫다고 우리 모두 밤을 꼬박 새게 할 줄 누가 알았겠어."

"글쎄, 나름대로 사정이 있겠지. 그러고 보니 시안님 말야."

"응?"

"원래 남자애였다고 했지?"

"그렇지."

"어떻게 생긴 얼굴이야? 원래의 얼굴은?"

기엘의 물음에 로운은 과연 지금 기엘이 한 질문의 의도는 무엇일지 고민했다. 하지만 자신이 고민을 하며 대답을 미적거리고 있는 동안 기엘은 음험함이라고는 손톱만큼도 없는 순수한 표정으로 자신을 바라보고 있었다.

"갑자기 그건 왜?"

"글쎄, 막상 계승로를 떠나오니 궁금해져서 말이야."

"뭐, 이상하게 생겼어. 마치 저 가이칸 제국의 시골에서 갓 데려온 것 같았지. 까만 머리에 까만 눈동자에다가 약간 노란 피부."

"흐응……."

기엘이 머리 속으로 시안의 원래 얼굴을 그려보려는 순간 뒤쪽에서 다시 기엘을 목놓아 부르는 소리가 들렸다.

"이런, 이번에는 또 무슨 일인 거야?"

"역시 피곤해서 쉬시겠다고 하시는 걸 거야. 얼굴이 많이 피곤하신 듯했어 아까."

"뭐? 정말이야? 왜 진작 말하지 않은 거야!! 하앗!!"

로운은 기엘에게 소리를 버럭 지르고 말 머리를 돌려서 뒤쪽으로 뛰어갔다.

"하하, 저런 소리에는 저렇게 민감하게 반응하면서 말이야."

여전히 천천히 앞쪽에 남아(?) 있던 기엘은 그런 로운의 뒷모습을 보면서 즐겁게 웃었다.

하지만 역시, 앞으로는 시안이 원하는 것을 모조리 다 들어주지는 말아야겠다고 그는 그렇게 생각하고 있었다.

……그러나.

"기엘."

“예?”

“기엘, 아직도 멀었어?”

기진맥진한 목소리가 기엘의 이름을 불러온다.

기엘은 이러지도 저러지도 못하면서도 애써 그 말에 대답한다.

“이제 조금 남았습니다. 괜찮으세요?”

“안… 괜찮아.”

시안은 미친 듯이 아래위로 끊임없이 움직이는 시야를 주체하지 못하고 기엘의 팔에 매달려서 파들파들 떨고 있다.

밤새도록 마차를 달려온 시안의 일행이 미메이라와 가이칸을 양분하는 거대한 대하 하마란과 그 주위에 형성된 소도시 하란에 도착한 것은 바로 조금 전의 일이었다.

그곳에서 시안은 비로소 마차에서 내려와 그 길고 긴 치마와 장식들을 벗어 던지고 편한 여행자용 옷을 입을 수 있었다.

옷을 갈아입은 시안은 쉬다가 떠나지 않겠냐는 로운과 기엘의 권유는 싹 무시하고 어제부터 말해 왔던 대로 바로 강을 건너자고 생떼를 썼다.

시안의 생떼에 결국 말려든 두 사람은 최소한도로 꾸려진 짐과 세 마리의 말과 함께 하마란을 건너는 정기 연락선에 승선했다.

그리고 무사히 대하를 건너서 가이칸 제국의 영토에 발을 디딜 때까지도 아무런 문제가 발생하지 않았다.

하지만.

지금 시안이 미친 듯이 기엘의 이름을 불러대는 이유는 다른 데 있다.

“기엘, 아직도 멀었어?”

“이제 대충 괜찮아질 때가 된 것 같기도 한데. 로운? 어때?”

기엘의 말에 로운이 힐끔 뒤를 돌아다보았다.

뒤로는 하마란의 강줄기가 거의 실같이 되어 아주 약간 반짝일 뿐이다.

'아직도 멀었어?' 라는 말이 나오는 이유는 적어도 그들을 환송한 사람들이 돌아갈 때까지는 '품위'를 지켜야 한다는 로운의 말 때문에 나온 소리다.

"글쎄, 돌아간 것 같기도 하고. 일단 내 눈에 안 보이는 것을 보니 돌아갔던지 아니면 어디엔가 들어가서 어제 못 잔 잠이라도 자는 게 아닐까 싶은데?"

"정… 말이지?"

로운의 말에 기엘의 팔에 매달려 있던 시안이 말꼬리를 잡아 대답했다.

"그런데 도대체 그건 왜 자꾸 물어보는 거야? 넌 눈이 없어? 네가 확인하면 되잖아."

"기엘."

로운의 비꼬는 듯한 말에도 시안은 반응하지 않았다.

"예?"

"손 놔."

"예??"

기엘이 물음표를 두 개나 찍어가며 말을 하는 이유는 다름이 아니라 지금 시안이 무슨 말을 하는지 이해할 수가 없기 때문이었다.

배에서 내린 세 사람은 원래는 각기 한 명씩 말에 탈 예정이었지만 시안이 말을 타지 못했기 때문에(당연한 것이 아닌가! 시안은 말이라고는 영화나 TV에서밖에 본 일이 없는 대한민국 기본 코리아 스탠다드 KS마크의 일반 고등학생이었다) 기엘과 한 말에 함께 올라탈 수밖에 없었다.

말을 못 타는 것은 둘째. 근 하루가 넘는 강행군 덕에 안색까지 파리해진 시안은 기엘이 지금처럼 꽉 잡고 있지 않으면 그대로 말에서 떨어져 버릴 정도인 것이다.

그런데 손을 놓으라니?

"놔, 빨랑."

"저어, 시안님?"

"놓으라면 빨랑 놓으란 말야!!"

버럭하고 시안이 화를 내는 순간 그녀가 화를 낼 때면 의례히 그러듯이 거센 바람이 슈욱 소리와 함께 그녀의 몸에서 불어 나왔다. 그 바람에 기엘은 깜짝 놀라 시안을 잡고 있던 손을 얼결에 놓아버렸다.

우당탕탕탕탕!

"시, 시안님!"

"이봐, 꼬마!"

두 남자가 동시에 한 사람을 부른다.

하지만 불린 사람은 대답이 없이 그냥 바닥에 찰싹 개구리처럼 붙어 아무 말이 없다.

"시안님, 괜찮으십니까?"

"거기서 손을 놓으면 어떻게 해, 기엘!"

"시안님."

두 사람은 황급히 말에서 뛰어내려서 땅바닥에 화려한 소리와 함께 곤두박질친 시안에게 달려간다.

"시안님?"

"……파."

"예?"

"뭐라구?"

철퍼덕하고 떨어진 바람에 납작하게 퍼져 있는 시안을 로운이 마치 부침개 뒤집듯이 뒤집었다.

"아파."

"어, 어디 다치셨습니까?"

기엘의 안색이 새파랗게 변했다.

"아파. 무지. 굉장히. 머리 아프고, 목 아프고, 어깨 아프고, 팔 아프고, 손 아프고, 허리 아프고 다리 아프고 엉덩이 살이 아파."

숨도 쉬지 않고 대답을 하는 시안. 그런 시안을 두 사람은 멍하게 바라본다.

"……."

"……."

죽을 것 같은 목소리로 겔겔거리던 시안은 땅바닥에 퍼억— 하고 떨어지자마자 갑자기 기가 살아서 나불거리기 시작했다.

장시간의 마차 여행과 겨우 몇 분 간의 승마에 시안은 넌덜머리가 났다.

마차 여행도 만만치 않지만 말은 더욱 심했다. 아래위로 흔들리기 때문에 멀미는 기본. 거기다가 허리랑 목이랑 머리랑 다리가 너무 아팠다.

특히 다른 데도 아니고 엉덩이가 아프다.

"더럽게 아프단 말야! 난 말 같은 것은 절대로 안 타! 죽어도 안 타! 하지만 마차는 더 안 타! 내가 두 번 다시 마차를 타면 성을 간다 성을 갈아!! 그리고 내가 두 번 다시 말을 타면 내 손가락에 장을 지진다!! 아파서 죽을 것 같다구!"

"하지만 시안님, 말도 마차도 타시지 않겠다고 하시면……."

“여하튼 안 타! 죽어도 안 타!! 그거 타면 나 여행 안 해! 으아아아아아아아아악!”

“…….”

“…….”

“절대로! 절대로 말이나 마차 두 번 다시 타나 봐라!!”

“죽겠다고 하면서 입은 살았군 그래. 말도 안 타고 마차도 안 타면 걸어서 갈 거냐?”

빈정대는 로운.

시안은 그 말을 듣자마자 머리가 띠잉— 해졌다.

말도 안 타고, 마차도 타지 않는다면 남은 것은…….

“여행 내내 걸어서 가겠다고? 삼 개월이라고 한 게 누구였더라?”

“로, 로운.”

기엘은 두 사람 사이에서 어쩔 줄을 모른다.

하지만 남아일언 중천금이라는 말이 있다. 물론 지금은 여자이긴 하지만 남아일언 중천금이 있다면 여아일언 억만금이라는 소리도 성립 가능. 이것은 이전에 큰누나가 했던 말이다.

그러니 했던 말을 다시 취소할 수 없는 노릇!

“그, 그래도 말은 안 타!!”

“시안님.”

“그래, 그래, 타지 마라, 타지 마. 어차피 말이나 다른 운송 수단을 이용할 수 있는 길보다는 걸어서 가야 할 길이 더 많으니 뭐.”

“하지만 그래가지고는…….”

두 사람의 눈이 땅바닥에 퍼질러 앉아 있는 시안에게로 향한다.

“그래도 안 탄다니까! 차라리 죽여!”

시안의 고함 소리에 길을 가던 사람들이 힐끔힐끔 그들을 쳐다보며 지나간다.

로운은 말에서 내려서 시안에게로 다가가서 그녀를 일으켜 세웠다.

"어차피 지금은 죽어도 안 탈 테니 어쩔 수 없지. 삼 개월이 되든 일 년이 되든 어차피 떠난 길 아냐?"

"그렇긴 하지."

로운의 말에 기엘이 피식 웃으며 역시 말에서 내려왔다.

탄탄하게 펼쳐져 있는 대로.

그대로 한가운데에 시안은 퍼질러 앉아 있다.

천천히 태양이 하늘 높이 솟아올라 그들이 가야 할 길을 비추기 시작했다.

과연 그들은 삼 개월 만에 모든 소망을 이룰 수 있을까?

그것은 아마도 진짜, 정말로 신만이 알 수 있겠지만 틀림없는 것은 그들이 보고 있는 넓은 길이 다름 아닌 고생길이라는 사실이다.

〈2권으로 이어집니다〉

아슈레이 세계

나유
바라스
미메이라
호로스
킹리엔
제국수도 카드미엘
가이칸 제국
2000. 10. 18